석양에 노을 지듯

석양에 노을 지듯

지은이 ㅣ 한용유

초판 발행 ㅣ 2020년 11월 21일

펴낸이 ㅣ 신중현
펴낸곳 ㅣ 도서출판 학이사
출판등록 ㅣ 제25100-2005-28호

　　대구광역시 달서구 문화회관11안길 22-1(장동)
　　전화_(053) 554-3431, 3432　팩시밀리_(053) 554-3433
　　홈페이지_http://www.학이사.kr
　　이메일_hes3431@naver.com

ISBN_979-11-5854-263-4　03810

석양에 노을 지듯

한용유 지음

學而思 학이사

九旬記念集 석양에 노을 지듯을 펴내며

 팔순 이전의 글을 간추려 지난 2015년 6월 『먹구의 푸념』이란 수상록을 낸 바 있는데 그때 빠진 글과 편지글, 종사에 관한 글에 팔순 이후의 글을 한데 모아 구순 기념집 『석양에 노을 지듯』이란 제호로 속편을 내게 되었습니다. 前篇 머리글에도 얘기한 바 있지만 아직까지 계속하고 있는 나의 일기 중에서 골라낸 것입니다.

 일기에서 추려낸 글이라서 신변잡기에 불과합니다. 들판의 풀꽃처럼 끈질긴 삶의 여정이었습니다. 귀도 어둡고 기억력도 날로 줄어들어 이제 금방 한 일도 멍해지는 경우가 허다합니다. 이 나이에 내가 아직 할 수 있는 일은 이것뿐입니다. 이것마저 못 하게 되면 요양원 신세밖에 없겠다고 생각하니 숙연해집니다. 증손주를 본 나이에 아직도 이와 같이 타이핑을 하고 있으니 감사해야겠습니다. 이 글이 나와 같은 처지에 있는 분에게 위로와 공감되는 바가 있다면 보람이 되겠습니다.

나의 글쓰기는 삶의 부대낌으로 받는 스트레스를 뱉어 내는 배설작용의 수단으로 시작했음을 누언(累言)한 바 있지만 마음 내키는 대로 가벼운 마음으로 시작했는데 갈수록 어려워집니다. 그래도 청보리 수필과 함께한 세월이 많은 도움이 되었습니다. 나이 탓인지 그렇게 좋아하는 독서마저 무디게 되고, 그저 내 마음속의 응어리를 푸는 정화 작용으로 자족하는 한편 날로 생기를 잃어가는 자신의 삶에 충전용으로 여기고 있습니다.

토해 놓고 보니 나는 시원하나 남에게는 비위(脾胃)에 거슬리는 게 있지 않을까 염려됩니다. 대밭바람에 묻힐지라도 표현의 욕구에 끌리고 말았습니다. 석양에 노을 지듯 돌아가고 싶습니다. 叱正 바라면서 아울러 격려의 말씀 주시면 고맙겠습니다.

2020년 晚秋

愚聾 用愈

■ 차례

1부 _ 그래도 세상은 살만하다

2부 _ 추억의 단상

3부 _ 추억의 일기

4부 _ 동곡산 바라보며

■ 차례

5부 _ 살구꽃 향수

10

1부
그래도 세상은 살만하다

경인년 섣달그믐 밤

동지와 크리스마스에 양력 설 新正도 지났다. 12干支는 음력을 기준하므로 오늘밤 자정을 기해 범띠해인 경인년이 지나고 토끼해인 辛卯年으로 넘어서게 되니 이제는 한 살 더함을 피하려야 피할 수 없는 경지에 이르렀다. 칠순과 고희도 어느덧 흘러 보내고 팔순의 한 해도 훌쩍 지나가고 말았다. 또 한 해를 보내고 내일이면 나는 분명 여든한 살이 된다고 생각하니 마음이 야릇하다. 말똥에 굴러도 이승이 좋다고 한다마는 '壽卽辱'이라 오래 사는 것이 오히려 욕이 될 수도 있다고 했는데… 의학문명의 발달로 평균 수명이 길어지고 따라서 고령화 시대로 잽싸게 접어들고 있다. 古稀란 熟語는 이제 사전에서나 찾아볼 수 있는 낡은 낱말로 빛바래지고 인생은 칠십부터라는 말이 나도는 세상이 되었다.

그러고 보니 나의 80 평생을 되돌아볼 때 소년 시절에는 절대 빈곤의 가난에 쪼들려야 했고 성년 이후엔 호구지책으로 가정과 직장을 맴돌며 자신을 돌볼 겨를 없이 앞만 보고 달려왔다. 60대 중반, 매인 굴레에서 벗어난 은퇴 이후의 지난 15년이 나에게는 자신을 돌볼 수 있는 참된 삶이었다고 해도 과언이 아니다. 아이들 모두 제 나름대로 독립하여 열심히 살아가고 우리 부부 연금으로 아이들 눈치 보지 않고 별 탈 없이 살아가니 감사하고 감사할 따름이다. 새벽산책과 탁구와 요가로 육체적 건강을 다지고 일기로 흐려지는 기억력을 되살리고 컴퓨터를 익혀 취미생활을 살려 지식정보화시대에 소외되지 않은 노년을 보내고 있으니 이에 더할 바 없는 행복감을 느낀다.

이 글이 세 번째의 섣달 그믐밤의 소감이 되는 셈이다. 지난 한 해를 되돌아본다. 지난 한 해 세계적으로는 이라크전이 미군 철수로 戰禍의 불씨를 완전히 끄지 못하고 7년 5개월간 많은 인명과 전비만 쏟아부은 채 餘震만 남겨 놓고 철수를 해야 했고 한반도를 사이에 두고 美中 패권 대결로 힘겨루기를 하고 있다. 국내적으로는 천안함 폭침과 연평도 포격은 남북 간 전쟁 도발의 위험 일보 직전까지 몰고 간 긴장의 순간들이었다. 구제역의 확산은 270만 마리를 살처분하고도 아직 기승을 부리고 있다.

다시 우리 가정사를 점검해 본다. 지난 5월 16일 아내의 척추 함몰골절 부상으로 5월 27일까지 본리동 우리병원에 12일간 입원 가료한 바 있고, 내가 9월 15일부터 왼쪽 무릎 급성 관절염으로 오 정형외과에 20일간 통원치료 했으며, 큰 자부가 11월 5일 자궁 근종으로 효성병원에 일주일간 입원 수술 가료를 받았다. 그리고 이천동 여동생이 지난 5월 1일 길 가다 넘어져 우측 얼굴의 부상으로 경대병원 응급실에서 여덟 바늘 봉합수술을 받았고, 며칠 후 또 넘어져 같은 부위 상처에 손 떨림 증세까지 와서 현대 요양병원에 입원, 5월 4일부터 6월 12일까지 한 달 8일간 입원요양을 했으며 그 후 8월 29일 대봉교회에서 주일 예배를 보고 2층 계단을 내려오다가 실족해 넘어져 오른쪽 팔꿈치와 팔목 복잡골절을 입어 가톨릭병원에 입원, 9월 17일까지 20일간 입원가료를 받고 당일 현대 요양병원으로 옮겨 11월 22일까지 66일간 요양을 한 끔찍한 돌발 사고가 있었다. 퇴원해서 집에서 매일 인근 신경외과의원에 통원 물리치료를 받고 있으나 정상회복은 불가능하다는 것이다.

되돌아보니 어려운 고비가 많은 한 해였다. 불행 중 다행으로 슬기롭게 어려움을 극복하고 일상으로 돌아오게 되었음을 감사하게 생각한다. 기쁜 일은 외손녀 지윤이가 간호대학에 합격, 열심히 공부하고 있고 나의 왼쪽 무릎 관절염이 완쾌되어 탁구를 칠 수 있게 되어 다행이다. 그리고 항문 마늘 삽입으로 나의 전립선 비대증으로 인한 夜尿 회수가 2회에서 1회로 줄어들게 되어 頻尿와 殘尿感이 없어져서 夜尿로 인한 수면부족을 면하게 되었다.

또 한 가지 덧붙인다면 팔순을 기해서 팔순 기념 수상집(되새겨 본 80 평생)을 책으로 내려고 준비해 왔으나 산문집만도 195편에 916쪽으로 천여만 원이 들게 되고 여기에 사진까지 합치면 배보다 배꼽이 큰 우가 되겠기에 CD 수록으로 바꾸었다. 지난 음력 10월 7일 나의 팔순과 아내의 喜壽(77세) 그리고 결혼 53주년을 기념하여 경주 현대 리조트에 1박 2일의 나들이를 했다. 아이들이 그동안 환갑은 물론 칠순과 희수도 못 했는데 친지를 초청, 팔순잔치를 하자고 하는 것을 오히려 누가 된다고 말리고 가족끼리 경주 나들이로 때웠다. 아이들에게 수상집이 수록된 CD를 하나씩 나누어주고 나의 글 되새겨 본 80 평생을 읽어주면서 격려를 했다. 초고를 타이핑하고 시계를 보니 시침이 자정을 가리키고 있다. 다사다난했던 경인년이여 안녕!!

2011년 2월 2일 섣달그믐밤 子표

戊戌年 歲暮에

　　　　　　　　오늘이 양력으로 이 해의 마지막 날인 그믐이
다. 이 글을 초안하다가 지난 일기장을 뒤적이던 중 1993년도 세
모에 대한 글을 읽었다. 25년 전 일기에 만감이 서렸다. 그때 이
런 글이 적혀 있었다. 아내의 신장 결석 수술로 건강이 아주 좋
지 않았고 삼 남매 중 큰애만 결혼했고 석호 은숙은 미혼으로 경
제적으로 극히 어려울 때였다. 나는 공직에서 정년퇴직하여 덕
영건설 관리이사로 근무할 때다. 앞으로 아이들 자립할 때까지
최소한 10년은 아내가 건강하게 살아 줘야 할 텐데 걱정이다…
라고 적혀있었다. 그로부터 25년의 세월이 흘렀다. 그때 아내가
60세였다. 내가 63세였으니 그 25년이 한 편의 희비쌍곡선 드라
마였다. 아이들 모두 필혼하여 큰애 진호는 벌써 내후년이면 환
갑이다. 명예 퇴직하여 임대업과 자영업을 하고 있고, 손자 영민

이는 제가 전공한 애니메이션에 자립의 길을 걷고 있으며 지난 9월 16일 결혼을 해서 손부는 임신 8개월로 한 달 후인 1월 28일이 분만 예정일이다. 둘째 석호는 효성병원 부원장에 마취제통 전문의로 사위 최 서방은 사무관으로 승진, 울산시청 남구 도시 창조과장으로 영전되었고 외손녀 지윤은 서울 차병원 4년 차 간호사로 올해 간호주임으로 승진하였으며 둘째 혜윤은 수성간호 대학 졸업반으로 동산병원 간호사 공채에 합격하였다. 건강을 염려했던 아내는 나와 팔순 중반 해로를 하고 있으니 그 어려울 때를 회상하면 지금 내가 살고 있는 형편이 너무 감사하다. 사람의 욕심은 한이 없는 것이라 미흡하고 부족한 점도 없지 않으나 그때의 염려가 사라지고 좋아졌으니 감사하고 감사할 뿐이다. 우리 내외 경제적인 아쉬움 없이 望九의 해로를 누리고 있으니 감지덕지다. 아이들에게 폐 안 끼치고 마무리한다면 더 바랄 것이 있겠는가. 새해를 맞으면 내 나이가 89세다. 날로 초췌해지는 우리 내외의 모습에 숙연해진다. 나의 건강상태는 80대 중반부터(85세) 식욕이 감퇴되고 즐겨 치던 탁구도 그만두고 복지관에도 발을 끊었다. 3년 전 대명동 내 집으로 돌아온 후 앞산공원 산책과 요가를 하면서 독서와 글쓰기 공부를 하고 있다. 식욕은 여전히 회복되지 않아 소식과 죽으로 유지하고 있다. 내일이면 내 나이 89세다. "구순을 향하여 팔순 고개를 무난하게 넘자"를 내년의 염원으로 삼고 하루하루를 뜻있게 보낼 작정이다. 이 모두가 천지신명과 선조님의 보살핌을 감복한다. 앞으로 더욱 근신하고 항상 겸손하며 감사한 마음으로 남은 삶을 자연의 순리에 맡기고 어렵고 괴로울 때는 '행복합니다, 감사합니다' 를 주문처럼 뇌며 가는 그날까지 고종명에 순종키로 여기에 거듭 다짐하면서 내년 오늘 기해년 세모의 일기에 헛되지 않았다는 글을 쓰고 싶다.

2018년 12월 31일 戊戌年 歲暮 愚聾 用愈 씀

※ 추기追記

일기장에 철해있는 위 글을 읽으며 또 한 해가 후딱 가버리고 다시 세모를 맞게 되는 마음 야릇하다. 구순을 향하여 팔순고개를 무난하게 넘자고 적혀있다. 다짐한 대로 80의 아홉수를 넘었으니 감사하다. 한 해를 돌아보니 손주 영민이가 지난 1월 25일 得女를 해서 증손녀를 보게 되었으니 경사였고 오는 1월 25일이 첫돌이다. 메일로 보내오는 사진에 날로 달라지는 재롱이 귀엽다. 흔히들 인생 100세 시대라고 말하는데 그러고 보니 나도 이에 근접하고 있구나 하는 생각이 든다. 나의 수필 섣달그믐 밤의 글을 다시 읽었다. 그 글에 내가 어릴 때 도부장수 할머니가 물건을 팔기 위해 마당에서 놀고 있는 나를 불러 그림책을 내놓고 사주를 봐주겠다며 생년월일을 묻고 손가락을 꾸부렸다 폈다 하더니 기와집에 남자애 둘 여자애 하나의 그림을 보이며 아들 둘에 딸 하나를 두고 70까지 살며 부귀 장수하겠다는 수다에 어머니가 쌀바가지나 주고 물건을 바꿔줬을 거라는 글이 보였다. 공교롭게도 그 사주와 같이 삼 남매에 희수를 거쳐 팔순의 고개를 넘어 구순까지 살고 증손주까지 얻어 연금으로 부부 해로를 하고 있으니 그 도부 장수의 점괘가 우연의 일치로 돌리기에는 신기하고 드라마틱하다. 이제 80 고개를 넘어 구순에 들어서게 되었으니 저승사자가 데리러 오면 증손주의 재롱을 더 보고 알아서 갈 테니 재촉하지 말라고 해야겠다.

2019년 12월 31일 己亥年 除夜 愚聾 用愈 씀

정유년 세모를 보내며

양력으로 오늘이 12월 31일 정유년 마지막 보내는 그믐날이다.

이 글을 초안하다가 지난 일기장을 뒤적이던 중 1993년도 세모에 대한 글을 읽었다. 24년 전 일기에 만감이 서렸다. 그때 이런 글이 적혀 있었다. 아내의 신장 결석 수술로 건강이 아주 좋지 않았고 삼 남매 중 큰애만 결혼했고 석호 은숙은 미혼으로 경제적으로 극히 곤란할 때였다. 나는 공직에서 정년퇴직하여 덕영건설에 관리이사로 근무 할 때다. 앞으로 아이들 자립할 때까지 최소한 10년은 아내가 건강하게 살아 줘야 할 텐데 걱정이다…라고 적혀있었다. 그로부터 24년의 세월이 흘렀다. 그때 아내가 60세였다. 내가 63세였으니 그 24년이 한 편의 희비쌍곡선 드라마였다. 아이들 모두 필혼하여 큰애 진호는 벌써 60을 바라보는 나이에 명예 퇴직하여 임대업과 자영업을 하고 있고, 손주 영민이는 제가 전공한 애니메이션에 자립의 길을 걷고 있다. 둘째 석호는 효성병원 부원장에 마취제통 전문의로 사위 최 서방은 사무관으로 승진, 울산시청에 근무하고 있으며 건강을 염려했던 아내는 나와 팔순 중반 해로를 하고 있으니 그 어려울 때를 회상하면 지금 내가 살고 있는 형편이 너무 감사하다. 사람의 욕심은 한이 없는 것이라 미흡하고 부족한 점도 없지 않으나 그때의 염려가 사라지고 좋아졌으니 감사하고 감사할 뿐이다. 우리 내외 경제적인 아쉬움 없이 80 중반을 해로하고 있으니 아이들에게 폐 안 끼치고 마무리한다면 더 바랄 것이 있겠는가. 내일이면 나의 나이가 88세다. 날로 초췌해지는 우리 내외의 모습에 숙연해지기도 하나 활기를 불어넣기 위해 새해의 슬로건으로 나의 나이 88세라 "팔팔(88)하게 구순까지 기 살려 감사하게"로 했다. 이 모두 천지신명과 선조님의 보살핌임을 감복한다. 앞으로 더욱 근신하고 항상 겸손하며 감사한 마음으로 남은 삶을 자연의 순리에 맡기고 어렵고 괴로울 때는 '행복합니다, 감사합니다'를 주문처럼 뇌며 가는 그날까지 고종명에 순종키로 여기에 거듭 다짐하면서 글을 맺는다.

2017년 12월 31일 丁酉年 歲暮 學彦 用愈 씀

두 번째 단식을 마치고

내가 첫 번째 단식을 하게 된 것은 지금으로부터 33년 전인 1969년 9월 28일부터 10월 12일까지 13일간이었다.(예비단식 3일, 본단식 7일, 補食期間 3日) 그때 단식을 하게 된 동기는 위장병 때문이었다. 공복에 속이 쓰리고 가루음식을 먹으면 생목이 꼬이고 트림이 자주 나며 항상 상복부에 위산이 치밀어 올라 위에 힘을 주면 꿀꿀 소리가 나고 소화도 잘 안 되어 신약 한약 조약 등 많은 약을 먹었는데도 차도가 없었다. X-선 위장 조영 촬영과 위 내시경 검사 등 정밀검사를 받아 봤으나 기질적인 이상은 없고 신경성 위장 기능장애라고 했었다. 그러던 중 1969년도에 내가 살던 집 옆 대봉동 대덕탕 2층에 요가원이 생겨 거기서 요가를 修鍊하면서 위장병의 원인을 찾게 되었는데, 자신의 부정적인 사고방식으로 인한 불평불만, 스트레스의 누적이 병인이라는 것을 알게 되었다. 이와 같은 부정적인 생각을 바로잡기 위하여 요가로 육체를 유연하게 하고 명상과 최면으로 정신통일을 하면서 단식요법에 대한 책을 읽게 되고 원장의 지도를 받으면서 단식을 하게 되었다. 그 후 요가를 생활화하면서 술 담배 커피를 끊고 맵고 자극성 있는 음식을 가능한 한 피했다. 그리고 정신적으로 긍정적인 生活觀을 가지기로 노력을 했었다. 매일 새벽산행을 하고 항상 樂觀的인 삶을 追求하는 태도로 바꾸었다. 그 이후 이때까지 위 장애 증상이 없어지게 되었다. 단식 후 담배 술 커피를 완전히 끊었는데 언제부터인가 斷煙은 하였는데 술도 먹게 되고 근래 와서는 커피도 하게 되고 과음 過食 등 단식 후 지켜오던 식생활기준이 흐트러지고 原點으로 돌아가고 말았다. 그러던 가운데 얼마 전부터 33년 전 단식전의 증세가 나타나기 시작, 날이 갈수록 더해갔다.

그래서 2차 단식을 결심케 되고 남부도서관에서 단식요법 책을 다시 빌려 읽고 단식 요가원을 찾아가서 원장과 상담을 했더니 요가를 병행해서 단식 지도를 받는데 2주일에 30만원이라 했다. 단식에 대한 지식도 나보다 더 아는 것도 별로 없고 1차 경험도 있고 해서 혼자서 집에서 하기로 했다. 그리하여 지난 3월 9일부터 豫備斷食을 시작 첫날은 평소에 먹던 양의 반으로 시작해서 다음 날은 3분지 1, 이틀째는 죽, 사흘째는 미음으로 해서 나흘째부터 본 단식으로 들어갔다. 본 단식은 생수로 하기로 했다. 간간이 사과와 귤로 입가심을 하고 魚腥草 달인 물을 생수와 번갈아 가면서 마셨다. 본단식 첫날 구충제 한 알을 먹고 이틀째 下劑(소린액 오랄) 45cc를 생수에 배로 희석, 복용했다. 下劑를 먹은 후 굳은 대변이 두 번 나왔다. 그리고 설사를 다섯 번 했는데 下劑와 함께 나왔다. 첫 번째 단식 때는 혀에 舌苔가 끼었는데 이번에는 생기지 않았다. 본단식 5일째 새벽산행을 갔다 왔는데 독서를 하다가 지루해서 앞산을 약 2시간 돌고 왔더니 현기증이 나고 몹시 피로했다. 그래서 저녁에 현미 미음 한 공기를 먹었다. 처음 본단식을 7일로 작정했었는데 5일로 줄이고 3월 17일부터 補食으로 들어가기로 했다. 補食期間 3일은 예비단식 순서의 逆順으로 미음 죽물 죽으로 양을 더하면서 마무리하고 3월 20일부터 正常食을 하였다. 정상식 첫날 아침 일주일 만에 굳은 便을 봤는데 宿便은 아니었다.

올바른 단식을 하려면 단식 전에 위장 조영 촬영 내시경검사 등으로 기질적 이상 유무를 確診 후 요가를 하면서 명상과 최면을 병행, 전문가의 지도를 받으며 해야 하는데 경험을 믿고 독서와 산책으로 自家斷食을 해서 부족한 점이 많았으나 한편 스스로 고비를 넘기게 되었음을 자부케 했다. 본단식을 마치고 체중을 쟀더니 4kg가 줄었었다. 1차 단식 때는 5kg가 줄었었다. 원래 여윈 체격인데 4kg나 빠지고 났으니 거울에 비친 내 얼굴이 중병을 앓은 사람처럼 홀쭉했다. 1차 단식 때 본단식 마지막 날 고산 골에 올라가서 냉수목욕과 坐禪을 하는 것을 어린이들이 간첩이라고 신고하여 파출소에 연행되어 신원확인을 받는 등 곤욕을 치른 해프닝이 떠올라 웃음이 나왔다. 식욕은 인간의 본능적인 욕구로서 먹기 위해 사느냐? 살기 위해서 먹느냐? 하리만큼 절실한 것이다. 용단을 내어 단식을 했으나 단식보다도 앞으로 일상생활을 어떻게 조화해 나가느냐가 더 중요하다고 본다. 과음 過食을 피하고 이 기회에 담배는 이미 끊었지만 술과 커피 인스턴트식품은 끊기로 했다. 그리고 정신적으로 肯定的이고 낙관적인 생활관을 갖기로 다짐을 해본다. 앞으로 얼마나 지켜 나갈지? 여기에 공포해 놓고 여러분의 주시를 받고자 한다.

나는 이번 2차 단식을 통해 여러 가지 생각을 했다. 信仰人의 기도 단식도 思想家의 理念鬪爭 단식도 아닌 利己的인 鬪病克己 단식이었다. 자신과의 싸움은 나의 正心과 邪心과의 싸움이라고 볼 수 있다. 邪心이 正心을 누를 때 생활 질서가 파괴되고 따라서 질병이 생긴다는 것을 그리고 질병은 나의 삶을 바로잡아 주는 훌륭한 스승이라는 것을 좁은 소견으로 自覺하면서 頭序없는 斷食記를 맺는다.

2002년 3월 21일 한용유 씀

병상기 病床記

　　　　　　　　대덕 노인 복지회관에는 탁구부가 있는데 회원이 100명을 넘어섰고 50대 후반에서 70대 후반까지 주로 은퇴 노인들이며 60대가 주류를 이루고 여자 회원 수가 더 많다. 실력에 따라 상, 중, 하 삼등분으로 나누어 3개월에 한 번씩 단합 친선경기를 한다. 우승자에게 시상도 하고 회식으로 여흥을 풀면서 즐겁게 보내고 있다. 부부 동반도 여덟 쌍이나 된다. 실력이 비슷한 사람끼리 조를 만들어 시합을 함으로써 시소게임으로 아주 재미가 있다. 게임 중 멋지게 공격이 성공했을 때 파이팅! 하면서 짝꿍과 손 벽을 마주칠 때의 그 짜릿한 쾌감이야 이루 말할 수 없다.

　지난 4월 17일 일상적으로 복식 게임을 하게 되었다. 오판 삼승으로 결승을 하는데 2대2로 동점이 되어 마지막 판에 포 어게 인까지 올라가게 되었다. 연속 두 점을 따야 결판이 나는 판이라 한창 열이 올라 긴장되어 있는데 대각선 상대방의 포핸드 속공이 우측으로 날아왔다. 오른쪽 코너로 쏜살같이 날아온 공을 받기 위하여 무리하게 몸을 우측으로 빼는 순간 오른쪽 발이 미끄러져 중심을 잃고 우측 탁구대 모서리에 옆구리를 받아 넘어졌다. 눈에 불이 번쩍하고 심한 충격으로 정신이 아찔했다. 이런 공은 무리하게 받으려고 하지 말아야 하는데 오버모션(지나친 동작)으로 인한 실족이었다. 까무러질 듯 너무 아팠다. 일어나 떠다주는 냉수 한 컵으로 정신을 차리고 한참 안정을 했다가 가까이 있는 오 정형외과로 가서 엑스레이를 찍어보니 골절은 없다고 했다. 단순 타박상으로 골절이 없으니 약 열흘이면 나을 것이라고 해서 천만다행으로 생각하고 주사와 물리치료를 받고 집으로 돌아왔다. 그런데 날이 갈수록 통증이 더 심해져 갔다. 밤에 자다가 몸을 움직일 때 통증으로 잠이 깨고 나중에는 기침과 재채기를 못 할 정도였다. 그래도 골절이 없다니 타박으로 인한 울혈로만 여기고 마찰도하고 온욕을 하면서 무리한 움직임을 계속 했었다. 그런데 그것이 상처를 더 악화시킬 줄을 몰랐다. 열흘이 되어도 낮기는커녕 더해 다시 엑스레이를 찍게 되는데 처방하는 의사에게 아무래도 골절이 되었지 싶으니 촬영체위를 달리 해서 찍어봄이 어떻겠느냐고 건방진 말을 했다. 내 의견대로 처방을 받아 촬영 결과 우측 7, 8, 9, 10 늑골이 금이 간 것이 아니고 완전 골절이 되었고 8번째 늑골은 어긋나 있었다. 그리고 우측 하 늑막에 출혈로 인한 음영이 보였다. 금이 갔을 정도로만 예상했지 이렇게 까지 완전골절일 줄은 생각 못 해서 충격을 받았다. 의사에게 처음에 골절을 발견하고 복대로 고정을 해서 안정을 했더라면 이와 같이 더 악화되지는 않았을 것이라 했더니 처음에는 안 나오는 수가 있다고 했다. 금이 간 것은 처음에 안 나왔다가 약 일주일 후쯤 석회 침착되면 나오는 수가 있지만은 완전골절이 안 나오다니 납득할 수 없었다. 처음 초진 시 상처부위를 만져보고 촬영 처방을 정확히 했더라면 이런 미스가 없었을 텐데 속으로만 생각하고 의사의 자존심 침해가 될까 해서 더 따지지 않았다. 8주 진단의 중상이라니 눈이 캄캄했다. 나의 실수로 다친 것이니 어디 호소할 곳도 없고 이 나이에 부끄럽고 창피하기만 했다. 입원을 해야 하나 했지만 입원 한다고 해서 별다른 치료방법도 없으니 복대로 고정을 하고 통원치료를 하기로 했다. 그런데 앞으로 2개월 동안을 어떻게 보낼 것인가? 막막했다. 가만히 누워 있자니 하루 이틀도 아니고 지루함을 이겨내는 방법이 없을까? 생각 끝에 평소에 양서 한 권 제대로 못 읽었는데 이번 기회에 책이나 읽으면서 무료를 달래기로 작정을 했다. 서가에 꽂힌 책을 이것저것 골라 봤다. 이상(李箱)의 소설 『날개(외)』가 눈에 띄었다. 문학청년 이 폐결핵에 이환되어 요양 중 사랑의 열정으로 불나비처럼 살다가 요절한 애련한 줄거리였다. 李箱의 본명은 金海卿 1910년생으로 서울공대

전신인 경성고등보통학교 건축과를 나와 총독부 내무국 기수로 근무하면서 건축표지 도안 서양화 등 다수의 당선과 입선으로 예술과 문학을 겸한 다재다능한 수재인데 문약(文弱)인 체질에 폐결핵에 이환되어 항결핵제가 없었던 당시에 28세의 꽃다운 나이에 요절한 자신의 마지막 자화상을 그린 것이 날개 소설이었다. 외「지주회사」,「종생기」등과 유진오 씨의『김강사와 T교수』는 일제 때 동경 제대를 나온 수재가 사립대학 강사로 있으면서 일인 T교수의 선인(鮮人)에 대한 차별, 질시, 교장의 인사 부정을 당시의 사회상을 배경으로 지은 글인데 일제하 지식인들의 고뇌가 얽혀 있었다. 외「창랑정기」와 박태원 씨의『소설가 仇甫 씨의 일일』은 빈한한 소설가의 하루를 서술적으로 쓴 것인데 사회적인 냉대와 경제적인 궁핍 등 불우한 속에서도 작가의 굴레를 벗어나지 못하는 고민이 서려 있었다. 외「성탄제」등, 이 세 소설 모두 작가 자신을 소재로 한 것과 1930년대 일제 강점기에 쓴 글이 공통점이었다. 소설은 허구이다. 그 허구 속에 진실이 있다. 일기에도 수필에도 표현할 수 없는 인간 깊숙이 감추어진 치부와 갈등, 사회적인 비리 등 포장되지 않은 실상을 가상이란 방패를 이용, 어디 누구에게도 직접적인 피해와 반감의 지탄을 사지 않고 파헤칠 수 있는 것이 소설의 특성으로 매력을 느끼게 한다.

다음에 과학자인 서주섭(徐州燮) 전 교수의『나를 찾는 지름

길』, 『과학 속에 피안이 있다』를 읽었다. 310쪽으로 되어 있는 글인데 인류는 어디에서 와서 어디로 가는가? 인간은 무엇을 위하여 사는가? 인간은 어떻게 살아야 하는가? 하는 삶의 근본적인 문제에 대하여 종교와 과학을 접목시켜 인간 내면의 심정적 에너지를 활성화시키고 자신의 본성을 바로 인식하여 물질지배의 생활을 정신과 심령 지배의 생활로 돌려야 한다고 강조를 했다. 우주창조의 빅뱅 이론을 통하여 창조주의 필연성 존재를 깨닫게 했고 동시에 인간이 바로 창조주인 神과 佛의 자기실현이라는 확신과 나 자신이 하나의 우주로서 신아일체(神我一體)라는 구절에 붉은 줄을 치기도 했다. 유물(唯物) 유심(唯心)의 대립을 벗어나 시조 단군님의 건국이념인 홍익인간으로 외래적인 사상의 갑옷을 벗어던지고 개국의 이념에 바탕을 두어 전진할 수 있는 자주적이고 세계적인 사상 체계를 확립하여야 한다는 대목을 읽으면서 교정에 세워진 단군상의 목을 베고 구속을 당하며 철거 소동을 벌인 일들이 떠올라 오늘날 종교 간의 배타적 이단시(異端視)의 심각성과 연일 지속되는 중동의 테러 전쟁의 요인 중 종교적인 문제가 큼을 부인 할 수 없다고 볼 때 종교가 평화보다 분쟁과 비극으로 치닫고 있음을 한탄하지 않을 수 없었다. 어느 종교이든 궁극적인 진리는 같은 것이니 종교인들의 각성이 절실함을 느꼈다. 신(神)은 來世者만을 구제하고 죄를 물어 벌로 다루며 엎드려 빌며 애걸하는 자에게 재물과 복을 주는 지상의 조달청장이 아니라는 대목이 눈길을 끌었다. 하늘은 인간에게 후

하고 박함이 없나니(天意於人無厚薄) '창조주', '절대자', '대생명', '신(神)', '불(佛)' 등 모두 일물(一物) 이명(異名)이다. 만교귀일(萬教歸一), '영혼의 불멸성', '신은 만물 속에 있는 생명력', '신비 속에 가려 있는 절대자에 대한 외경심(畏敬心)' 등 가슴에 와닿는 구절이 많았다.

쓰다 보니 독후감같이 되고 말았는데 다른 공부도 마찬가지겠지만 특히 독서는 독서열과 기억력이 왕성할 때 읽어야 된다는 것을 더 느꼈다. 해방 직후 10대에 읽었던 『순애보(殉愛譜)』, 『금삼의 피』, 『마의태자』, 『단종 애사』, 『운현궁의 봄』, 『장 희빈』, 『무정』, 『불로초』 등은 아직도 새록새록 기억에 되살아나는데 이제 읽고 난 후 며칠이 지나면 내용은 물론 제목마저도 희미해지고 만다. 호롱불을 켜놓고 날이 새는 줄도 모르고 읽다가 아침에 거울을 보면 콧구멍이 새까맣게 되어 있음을 보게 된다. 마른 논에 물이 빨려 들어가듯 했던 그때의 독서열에 그리움을 느낀다. 이제 두뇌 세포의 쇠퇴로 입력도 저장도 잘 안 되는 것이니 이 모두가 자연의 섭리인 것을….

각설하고 돋보기를 끼고 책을 읽고 나면 한참 동안 동공 조리개의 노쇠로 조절 시간이 자꾸 늘어나더니 근래에 와서 책을 읽지 않았는데도 눈이 침침하고 물체가 부옇게 흐려보였다. 노안인데다 책, 컴퓨터 등을 오래 대하다 보니 그럴 것이라고 단순하

게만 생각하고 있었는데 며칠 전 길을 가다가 안과 간판이 눈에
띄어 진찰이나 한번 받아보자고 들어갔었다. 진찰 후 의사의 말
이 백내장이라 했다. 왼쪽은 가볍고 오른쪽은 더한데 수술하는
것이 좋겠다는 의사 의견에 따라 이 기회에 겹친 액을 때우기로
하고 지난 6월 2일 오른쪽 눈부터 먼저 하고 6월 9일 왼쪽까지
마저 했다. 수술 시 전연 통증이 없고 수술 후에도 후유증이 없
으며 물체가 선명하게 잘 보였다. 수술기술과 의료장비가 발달
되어 2~3방울의 점안 마취로 3미리 정도의 절개로 출혈 없이 혼
탁해진 수정체를 제거하고 인공 수정체를 삽입하는데 수술시간
이 약 한 시간 걸렸다. 재발률은 없으나 독서, 컴퓨터 등으로 시
력을 너무 혹사하는 일은 삼가라 했다. 자주 눈의 피로를 풀어
주고 무리를 하지 마라 했다. 수술비는 의료보험이 되어 본인 부
담이 검사비까지 합해서 두 눈에 약 70만원 들었다. 그런데 눈
수술로 약 2주간 책도 TV도 못 보게 되어 또 하나의 고민거리가
생겼다. 얼마 전 큰애 집에 갔다가 현관에 버리려고 내놓은 라디
오를 멀쩡한 것이 아까워서 가져다놓은 것이 생각났다. 내가 셋
방살이하던 시절인 60년대 처음으로 나온 트랜지스터라디오가
우리 집 재산 목록 1호이었는데 언제부터인가 TV와 컴퓨터에
뒷방 구석으로 밀려가 이제 자취마저 감추게 되었다. 먼지를 털
고 이어폰을 귀에 꼽고 눈을 감고 혼자 들으니 TV처럼 채널과
음향조절로 아내와 승강이를 하지 않아도 되니 좋았다. 하늘이
무너져도 솟아날 구멍이 있고 궁하면 수가 터진다더니 이렇게

해서 눈 수술 후 2주간의 기간을 용케 넘겼다.

병상기(病床記)인지 부상기(負傷記)인지 독후기(讀後記)인지 두서없는 짬뽕이 되고 말았다. 뜻밖의 골절상과 백내장 수술로 올해의 액땜을 했다고 자위하면서 결론적으로 두 달 동안의 병상 칩거로 깨달은 바가 있다면 먼저 자신을 알아야 한다는 데 있었다. 등잔 밑이 어둡다고 자신의 나이와 체력을 무시하고 덤병대다가 노추(老醜)를 보이게 되어 민망하고 창피했다. 지나치면 모자람과 다름이 없다는 말이 새삼 떠오른다. 그리고 흔히들 인용하는 위기를 기회로 삼는다는 말을 나름대로 시도해서 고비를 넘기는 데 도움이 되었다. 또 한 가지 얻은 것이 있다면 수필 습작 두 편의 소재를 얻게 되어 숙제 해결을 했으니 덤으로 주운 이삭이다. 골절상을 입은 지 두 달이 되었다.

눈 수술한 지도 2주일이 지났다. 늑골 4개가 완전골절 되어 출혈로 늑막에 피가 고였을 정도의 중상이었는데, 제대로 치료가 안 되어 늑막염이라도 합병 되었더라면 어떻게 되었을까? 생각만 해도 아찔하다.

마지막 엑스레이 촬영상 어긋난 늑골도 제자리로 유합(癒合)이 되었고 늑막에 고인 출혈도 흡수되어 깨끗했다.

오늘 아침 처음으로 두 달 만에 새벽 산행을 다녀왔다. 거의 빠짐없이 해온 새벽 산행이었다. 가벼운 걸음으로 동편 기슭 오솔길을 따라 은적사(隱迹寺)를 거쳐 큰골 취락정(趣樂亭)까지 올라가 계곡 맑은 물에 발을 담구고 한참 앉았다가 내려왔다. 맑은 공기를 가슴 깊숙이 들이마시고 두 달 동안 굳었던 전신을 풀고 나니 날아갈 듯 상쾌했다. 낙엽이 쌓인 부토에서 구수한 흙냄새가 솟아오르고 풋풋하고 싱그러운 풀 냄새에 코를 벌름거리며 초록색으로 뒤엉킨 나뭇잎이 새벽바람에 하늘거리면서 시야를 부드럽게 해준다. 고진감래(苦盡甘來)라, 새삼 건강의 소중함을 절감하였고 나에게 독서의 취미를 점지해 주신 신의 은총에 감사했다. 앞으로 독서도 컴퓨터도 하다가 눈이 피로하면 바로 풀어주고 탁구도 승부에 집착하지 말고 가볍게 즐기면서 체력에 맞게 치기로 했다. 따라서 매사를 중용으로 스스로의 처신을 근신하면서 긍정적인 생각과 밝은 마음으로 범사에 감사하며 순리에 따라 살아가기를 다짐하면서 병상기를 맺는다.

2006. 6월 중순 雪峰

※ 추기追記

위 글은 12년 전의 글이다. 강산이 변한다는 세월이 흘러갔다. 그때 복지회관에 나가면서 탁구도 치고 봉사활동을 하던 때가 그리워진다. 이제 탁구는 물론 복지관에도 안 나가고 자택에서 실내 요가와 산책으로 건강을 조절하고 있다. 며칠 전 우리 집에 세 들어 사는 노인이 자전거를 타고 가다가 넘어져 우측늑골 4

개의 골절상과 우측 하지 타박상으로 내가 치료받았던 병원에
입원가료 중에 있다. 이 글을 복사해서 수필집 한 권과 함께 드
리면서 위로와 쾌유를 빌었다.

2018년 4월 5일

論語 學習에 對한 小考

　　　　　　　명륜 대학에서 論語 卷之 八 泰伯까지 수강하
고 대학원에 들어와서 卷之 十四까지 배웠다.

　卷之 二十 堯曰까지 아직 六卷이 남았다. 그동안 배운 것을 복
습 삼아 훑어보면서 마음에 닿는 감명 깊은 구절 중에 공부자의
인간미와 성인상을 추려서 적어 볼까 한다.

　얼마 전 수강생 모 씨가 논어의 必讀을 강조하면서 대학원 마
칠 때까지 다 배워야 하는데 남은 시간이 촉박하다면서 진도를
더 했으면 하는 건의를 이완재 교수님께 했었는데 이 교수께서
말씀하시기를 이때까지 배운 것을 충분히 복습하면 끝까지 다
안 배워도 저절로 알 수 있게 된다고 했다. 배우고 익히는 것도
중요하지만 그 글 속에 함축되어 있는 진리를 터득하여 자기 것
으로 소화시켜 실천코자 노력하는 것이 더 중요하다는 뜻이다.

그렇다. 天地玄黃 三年之讀 하니 焉哉乎也 何時讀乎라 했다. 한 구절을 배워도 문리가 터져야 한다는 뜻으로 본다. 공부자께서 子貢(賜)에게 "너(사)와 回(顏淵) 중 누가 더 나으냐?'고 물었다. 자공이 대답하기를 "회는 하나를 들으면 열(十)을 아는데 저는 하나를 들으면 겨우 둘밖에 모르니 어찌 回에 비교가 되겠습니까."라고 했다. 열을 듣고 하나도 제대로 모르면서 봉사 삼밭 지나치듯 강의 시간만 때우고 있는 자신을 돌아볼 때 다 배운들 무슨 남는 게 있겠는가. 自問케 한다.

공부자께서는 3세 때 아버지를, 24세 때 어머니를 각각 여의시고 69세 때 아들 鯉가 50세 나이로 먼저 죽었다. 다음 해인 70세 때 가장 사랑하고 기대했던 수제자 顏淵(回)이 41세의 한창 나이에 불귀의 객이 되고 말았다. 72세 때 깊은 애정을 지니고 그의 지나친 성격을 충고한 오랜 제자 子路가 위나라 종사 중 내란에 휘말려 비명에 가고 말았다. 周遊天下 8年에 귀 기울이는 爲政者는 없었고 춘추 격동기에 천하는 극도로 혼돈했으니 실의와 번민이 얼마였었겠는가? 그러나 공부자께는 3000제자에 六藝에 통달한 70여 제자와 10哲이 있었기에 유지를 받들어 논어란 보전을 남기게 되고 오늘날까지 성인으로 推仰받게 된 것이다.

공부자께서 평소 아끼던 제자 안연이 죽자 몹시 슬퍼했다. "아! 하늘이 나를 버리셨구나, 하늘이 나를 버리셨구나." 계속해서 통곡을 하며 눈물을 흘리자 곁에 있던 제자가 "선생님답지 않게 너무 슬퍼하십니다."고 했고 공부자께서 "내가 그랬더냐? 안연을 위해 울지 않으면 누구를 위해 울겠는가?"고 했다. 아마도 세계의 성인 중에서 가장 인간적인 모습을 보인 성인을 꼽으라면 단연 공부자가 으뜸일 것이다.

석가의 경우 아끼는 제자가 자기보다 먼저 입멸했을 때 슬퍼하는 모습을 보이지 않았다 한다. 제자에 대한 애정이 없어서가 아니라 죽음을 당연하게 받아들이는 諸行無常의 理致를 깨달은 이상 슬퍼하는 것은 한갓 번뇌에 불과한 것이라고 여겼기 때문이니라. 장자의 경우는 어떤가? 아내의 시신 곁에서 노래를 불렀다 한다. 그것은 生과 死가 별개인 둘이 아니라 하나라고 보았기 때문이다.

그러나 공부자께서는 이런 초월적인 태도가 보이지 않는다. 적어도 공부자의 눈으로 볼 때 生과 死는 엄연히 다르다. 이는 季路가 죽음에 대해서 묻자 "삶도 아직 제대로 알지 못하는데 어찌 죽음을 알 수 있겠는가?"라고 대답한 것을 통해 뭐라고 판단할 수 없는 죽음의 문제를 놓고 고민하기보다는 그것은 일단 접어두고 삶, 그것도 올바른 삶의 문제에만 관심을 두었다.

그러나 공부자께서 삶에 무조건적인 애착을 보인 것은 아님을 다음 글에서 알 수 있으니

朝問道면 夕死可矣라 했고 殺身成仁을 군자의 道라 했다. 葉公이 공부자에게 자기 아버지가 남의 양을 훔친 것을 증언한 정직성에 묻자 "아비는 자식을 위해 숨겨주고 자식은 아버지를 위

해 숨겨주는 것이 진정한 정직"함이라 했다. 얼마 전 파출소 소장인 제 모의 불륜을 고발하고, 판사 남편의 비리를 고발한 신문 기사를 떠올리며 오늘날의 윤리관을 생각게 한다.

자공이 공부자에게 "한 고을 사람이 모두 좋아하는 사람은 좋은 사람입니까?"라고 묻자

자 왈 "그렇다고만 볼 수 없다." "그러면 마을 사람들이 모두 미워하는 사람은 어떻습니까?'

子曰 "그가 정말 나쁜 사람인지는 알 수 없다. 착한 사람에게는 사랑을 받고 착하지 않은 사람에게는 미움을 받는 사람이 진짜 좋은 사람이라고 볼 수 있다." 했다. 이를 볼 때 분명히 올곧은 사람은 모든 이와 친구가 될 수 없음을 示唆한다.

제자 伯牛가 癩患에 걸렸을 때 문병 가서 그의 문드러진 손을 잡고 "이 사람이 어떻게 이런 몹쓸 병에 걸렸나."를 되풀이하며 애통해했다. 제자의 죽음과 중병에 눈물을 흘리며 슬퍼했고 좋은 음악을 듣고는 석 달 동안 고기 맛을 알지 못했다고 하는 공자! 그의 가르침은 상식에 기반을 둔 매우 평범한 것임을 알 수 있게 했다. 己所不欲이면 勿施於人이며 자기가 싫은 일은 남에게도 시키지 말며 자기가 서고 싶으면 남도 세워주는 易地思之로 편협과 고집 그리고 사사로움을 멀리함을 가르쳤다.

또한 공부자의 자녀 교육관은 어떠했는가? 陳亢이 伯鯉에게 물으니 "모르겠다. 한번은 뜰을 지나가는데 공자께서 '너 시를 배웠느냐?'고 하시기에 아직 배우지 못했다고 하니 '시를 모르

면 남과 대화를 할 수 없다' 하시기에 鯉가 물러나서 시를 배웠으며, 한번은 過庭時 '禮를 배웠는가?' 하시기에 未也라 하니 '예를 배우지 않으면 남 앞에 떳떳하게 설 수 없다' 해서 鯉는 예를 배우게 되었다."는 것이다. 이와 같이 詩禮에 대하여 지나가는 말로 한마디 했을 뿐 특별히 가르치는 바 없었다는 말을 듣고 진항이 물러나 기뻐하기를 "問一得三하니 問詩 問禮하고 又聞遠其子也라." 했다.

오늘날 자녀에 대한 무조건적인 익애와 과보호, 자유방임으로 염치없고 방자하고 버르장머리 없는 시건방진 아이들이 量産되어 父權이 실종되고 어른을 존경할 줄 모르며 스승을 우습게 여기는 풍조가 만연되어 있으니 통탄할 일이다. 자녀에게 공부하라 이래라 저래라 다그치기보다 무언중에 따르도록 솔선수범하는 것이 올바른 교육임을 깨닫게 하는 구절이다.

안연이 공부자를 위탄하기를 "쳐다보면 볼수록 높아 보이고 뚫으려 하니 더욱 굳으며 앞에 나타났는가 하면 홀연 뒤에 가있어 아무리 따라가려고 애써도 따라 붙지 못 하겠다."고 했으니 공부자의 성인상은 이 구절에서 가히 짐작하고도 남음이 있다 하겠다.

그리고 공부자께서는 제자의 성품과 교양 그리고 지능에 따라 같은 물음인데도 각각 다른 대답을 했다. 무엇이든 덤벙되는 好勇的인 子路에게는 아는 것은 안다하고 모르는 것은 모른다고 하는 것이 곧 아는 것이라 하며 先之勞之와 無倦을 일러주었고 온순하고 好學的인 顔淵에게는 칭찬과 격려를 했다. 이재에 밝고 말을 잘하며 뽐내는 자공에게는 貧樂好禮와 先行後從으로 自慢을 경계했다. 당당하고 호방하며 과시적인 자장에게는 質直好義를 촉구하고 名不虛傳을 경계했다. 말이 많고 근심과 두려움이 많은 司馬牛에게는 其言也訒과 不憂不懼가 군자임을 가르쳤다.

필자가 공부자에게 사람됨(問)을 물었다면 무엇이라 답했을까? 아마도 네 분수를 알고 자숙하라 하지 않았을까? 아무것도 모르면서 글을 쓴다고 덤벙대니 可笑로와 하실 것이다. 허나 늘 그막이나마 한 자라도 더 배우겠다고 애쓰는 심정을 가상히 여기신다면 寬容하시리라 자인하면서 두서없는 졸고를 맺는다.

2000년 10월 12일 鄉校校誌 揭載

버릇

오늘 새벽 진천천 산책길에 쓰레기를 주우면서 5천 원짜리 지폐 한 장을 주었다. 얼마 전에는 같은 진천천에서 새벽산책 쓰레기 줍기를 하다가 벤치 밑 음식물 쓰레기 속에서 만 원짜리 지폐를 주운 적도 있고 백 원짜리 동전도 몇 번 줍기도 했었다. 화폐가치가 많이 떨어지기는 했지만 그래도 만 원 내지 5천 원이면 한 끼의 민생고를 해결할 수 있고 커피 한 잔 값은 되고도 남는다. 이 이상 돈이면 잃는 사람도 아깝고 주운 나도 신고 여부로 갈등을 갖게 될 터인데 부담 없이 반갑게 주었다. 오천 원이면 복지관 자판기 커피가 25잔이나 된다. 내일 복지관에 나가서 이야깃거리 삼아 탁구실 회원들에게 커피 인심도 써야겠다. 그런데 이상한 느낌이 들었다. 올해 들어 두 번이나 돈을 줍게 되었으니 세상에 공짜는 없는가 보다. 복지관에서는 겨우 1주일에 한 번 2시간 내외의 봉사에 단합대회라면서 회식도 시켜주고 봄가을 야유회도 마련하며 진천천 환경청결캠페인은 군수 표창에 이와 같이 돈까지 줍게 되니 잃은 분에게는 미안하지만 하늘도 무심치 않은 것 같다. 잃은 사람은 음식물과 쓰레기를 버렸으니 범칙금을 물게 했고 그 돈은 쓰레기를 치운 나에게 돌아왔으니 세상은 참 보이지 않는 그 무엇이 있지 않은가? 하는 생각도 들었다. 돌아와 아내에게 사실을 얘기하고 온욕 샤워를 한 후의 아침 식사는 평소 밥맛을 넘어섰다. 즐거운 주일 아침이라 일기에 적은 것을 여기에 옮겨본다. 일기와 새벽산책은 나의 유일한 일과다. 그럭저럭 모인 일기장이 다이어리 크기의 38권이 된다. 나의 일기장은 비망, 메모, 낙서, 신문스크랩, 스트레스 발산, 글쓰기 공부, 글감 건지기, 일과의 성찰 등 내 삶의 영원한 반려자이기도 하다.

나는 30대부터 시작한 새벽산책을 아직도 계속 하고 있는데 처음 시작하게 된 동기는 위장이 좋지 못해 소화가 잘 안 되고 공복에 속이 쓰리고 상복부가 항상 체한 것처럼 불쾌하고 답답하여 떡이나 가루음식은 물론 조금이라도 과식을 하게 되면 배탈이 잘 나서 위장 조형촬영과 내시경검사 등 종합 검진 결과 특별한 병변은 발견할 수 없고 심인성이란 진단을 받은 바 있었다. 즉 마음 탓인 신경성이란 것이다. 그 후 새벽산책과 요가를 하면서 술과 담배를 끊고 커피 등 자극성 음식은 일절 금했다. 그리고 단식도 하고 자기 최면으로 부정적이고 비관적인 사고를 긍정적이고 낙관적으로 바꾸는 데 오랜 세월이 걸렸다. 눈이 오나 비가 오나 꾸준하게 특별한 경우가 없는 한 거의 빠짐없이 새벽 산책과 요가체조를 겸해 계속하면서 항상 감사한 마음으로 밝게 살고자 다짐하면서 노력하고 있다. 이와 같이 50여 년 계속해 온 버릇이 몸에 배어 이제는 하루도 새벽산책을 안 하면 못 배길 정도로 고질이 되고 말았다. 이제 위장 장애도 없어지고 담배는 완전히 끊었지만 술은 분위기에 따라 한 잔씩 하게 되었고 커피는 하루 한두 잔 안 하면 섭섭할 정도로 기호품이 되고 말았다.

4년째 나가고 있는 달성 노인복지관 해바라기 자원봉사원으로 동참하게 되어 매주 월요일 주차 안내와 쓰레기 줍기를 하게 되었고 내가 살고 있는 아파트 자원봉사단에서 매월 진천천 환경청결 캠페인을 함께한 것이 이장의 추천으로 달성군수로부터 모범선행 군민으로 선정되어 표창을 받고 보니 아무것도 아닌 일상의 미미한 일로 과분하다는 생각에 오히려 부끄럽고 송구스러웠다. 그에 대한 보답을 하려니 다른 방법은 없고 매일 새벽 산책길에 쓰레기 줍기나 해야겠다면서 비닐봉지와 집게를 휴대

하고 진천천 둔치를 산책하면서 쓰레기를 줍고 있다.

산책도 하고 겸하여 쓰레기도 주우며 뽕도 따고 임도 보게 되니 더 기분이 상쾌하고 좋다. 처음에는 남이 볼까 부끄럽기도 하고 쑥스러웠으나 계속 하니 그런 생각이 없어졌다. 한번은 지나치는 분이 하천 관리인이냐고 묻기에 아니라고 했더니 고개를 갸우뚱했다. 제 버릇 개 못 준다고 고질화된 나의 버릇을 고칠수는 없고 소천의 그날까지 따를 수밖에 도리 없게 되었다. 8학년 3반인 내게 이제 남은 소원은 가족에게 폐 끼치지 않고 가고 싶으나 그게 마음대로 되나. 며칠 전 87세로 타계한 철의 여인 대처 전 영국 수상도 11년을 뇌졸중 후유증으로 고생했다고 했다. 통계상 병고에 시달리는 기간이 11년이라 했다. 수즉욕(壽卽辱)이라 했으니 오래 사는 것이 오히려 욕된다는 것이다. 말똥에 굴러도 이승이 좋다고 하지만 갑자기 죽는 수는 없으니 병고에 시달리는 기간만이라도 줄이는 것이 상책이다. 그러려면 내 버릇대로 감사하게 살다가 가는 수밖에 없다.

2013년 4월 7일

그래도 세상은 살만하다

그저께 5월 30일 자원봉사 당번 날이라 아침 첫차로 복지관에 갔다.

9시 30분부터 11시까지 1시간 30분 주차안내와 쓰레기 줍기를 하고 탁구실에 가서 복식게임을 했다. 파트너와 호흡이 잘 맞아 두 판 다 이겨 기분이 좋았다. 점심식사 후 1층 로비에서 나의 대화의 콤비인 후배와 자판기에서 뺀 커피를 음미하면서 세상 사는 얘기에 시간 가는 줄 몰랐다. 2시부터 4시까지 컴퓨터실에서 동영상 수강을 하고 탁구실로 내려와 복식게임을 한판 더 치고 시계를 보니 오후 4시 30분, 돌아가는 차 시간이 되어 급히 서둘러 옷걸이에 걸어놓은 잠바를 벗겨 든 채 주차장으로 달려갔다. 대명동 셋집에 가기 위해 지하철을 타려고 지갑에 든 카드를 꺼내기 위해 잠바 주머니에 손을 넣었다. 지갑이 없었다. 가방을 뒤졌으나 가방 안에도 없었다. 다시 가방을 매고 잠바주머니와 하의주머니까지 뒤졌으나 없었다. 대명동 셋집에서 아내와 만나기로 한 약속은 뒷전이고 아찔하고 당황했다. 지갑에는 주민등록증, 교통카드, 지하철카드, 연금수급증, 대구은행 현금인출카드, 삼성, 엘지 카드 등이 들어 있었다. 현금 10여만 원은 안중에도 없었다. 우선 제 증명이 문제다. 급히 복지관 성기찬 복지사에게 전화를 했다. 약차 하고 내가 탁구실을 나온 지 20분이 넘지 않았으니 아마 탁구실이나 복도에 떨어져 있는지 살펴보시고 주운 사람이 있으면 알아봐 달라고 하고 복지관으로 도로 가겠다고 하고 다시 복지관으로 가려고 하니 지갑째로 잃었으니 차비가 있어야지. 포기하고 대곡 아파트로 돌아왔다. 집에 돌아와서 가만히 생각해 보니 아무래도 이상했다.

탁구를 치면서 벗어 옷걸이에 걸어 둔 잠바주머니에서 지갑만 꺼내어 식권과 이발 표 구매를 하고 도로 옷걸이 잠바주머니에 넣은 게 틀림없는데 아무리 생각해도 황당했다. 잠바주머니에 넣으면서 잘못 넣어 바닥에 떨어졌거나 아니면 차를 타려고 급히 잠바를 팔에 걸고 나오면서 복도에 떨어뜨렸는지? 홀린 것 같기도 하고 영 기분이 좋지 않았다. 지갑에는 각종 증명에다 휴대전화 번호까지 적힌 명함까지 있으니 주운 사람이 있으면 바로 연락이 있을 것이고 아니면 사무실에 갔다 줬을 것인데 연락이 오도록 기다렸으나 무소식이었다. 저녁에 큰애가 직장에서 퇴근을 해서 올라왔다. 같은 라인에 살기 때문에 수시로 오가곤 한다. 사실을 얘기했더니 이때까지 연락 없는 것으로 봐서 아마 지갑에 현찰이 10여만 원 들어있었으니 돈에 욕심이 생길 수도 있고 또 현금 인출카드가 있으니 악용할 가능성도 있으므로 분실신고부터 하자면서 인터넷으로 대구은행과 삼성, 엘지 카드사에 분실신고를 했다.

이튿날 일찍 첫차로 복지관에 갔다. 탁구실 옷걸이 밑과 복도를 살폈으나 있을 리 없다. 사무실에 물었으나 습득 신고가 없었다고 했다. 나는 완전히 포기했었다. 그러나 찜찜한 게 탁구를 쳐도 공이 제대로 들어가지 안했다. 돈이 안 들어 있었다면? 앞으로는 필요 불가결한 현금과 카드 외는 가능한 한 휴대 않기로 하고 또 현금과 증명 카드의 분리 휴대도 생각했었다. 현금과 인출카드가 없었다면? 휴대전화번호가 적힌 명함까지 들어있으니 바로 연락이 올 텐데? 여러 가지 잡생각이 머리를 어지럽혔다. 오후 3시 돌아오는 길에 화원 우체국과 읍사무소에 들려 지하철 카드와 주민증 분실신고와 재교부신청을 하고 돌아왔다. 3일째인 오늘 대명동 셋집 보일러 수리 관계로 복지관에 안 가고 아내와 함께 가 있었는데 오전 10시쯤 나의 핸드폰이 울렸다. 탁구부 예재호 선생님의 목소리이었다. 지갑을 찾았다고 하기에 정말이냐 하면서 어떻게 찾았느냐고 했더니 뭐라고 얘기하는데 난청이라 옆에 있는 아내와 전화를 바꾸었다. 전화를 끊고 난 다음에 아내가 하는 말이 월요일 옷걸이에 걸어둔 잠바를 벗겨 입고 집에 돌아와 그대로 벗어두고 오늘 잠바를 다시 입고 주머니를 만졌더니 낯선 지갑이 나와 열어보니 한 선생의 명함이 들어있어 바로 전화했다면서 한 선생의 잠바와 내 잠바가 색깔과 모양이 똑같아서 한 선생이 같은 옷걸이에 나란히 걸린 내 잠바를 자기 잠바인 줄 착각하고 지갑을 내 주머니에 잘못 넣은 것으로 안다고 하면서 안심하라고 한다는 것이 아닌가! 나는 다시 전화를 해서 내일 가겠다고 하고 고마움을 말씀드렸다. 오후에 복지관에서 또 전화가 와서 지갑을 찾았으니 찾아가라 했다.

코믹한 난센스의 해프닝 감이다. 나의 실수로 성 복지사를 성가시게 했고 또 여러 가지 의심을 가지게 된 것이 너무 부끄러웠다. 문득 어릴 때 들은 우화 한토막이 떠올라 나를 더욱 무안케 했다. 옛날에 어느 집에서 보물처럼 간수하던 은수저가 없어졌다. 은수저의 주인인 주부는 출입이 잦은 이웃 부인을 의심했다. 며칠까지 유예를 두고 아무도 몰래 지정 장소에 가져다 놓지 않으면 저주풀이(잃어버린 물건을 찾기 위한 점 풀이)를 하겠다고 마을사람들에게 알렸다. 그러나 지정한 날까지 은수저는 보이지 않았다.

그래서 마을 사람들을 모두 모아놓고 가마솥에 물을 가득 부어 끓이고 산고양이를 거꾸로 매달아 놓으면 고양이가 뜨거워 몸을 뒤트는데 모인 사람 중에 훔친 사람이 있으면 고양이와 같이 몸을 뒤틀게 된다는 양밥이었다. 여기에 나오지 않으면 의심을 받게 되니 마을사람 모두가 나와 호기심에 어린 눈으로 서로의 눈치를 보면서 구경을 하게 되는데 절도자의 비밀을 보장해주고 장물을 찾는 토속적인 무속행위라고 볼 수 있다. 잃어버린 주인은 모두 모인 사람 중에 얼굴을 살피는 것이었다. 서로 의심을 하면서 누가 저 양밥의 제물이 되느냐고 눈을 굴리고 있었다. 그러나 시간이 지나도 지정한 장소에 은수저는 보이지 않았다. 드디어 최후 수단인 산고양이를 거꾸로 매어 달고 뜨거운 김을 올렸더니 고양이가 뜨거운 김을 참지 못해 몸을 뒤틀기 시작했다. 그런데 갑자기 영문 모르고 뜰에서 뛰어 놀던 주인의 어린 아들이 비명을 지르면서 몸부림치지 않는가? 즉시 행사를 중단하고 원인을 조사했더니 말 못 하는 어린 아들이 은수저를 가지고 놀다가 우물에 빠트린 것을 나중에야 우물 청소를 하다가 발견을 하고 회한의 눈물을 흘렸다는 사실인지 우화인지 모르지만 도적맞고 죄 많다는 말이 있다. 나 자신의 실수로 여러 사람을 괴롭히게 된 것이 너무 부끄러워 오늘 일기에 적은 글을 여기에 옮겨봤습니다. 부산 저축은행의 비리, 국가대표 축구팀의 승부조작 로비, 왜관 미군기지 고엽제 매몰 등 우울한 작금 뉴스에도 우리 달성복지관 2,600명 회원의 마음속에는 따뜻하고 아름다운 심정의 물결이 남몰래 흐르고 있으니 '그래도 세상은 살만하다' 하겠습니다.

2011년 10월 10일

세상 사는 이야기 (요가의 생활화)

저는 젊은 한때 위장병으로 오랜 세월 고생을 많이 했습니다. 백약이 무효로 항상 속이 더부룩하고 떡이나 국수 같은 가루음식은 입에 대지도 못했습니다. 선천적으로 약질로 태어난 데다가 위장장애로 음식을 제대로 못 먹었으니 항상 초췌하고 비실이였습니다. 그러던 중 68년도부터 요가원을 찾게 되어 수련을 시작했고 단식과 자기 최면의 명상으로 원인 분석을 한 결과 부정적 심인성(心因性)이란 것을 알게 되었습니다. 그래서 이와 같은 자신의 부정적인 인생관을 바꾸기로 결심하고 요가를 생활화하기로 했습니다.

매일 새벽 산책 때 서서 하는 요가를 30분간 하고 독서, 컴퓨터 유영 등을 하다가도 정적으로 굳어진 몸을 굴신과 물구나무서기 등 동적인 요가로 풀기도 합니다. 차중에서도 단전호흡과 항문 수축 복식 호흡으로 때와 장소에 따라 적절한 요가를 병행합니다. 의식개조를 위해 계속 요가를 생활화하고 새벽산책과 산행으로 건강을 다지고 있습니다. 인생관을 긍정적이고 낙관적으로 바꾼 후 위장병도 없어지고 건강을 되찾을 수 있었습니다. 매주 월요일과 금요일은 복지관 요가반에서 11시에서 12시까지 한 시간씩 수련을 한 후 마음이 통하는 전직 후배와 앞산 큰골 만수정 약수터까지 약 50분간 산림욕을 하면서 산행을 한 후 사가지고 간 도시락으로 점심을 먹습니다. 식사시간이 오후 1시가 지나고 요가와 산행으로 배가 고픈데 산속 맑은 공기를 마시며 먹는 밥맛은 그야말로 꿀맛이라 해도 과언이 아닙니다. 식사 후 입가심으로 커피를 음미하면서 세상 사는 이야기에 시간 가는 줄 모릅니다. 상대는 10여 년간 같은 과에서 함께 근무한 직장 후배로서 16년 연하인데 서로의 내밀한 사정까지 숨김없이 털어 놓을 수 있는 허물없이 믿고 사랑하는 사이입니다. 일주일에 두 번씩 만나 요가도 하고 산행도 하며 함께 즐기고 있습니다.

저는 코드가 맞는 후배를 가진 것을 행복하게 생각합니다. 그와의 환담으로 스트레스를 풀고 복지관으로 되돌아와 호흡 맞는 파트너와 탁구 게임으로 땀을 흠뻑 흘리고 집에 돌아와 샤워를 하고 나면 날아갈 듯 전신이 가뿐해집니다. 이와 같이 하루를 즐겁게 보내고 있습니다. 그리고 매일 날아오는 20여 통의 메일의 좋은 글은 나의 일상의 청량제가 되고 희망과 용기를 주는 삶의 지표로 삼고 있습니다. 제가 위와 같이 낙관적인 글을 쓰게 된 것도 자신에게 최면을 주기 위한 한 방법이며 또한 여러 사람에게 공포함으로써 筆行一致를 위한 스스로와의 약속이며 다짐을 위해서입니다.

　요가는 인도 고유의 심신 단련법의 한 방법으로 자세와 호흡을 가다듬어 정신을 통일, 순화시키고 초자연적인 힘을 얻으려는 수행법으로 정신적인 집중과 호흡의 조정으로 신체적인 기능을 유연하게 균형을 잡아주는 즉 정신, 호흡, 운동의 삼위일체가 되어야 올바른 효과를 얻을 수 있다고 합니다. 여기에 주기적인 단식과 자기 최면으로 극기의 수행까지 겸한다면 더욱 좋은 수행이 될 것입니다. 인도의 간디는 60일까지 단식을 했다는 글을 본 적이 있는데 저는 예비단식 3일(죽, 미음, 사과즙), 본단식 1주일(생수만 마심), 회복단식 4일(사과즙, 미음, 죽)의 두 번 시행으로 많은 효과를 얻었으나 단식 과정의 고비를 넘기는 데 애를 많이 먹었습니다. 단식 후 보식기간이 가장 중요한데 단식으로 식욕이 당겨 과식을 하게 되면 부종 등 역효과의 위험이 있어 조심해야 합니다.
　위장병이 완쾌되고 나니 자만해져서 담배는 완전히 끊었으나 술과 커피는 분위기에 따라 하게 되고 때로는 과음, 과식으로 위장 장애를 초래하는 우를 범하고 있는데 이럴 때는 식사 조절로 회복을 꾀하며 가능한 한 약 복용은 피하고 있습니다. 저와 같이 선천적인 약질은 항상 소식과 절제된 생활을 하지 않으면 탈이 자주 납니다. 제가 요가로 의식 개혁 전에는 저에게 약질을 물려준 부모님을 원망했으나 두주불사(斗酒不辭)로 건강을 과시하던 친구들이 만년에 고혈압 비만 당뇨 등 성인병으로 고생을 하거나 하나둘씩 이승을 먼저 떠나가는 것을 볼 때 제가 약질로 태어난 것이 오히려 다행이 아닌가라고 자위하며 감사하게 받아드리기로 했습니다.

대한노인회 안필준 회장이 지역 연합회의 강연 후 돌아온 다음 날인 8월 26일 오후 폐혈전색전증으로 급서를 했다는 보도를 듣고 나보다 한 살 아래인데 애석했으나 육군대장에 보사부장관 등 화려한 전력에 77세까지 팔팔하게 살다가 고통 없이 하루 만에 갔으니 77 88 014라고 할까. 죽음의 복까지 타고난 오복을 갖춘 분이라 부럽기도 했습니다.

이제 남은 삶이 생의 마지막에 맞게 되는 가장 자유로운 시기이며 그동안 시달리던 모든 욕망에서 벗어날 수 있는 절호의 기회라 생각하고 오래 사는 것보다 사는 동안 건강하게 살다가 주위 가족에게 폐 끼치지 않고 가기 위해 이와 같이 스스로 다짐하면서 공개의 글을 쓰게 되었습니다.

2009년 한가윗날 오후 대곡에서

해바라기 봉사단 선진지 견학

　　　　　지난 6월 25일 해바라기 봉사단에서 선진지 견학으로 전라남도 담양군 담양읍 삼만리 소재 담양군 노인복지 타운을 찾았다. 현풍에서 오전 8시 30분 출발해서 도착한 관광 버스에서 인원 점검을 마치고 9시 정각에 복지관을 출발했다.

　관장님과 이은정 복지사 외에 남자 10명, 여자 13명 모두 25명 이었다. 구름이 잔뜩 끼어 불볕 햇살을 가려 무더위를 덜어 주어 맑은 날보다 오히려 나들이에는 좋은 날씨이었다. 지난 2월 22 일 청도 봄맞이 나들이 때는 봉고차라 불편했다면서 이번에는 관장님의 특별 배려로 45인승 관광버스를 대절해서 널찍하게 자리 잡아 반이 빈 자리가 아까웠으나 운신이 자유로워 편하고 좋았다. 복지관을 빠져나가 88고속도로로 진입, 신나게 달렸다.

　이은정 복지사의 사회로 관장님과 곽 단장님의 인사에 이어 견학 일정표와 정성 들여 준비해 온 간식이 분배되었다. 거창휴게소에서 한숨 돌리며 소피를 보고 다시 달렸다.

차창 밖으로 초여름 초록빛 풍경이 눈길을 끌었다. 녹림 수목 사이로 군데군데 하얀 눈을 덮어쓴 듯 무리지어 핀 밤꽃이 차창을 노크했다. 노래 곡목을 입력, 차례대로 돌아가며 노래를 부르고 손뼉을 치며 춤도 췄다. 송 회원님의 프로 열창에 이어 모두들 아마추어를 넘어선 노래 솜씨와 곽 단장님의 구수한 달변과 유머로 차중은 순식간에 흥겨운 도가니로 빨려들었다.

지리산 휴게소의 수령 300년 노송을 배경으로 기념촬영을 하며 몸을 푼 후 다시 버스에 올랐다. 뻗어 내린 울창한 푸른 산줄기, 그림처럼 올망졸망 터 잡은 마을, 넓은 들녘 사이로 감아 도는 강물, 초록 융단을 깔아놓은 듯한 벼논, 한 폭의 동양화처럼 아름다운 풍경에 도시 콘크리트 속에서 찌든 심신을 시원하게 풀어주었다. 스쳐가는 차창 밖 풍경과 흥겨운 노래에 홀려 3시간 넘는 이동시간이 지루함을 모른 채 광주를 지나 어느덧 담양 IC에서 담양으로 꺾어들었다. 시계를 보니 11시 30분이었다. 주차를 하고 12시 10분까지 40분간 메타세쿼이아 가로수 길을 산책했다.

하늘을 찌를 듯이 솟아오른 메타세쿼이아 가로수가 터널을 이루어 평일인데도 관람객이 줄을 이어 장관이었다. 산책을 마치고 가로수 터널을 배경으로 정다운 모습들을 카메라에 담고 차를 돌려 쌍교숯불갈비 식당으로 갔다. '떡갈비' 란 생소한 메뉴에 곁든 푸짐한 성찬은 모처럼 구미를 돋웠다. 2층으로 되어있는 넓은 식당이 꽉 찰 정도로 손님이 붐볐다. 담양은 물론 전국적으로 유명세를 타서 인터넷 검색으로 미리 예약을 했다고 했다. 바로 옆 송강정 솔숲이 식당의 경관을 돋보이게 했다. 점심 식사를 마치고 시계를 보니 오후 1시 30분, 견학 목적지인 담양군 노인복지타운으로 이동을 했다. 도착하니 오후 2시었다.

한만순 원장님이 여직원 1명을 대동, 반갑게 맞이했다. 입구에서부터 슬리퍼를 갈아 신는 것이 우리 복지관과 달랐다. 단순한 복지관이 아니고 노인전문요양원을 겸해서 명칭도 타운으로 실내가 깨끗했다. 한만순 원장님의 해설과 안내로 각층을 돌아보았다.

2009년에 "여가에서 요양까지"라는 슬로건 아래 새로운 복지 서비스로 시작하여 치매 중풍 등 중증 노인질환으로 요양을 필요로 하는 어르신 중 그 부양의 의무자로부터 적절한 부양을 받지 못하는 어르신에게 저렴한 요금으로 급식 요양 기타 일상생활에 필요한 편의제공을 하며 입소대상은 노인 장기 요양수급자로서 입소를 희망하는 만 60세 이상 담양 거주자이며 일반은 요양비의 20%, 경감자는 10%, 기초수급자는 무료로 2010년 5월부터 운영을 시작했으며 3층 건물 2개동으로 1층은 지역노인들을 대상으로 하는 다양한 여가 활용 프로그램이 운영되는 다목적 강당을 비롯해서 사무실과 상담실, 이미용실이 갖추어져 있고 2층에는 주간 보호실, 체력단련실, 물리치료실, 기능회복실, 취미교실, 도서실, 면회실, 간호사실, 식당 등 재가보호 서비스 시설이며 3층은 72명이 편안하게 생활할 수 있는 전문 요양원을 비롯한 목욕탕, 세탁실, 다용도실, 휴게실 등이 마련되어 쾌적한 공간으로 활용하고 있으며 연차적으로 주거단지와 생산단지 및 문화체육시설이 설치될 예정이라 했다.

일반 복지대상은 역시 담양지역 거주자로서 만 60세 이상 회원 가입자로서 기초생활 수급자는 각종 프로그램 무료 이용으로 월~금요일 9시부터 오후 6시까지이며 식당 비용은 1,000원 이미용 커트는 3,000원이라 홈페이지에 실려 있었다. 즉 일반 복지관과 다른 점은 요양시설과 재가복지 지원을 겸한 운영 시설이 특이했다. 한 시간의 견학을 마치고 강당에서 기념촬영을 한 후 선물교환으로 작별의 아쉬움을 뒤로하고 차에 올랐다. 비가 내렸다. 일정에 죽농원 관광으로 되어 있었으나 비가 와서 생략하고 한국 대나무박물관으로 이동했다. 1전시실부터 5전시실까지 대나무에 대한 각종 전시와 죽물공예품을 관람했다. 기념으로 통대로 만들어진 대나무 컵 2개를 사고 오후 3시 30분 귀로의 버스에 몸을 실었다.

돌아오는 차중에서 매실주와 포도주가 다시 불씨를 댕겼다. 예의 차중 놀이는 여기라고 다를 수 없었다. 음악에 맞추어 또 춤놀이가 시작되었다. 나는 노추에 자신이 없어 피했는데 관장님이 손을 잡고 억지로 잡아끄는 데는 피할 길이 없었다. 같이 어울려 한참 뛰고 보니 온몸에 땀이 흠뻑 젖었다. 지리산휴게소와 거창휴게소를 거쳐 달성복지관에 도착하니 오후 6시 반, 예정 시간보다 30분 일찍 도착했다. 내가 좋아하는 비가 시원하게 뿌리고 있었다.

이번 견학으로 색다른 노인 복지시설을 알게 되었고 우리나라 복지제도가 하루가 다르게 발전되어 꿈에도 생각 못 했던 "요람에서 무덤까지"의 선진국 복지제도를 우리도 누릴 수 있게 될 날이 꿈이 아닌 현실로 다가오고 있음을 실감하며 어릴 적 보릿고개는 전설로 치고 70년대 100불 미만 시대의 어려웠던 시절이 머리를 스치며 한편 복지 포퓰리즘에 국가부도의 위기에 허덕이는 선진국들이 떠올랐다. 치매 중풍 등 중환자가 생기면 본인은 물론 온 집안이 망가지는 불행에서 벗어날 수 있는 길이 열리고 있음을 감사하게 생각했다. 카메라에 담아온 사진을 동영상으로 편집해서 친지에게 돌리고 나의 블로그와 카페에도 올렸다.

마침 비가 내려 죽농원 관광은 못 했지만 대신 대나무박물관을 관람하게 되어 대나무에 대한 생태적 가치를 새삼 알게 되어 의외의 소득이었다. 값진 견학으로 즐겁고 행복한 나들이를 주선해 주신 관장님과 한 치의 차질 없이 짜인 일정표에 따라 시종 수고하신 이은정 복지사에게 거듭 감사의 말씀드리며 졸필로 견학소감을 맺는다.

청보리 수필을 물러나면서

　　　　　　수필 청보리와 연을 맺은 지가 어언 17년이
지난 것 같습니다.

　지난 일들을 돌이켜 보면 추억들이 주마등처럼 뇌리를 스쳐갑
니다. 남부도서관에 수필 강좌 프로그램이 생기고 견일영 선생
님이 강의를 맡게 된 때부터 수강하게 되었으니 창립멤버인 셈
입니다. 견 선생님의 3개월 단위 수필 강좌 3기 수강을 마치고
가야산 국립공원 산행에서 하산하다가 식당에서 남부도서관 수
필문학 독서회 창립을 발의 하고 씨를 뿌린 것이 2002년 11월이
었으니 올해로 만 16년이 흘러갔습니다. 2003년 창간호 이름을
청보리라 짓고 창간을 시작, 2014년 11집까지 내고 그 후 3년을
중단상태로 발표와 합평만 계속해 왔습니다.

　창립 당시 회원이 16명이었는데 한때 20명까지 이르기도 했

으나 이제 7명으로 줄었습니다. 그때 창립회원 중 3명이 남았습니다. 그중에 제가 들었으니 감회가 깊습니다.

　그동안 고령 대가야고분탐방(01년 1월)을 비롯하여 객주문학기행까지(04년 4월) 열여덟 번의 문학기행과 나들이를 한 추억이 아스라이 떠오릅니다. 그러니까 창립은 2002년 11월이지만 수강을 시작한 지는 2001년이니까 18년이 되는 셈이지요. 18번의 문학 기행 중 특히 기억에 남는 것은 2005년도 부산 운대 모래사장을 거닐면서 날아드는 갈매기의 군무(群舞)에 함께 마음을 날리고 석양의 황금빛 노을에 취하기도 했지요. 리조트 11층에서 여장을 풀고 수필문학 토론에 젖으며 준비해 간 주과를 나누던 소담한 추억이 떠오릅니다. 광안대교의 야경, 망망대해의 전망을 바라보며 삶의 먼지를 털기도 했습니다. 이어 노래방의 흥 풀이, 다음 날 새벽 해풍에 밀려오는 파도에 발을 적시며 수평선으로 솟아오르는 해돋이 장관 또한 잊을 수 없군요. 하룻밤 인연의 리조트를 되돌아보며 자갈치 시장으로 가서 신선한 회로 점심시간이 지난 공복허기를 채웠지요. 또 한 가지는 포항 대구 교원연수원 1박 2일, k선생님의 취사요리솜씨에 놀랐고 캄캄한 밤에 심한 바람을 받으며 폭죽 쏘기, 이튿날 돌아오는 길에 견선생님의 100km 과속 스릴, 팔공산 벚꽃놀이 등 꼬리에 꼬리를 물고 이어집니다.

그동안 나이도 많고 귀도 어둡고 해서 더 이상 노추를 보이기 전에 물러날까 하고 여러 번 생각을 했습니다. 연만하신 견 선생님께서 건강이 좋지 않은데도 아무런 대가없이 시종여일 봉사하시면서 노년으로 애용하시던 자가용도 처분하고 20km 넘는 원거리인 경산에서 2코스의 지하철을 갈아타시며 현충로역에 내려 남부도서관까지 30여 분을 그 무거운 20여 권의 책보자기를 손수 들고 걸어오셔서 나눠주시고 강의하시는 열성에 너무 감복했습니다. 근래 선생님의 건강 악화는 고질과의 투병으로 극복은 하셨지만 그 후유증과 80노구에 무리가 가중된 것이 아닌가 염려도 들어 송구해서 차마 제가 먼저 물러날 수 없었습니다. 그리고 18년간 정이 흠뻑 든 회원님들과 연을 끊기 어려워 오늘까지 오게 되었습니다.

　이제 견 선생님도 건강상 나오시기 힘들게 되었으니 더 이상 무리를 안 하시는 게 좋을 것 같고 나 또한 견 선생님과 진퇴를 함께하기로 약속했으니 이제 더 머물 명분이 없어졌습니다. 그런 가운데도 견 선생님께서 불편한 몸으로 계속 빠짐없이 나오셨습니다. 청보리를 아끼시는 충정은 감사하나 더 이상 무리는 말리는 것이 우리의 도리인 것 같습니다. 그래서 지난번 11월 월례회 때 오는 12월 월례회를 끝으로 청보리 모임을 마감하고 새로운 모습으로 재출발하기로 의논이 되어 윤언자 회장님께 일임키로 했습니다. 마감 날을 12월 월례회 일인 12월 18일(화요일)로 하고 장소는 남부도서관으로 정한 후 다과를 나누면서 그동안 겪은 소감문과 대표 수필을 발표하면서 석별의 정을 나누기로 했습니다. 그리고 앞으로 청보리 카페(수필풍경)를 활성화하여 카페를 통해 작품발표도 하고 이메일 교환으로 연을 이어가기로 잠정 의논이 되어 윤 회장에게 일임키로 했습니다.

지난 2015년 초여름 견 선생님의 지도와 여러분들의 격려로 『먹구의 푸념』이란 수상록을 내기도 해서 청보리와는 더욱 애착이 진합니다. 80 평생 나의 삶의 片鱗을 한 권의 책으로 내게 된 것은 오직 청보리 수필과 함께한 얻음이라 아니할 수 없습니다. 80 이후의 수필 97편과 편지글 13편, 종사관계 글 25편을 모아 놓았습니다. 여기에 앞으로 쓸 수 있을 때까지 더해 추려서 두 번째 수상록을 준비하고 있습니다.

有始有終이요, 會者定離라 했습니다. 시작이 있으면 끝이 있고 만나면 이별이 따르게 된다지요. 아쉽지만 삶의 과정이라 받아들이고 회가 새로운 모습으로 활로를 찾기를 빌며 물러가도 수필풍경 카페와 메일로 글도 올리고 서로 안부도 교환하면서 정의를 이어가고 싶습니다. 여러분의 건강과 행복을 빌면서 두서없는 고별말씀 드립니다. 감사합니다.

2018년 12월 18일

한용유 드림

복지회관 단상斷想

　　일 년 전부터 대덕노인 복지회관의 회원으로
등록하여 단골이 되었다. 건립된 지가 6년이 되는데 초창기는
미비한 점이 많았으나 이제 어느 노인복지회관 못지않게 시설
이 잘 갖추어져 있을 뿐 아니라 운영 면에서 오히려 앞서가는 회
관으로 변모하고 있다. 집에서 도보로 5분 거리라 도서관(20분)
보다 가깝고 20여 종의 다양한 사회교육 프로그램에다 관장 이
하 모든 직원이 한결같이 성실하고 친절하며 인사성이 밝아서
이다. 여기에서 컴퓨터, 요가, 탁구, 일어엔가, 일어중급, 평생대
학 등 여러 가지 수강을 하면서 특별한 볼일이 없는 한 여기를
사랑방 삼아 보내고 있다. 식사도 국에 3가지의 찬으로 메뉴 표
에 따라 구미를 당기게 한다. 특히 누룽지를 끓인 숭늉의 구수한
맛은 여기만의 입가심 별식이다. 식대는 실비로 2천 원이며 일

반 시중 식대의 반값이다. 그래서 나는 점심 식사는 주로 여기서 해결하고 있다. 컴퓨터 수강으로 눈이 피로해지면 탁구실에 가서 탁구를 친다. 탁구 회원이 100명을 넘어섰고 여자 회원이 더 많으며 부부회원이 일곱 쌍이나 된다. 실력이 엇비슷한 사람끼리 조를 맞추어 복식 게임을 즐기며 스트레스도 풀고 2층 안마실에서 PC에 수록되어 있는 엔가(演歌)를 들으면서 향긋한 커피 향취에 취하며 인터넷 검색도 하고 독서도 하면서 조용한 시간을 만끽한다. 안마실은 남자노인 세 분과 여자노인 한 분이 월요일부터 금요일까지 오전 중 안마와 발 마사지를 하고 있고 목요일 오후 1시부터 3시까지 수공예시간 외는 일어엔가 수강반이 이용하고 있다. 10여 명이 둘러앉을 수 있는 원탁 테이블에 차기(茶器)를 보관하는 사물함도 비치되어 있어 마음 맞는 사람끼리 차를 마시며 정담을 나누는 대화와 친교의 장소로도 활용하고 있으니 그야말로 금상첨화의 안식처이기도 하다. 며칠 전 안마실에서 엔가를 틀어 놓고 인터넷 바다를 유영하고 있는데 안마하시는 노인이 다가와서 컴퓨터를 부팅해도 바탕화면이 뜨지 않는다고 묻기에 비밀번호를 알려주고 시범을 보여주었더니 키보드를 손끝으로 더듬으며 치는 것이 아닌가! 시력장애로 알고 있어서 키보드 글자가 보이느냐고 물었더니 모음 ㅓ와 자음 ㄹ에 촉지 표시(유도블록)가 되어있어 그곳을 기준해서 상하 좌우로 손끝으로 감지해 친다는 것이다. 어떻게 배웠느냐고 물었더니 자기는 중증 시력 장애자로서 안마사 자격증을 가지고 있으며 시력 장애자 특수 교육을 받을 때 배웠다면서 앞으로 무지점자기(無紙點字器)를 접목한 컴퓨터 구입이 꿈이라면서 그것으로 인터넷 검색도 하고 친지에게 메일도 보내는 게 소원이라 했다. 무지점자기 값만도 컴퓨터 값의 몇 배(5백만 원 내지 8백만 원)가 된다고 했다. 나이를 물었더니 66세라 했다. 나는 그 말을 듣고 깜짝 놀랐다. 눈이 밝은 정상인도 하기 힘들어 아예 배울 생각도 안 하고 배우다가도 중도에서 포기하는 경우를 주위에서 많이 보는데 그리고 일반 컴퓨터 설치도 부담을 가지는데 이와 같이 중증 시력 장애자이면서도 장애를 극복하고 안마사 자격을 취득하여 이 나이에 복지 회관에 나와서 봉사를 하면서 지식 정보화 시대에 소외되지 않으려고 모두가 힘들어하는 컴퓨터까지 다룰 수 있게 노력하고 있으니 그의 끈질긴 집념과 열정에 재삼 감복하고 말았다. 그분의 소원이 꿈에 머물지 않고 현실로 이루어지기를 빌었다. 한편 나태하고 해이해지려는 나의 일상에 채찍이 되고 신선한 촉진제가 되었다. 겉으로는 사지 멀쩡해 보이는 사람이 그에게 안마와 발 마사지를 공짜라고 몸을 맡기고 있는 것을 간혹 보면서 많은 것을 생각하게 했다. 유료로 한다면 안마사도 하나의 직업이니까 모르거니와 공짜니까 너도나도 하려는 생각이 있다면 삼가할 일이다. 오늘따라 창밖 앞산 중허리를 휘감은 봄 아지랑이가 솜이불처럼 포근하게 전해온다.

2007년 10월 25일

明倫 大學 卒業有感

      명륜 대학에 입학한 지가 어제 같은데 벌써 2학기 종강이 다가왔다. 이제 두 번 더 수강하면 겨울방학에 들어가게 되고 내년 2월 15일 종강으로 졸업을 하게 된다. 앞으로 중용이 8시간, 맹자가 10시간 남은 셈이다. 대학과정을 마친 후 대학원과정에 들어가서 못다 한 논어와 맹자를 완습하면서 더 배워 볼까 한다. 은퇴생활의 무료함을 달래기 위하여 남부도서관에 가서 이책 저책 뒤적이다가 고전부터 먼저 읽는 것이 순서일 것 같아서 四書를 接하게 되었고 마침 퇴직선배의 권고로 입교하게 되었다. 어떤 친구는 내가 향교에 나가고 있다 하니 21세기로 들어서는 초 정보화시대에 고리타분하게 공자 왈 맹자 왈 하다니 따분하다는 표정이었다. 컴퓨터에다 인터넷이다 하여 새로운 정보가 홍수처럼 쏟아지고 조석으로 유행이 어지러워질 정도로 달라져 가는 이때에 2천여 년 전의 孔孟 云云 하니 딱하게 보이는 것도 무리가 아닐 것이다. 더욱이 지난봄에 상명대학 김경일 교수(중문학자)가 『공자가 죽어야 나라가 산다』라는 책을 내어 신문에 보도된 것을 본 바 있는데 그 이유로 한국의 병폐는 공자 때문이라면서 家父長的 血緣的 閉鎖性에다 祭禮文化의 形式的 煩弊性과 男性爲主的인 권위주의, 士農工商의 勞動賤視 및 忌避 등 弊習을 지적하였다. 筆者 역시 유교가문에서 태어나 어릴 때부터 拒否反應이 많았다. 오늘날 우리나라 문명이 선진대열에 서지 못하게 되고 이조 5백 년의 당쟁과 탁상공론으로 결국은 나라가 일제에 침탈당하고 36년간 식민지 통치의 부끄러운 치욕을 겪게 된 것도 유교의 잘못된 몫이 크다고 아니할 수 없다 할 것이다. 그러나 유교문화의 단점만 지적할 것이 아니라 弊端에만 잘못 빠져 들어가게 된 것이 잘못이라 할 것이다. 일제 침탈로 인한 식민지 문화와 광복 후 홍수처럼 밀려들어온 서양 문화는 우리의 아름다운 전통문화를 송두리째 앗아갔고 삼강오륜은 이 땅에서 찾아볼 수 없게 되었다. 仁義禮智 孝悌思想은 쓰레기통의 장미가 되고 말았고 물욕을 위해서는 수단과 방법을 가리지 않게 되었다. 도덕 윤리를 되살리고 혼탁한 이 사회풍조를 바로잡기 위해서는 공자가 죽어야 하는 것이 아니라, 공자가 살아야 나라가 산다고 본다. 물론 과거와 같이 잘못된 전철을 밟지 않고 취사선택으로 만고의 진리인 그의 사상을 溫故知新으로 현대 문명에 맞게 접목시켜 활용해야 할 것이다.

근래 연세대 송복 교수(사회과학자)가 『동양적 가치란 무엇인가』라는 제목으로 오늘날 세계화된 자본주의 속에 脫 人間化된 專門人과 非人間化된 知識人에게 인본주의를 담고 있는 논어의 세계에서의 인간성 회복과 가치관을 주장한 책을 냈다는 기사를 본 바 있다. 김경일 교수의 주장이나 송복 교수의 논리 모두 귀담아 들어야 할 말들이라고 본다. 우리는 서양의 과학문명과 합리적인 사고방식 그리고 동양철학의 심오한 인본주의 사상을 함께 배우고 익혀서 중용사상에 입각하여 사라져가는 인륜도덕을 되살리고 초고속으로 발전해 가는 세계의 첨단 문명에 낙오자가 안 되도록 노력해야 될 줄 안다.

　　　　　　　　　1999년도 명륜 대학 졸업을 앞두고 회지에 기고한 졸고

달성노인복지관 5년의 회상

　　　　　　　　내 나이 올해 84세, 벌써 이 해도 반이 지났다. 지난해 하반기부터 올해에 들어서 식욕이 떨어지고 따라서 활기가 줄어들었다. 그렇게 좋아하던 탁구도 4월부터 그만두고 자원봉사 활동도 지난 5월 말로 사퇴서를 제출했다. 지난 5월 22일 건강보험공단에서 종합건강진단 통지가 나와 검진을 받는 겸 해서 둘째가 근무하고 있는 효성병원에 가서 위 내시경 검사와 초음파 검사를 받고 6월 3일에는 대장 내시경 검사와 구강 내외부 압박 병변으로 연하 장애가 있어 목 부위 CT 촬영까지 했다. 대장과 목 부위 구강 내는 이상이 없는데 위내시경 검사상 신낭종(2.1cm)과 위축성 위염 판정을 받았다. 식욕 부진의 원인이 위축성 위염과 신낭종으로 인한 것임을 알았다. 악성 낭종이 아니고 선종이라 해서 다행이었다. 현재 김항재 내과에서 위장

약을 처방받아 복용 중인데 경과가 호전되고 있으며 식욕이 회복되고 있다. 의사의 말에 의하면 위축성 위염은 병이 아니고 노쇠로 인해 위벽이 엷어져 염증이 생기는 것이니 술 커피 등 자극성 음식을 피하고 적당한 운동과 긍정적인 생활이 약이라 했다. 그래서 유태종 박사의 하루 세끼 식단표를 작성해 붙여놓고 견과류 죽식과 채식을 겸하고 있다. 일상으로 실천하고 있는 일찍 자고 일찍 일어나 새벽산책과 요가를 충실히 계속하면서 오후 저녁나절에 앞 솔밭등을 약 1시간에서 1시간 30분 산책을 더하고 있다. 이번 검사 전에 혹시나 암 등 난치병으로 판명되더라도 절대 수술은 안 할 것이며 그대로 섭리로 받아들여 자연요법으로 조용히 이승을 떠날 마음의 준비를 하기로 마음먹었는데 다행히 암은 아니라 하니 감사했다.

70대만 해도 "나이는 숫자에 불과하다"라는 오기로 하루도 탁구를 안 치면 섭섭했는데 80대에 들어서고는 기력과 활기가 줄기 시작, 탁구게임을 해도 전과 달랐다. 식후 한 잔씩 즐기던 커피도 끊었다. "세월에 이기는 장사가 없다"라는 말이 실감케 한다. 일본의 소노 아야꼬(曾野 綾子)(1931년생, 나와 동갑) 작가의 글에 75세부터 육체가 쇠약해짐을 느꼈다면서 질병을 인생의 일부라고 생각하며 고독과 더불어 사귀고 자기만의 패턴을 지키며 인생을 즐겁게 보내라고 했다. 평균수명이 남자 77.2세, 여자가 80.07세로 평균수명이 80세를 넘어섰다. 人間七十古來

稀란 말은 옛말이 되었고 이제 인생은 70부터라는 말이 현실화 되어 앞으로 100세 시대가 임박했음을 시사하고 있다. 壽卽 辱 이라고 했는데 오래 사는 것 보다 사는 동안 건강하게 살아야 하는데 내 나이 평균수명을 넘어 살 만치 살았으니 언제 가더라도 여한이 없다. 고통 없이 자는 잠에 아이들에게 폐 끼치지 않고 떠나는 게 소원이다. 자식과의 깨끗한 이별이 가장 큰 유산이라고 했으니 고종명의 마무리를 잘 해야겠다.

이곳 대곡 래미안 아파트 큰애 집 같은 라인에 옮긴 후 달성복지관과 인연을 맺은 뒤 탁구, 요가, 컴퓨터 등 프로그램을 수강하면서 자원봉사원으로 5년간을 정말 보람 있고 즐겁게 보냈다. 이제 큰애 내외가 명예퇴직을 하게 되었고 손자 영민이도 자립할 나이가 되어 내년 11월이 세 번째 전세 만기인데 그 안에 우리 내외가 함께 35년 살아온 대명동 내 집으로 갈 예정이다. 5년간 정말 행복하고 즐거웠다. 많은 추억이 남은 곳이다. 탁구 선수로 추천되어 KT&G 주최 전국 노인 탁구 대회에도 참전했고 모범군민상에 자원봉사상도 수상했다. 많은 분들과 정이 담뿍 들었다. 진천천 정화 캠페인으로 매일 새벽 쓰레기 줍기와 앞 솔밭등 산책은 나의 아름다운 황혼의 피날레 로 간직하고 싶다.

아직도 일기를 계속 쓰고 있다. 1952년도 시작한 나의 다이어리 일기장 1호가 42호까지 이어가고 있다. 팔순 기념 수상집이 수필 99편, 회상록 37편, 편지글 9편, 종사에 관한 글 50편으로 나의 디스크와 USB에 저장해 놓았다. 팔순 이후 쓴 글이 수필 등 74편(2015. 3. 13. 기준) 모였다. 내가 만약 구순까지 안 죽고 산다면 그때 가서 팔순 이전을 전편, 이후를 후편으로 해서 책자를 출간키로 마음먹고 있다. 백년을 못 살면서도 천년계획을 세운다는데 희망과 꿈이 있는 곳에 기쁨과 행복이 있음을 믿으니 마음이 편하다. 남 보기에는 신변잡기에 불과한 하찮은 글이지만 나에게는 파란 만장한 삶의 애환이 담긴 소중한 글이다. 틈나면 읽고 또 읽으면서 절대빈곤의 어렵고 고생했던 지난날을 아름다운 추억으로 승화시켜 행복에 젖기도 한다. 會者定離요, 生者必滅이란 글을 또 한 번 되뇌면서 그동안 정들었던 여러분에게 고마움과 감사를 드립니다.

2014년 5월 초여름 어느 날

나의 隨筆 習作

수필 습작을 시작하게 된 것은 직장생활에서 물러나 隱退노인이 된 후부터였다. 군 복무 3년 3개월, 공직 30년, 약품회사 3년 2개월, 건설회사 7년 5개월, 도합 44년을 매인 생활을 하면서 糊口之策에 쫓기다 보니 자신을 돌볼 여유도 없었고 직무에 관계되는 책 외는 양서 한권 제대로 읽을 수 없었다. 1997년 6월부터 모든 굴레를 벗어던지고 은퇴한 후 무료함을 달래기 위해 도서관을 찾게 되고 이책 저책 뒤지던 중 수필집 읽기에 취미를 붙여 습작 흉내를 내기 시작했었다. 수필은 붓 가는 대로 쓰면 될 것이란 쉬운 생각으로 『수필 어떻게 쓸 것인가』라는 책도 읽어보고 수필집, 시집 등을 읽으면서 쓰다 말다 한 일기도 계속 쓰고 있으나 글쓰기는 읽고 쓰고 고치기를 많이 해야 한다는데 古稀를 넘은 나이에 독서의 진도도 느리고 기억력도 둔해져서 머리에 남는 것이 없다. 그리고 필자가 일기를 다시 쓰게 된 동기는 은퇴 후 책장을 정리하다가 50년 전인 1952년도에 쓴 일기장을 발견하고 그 후 직장 생활을 하면서 日記가 週記가 되고 月記가 되는 등 틈틈이 적은 일기장으로 잊었던 추억을 되돌아보게 되었다. 그때 집안 사정으로 중학 진학을 못 하고 농촌에서 농사일을 도우며 중학 강의록으로 晝耕夜讀을 할 때 볼품없는 공책에 펜글씨로 여백 없이 빽빽하게 적어놓은 일기를 읽으면서 느낀 바 있어 다시 일기를 쓰게 되었고 일기만이라도 제대로 쓰자니 자연 글쓰기 연습도 하게 되었다. 중학은 강의록으로 독학을 했고 형님을 졸라 어렵게 들어간 시골 고등학교는 認可가 안 났다고 徵兵保留가 안 되어 입학한 지 8개월 만에 입대로 중퇴를 했으니 나의 학력은 초등하고 졸업장뿐이다. 초등학교 2학년 때 선생님께서 중학 진학 희망자 손 들라 할 때 면장 아들과 나 둘뿐이었는데 반수 이상이 진학을 했는데도 나는 진학을 못 했으니 어린 가슴에 한을 맺게 했었다. 6.25 전란 막바지에 치열했던 중부전선에서 죽을 고비를 수없이 겪으면서도 용하게 살아남아 이때까지 살고 있으니 그때 戰死한 전우들의 명복을 빌면서 餘分으로 사는 삶 치고는 너무 감사하다. 군에서 만기 제대 후 곧바로 취직을 하게 되어 40여 년의 매인 생활에서 벗어나 자신을 위한 자유로운 은퇴생활을 한 지가 7년이 지났다.

수필 습작을 하면서 지난 1998년 4월 호 공무원 연금문단에

「年金은 孝子 승용차는 애물단지」가 寄稿되어 내 생애 처음으로 내가 쓴 글이 활자화된 것을 보고 고료까지 받게 되었고 그 뒤 2001년 2월 호에 「지식 정보화시대에 뒤떨어지지 않은 노인이 되기 위하여」라는 글이 실려 고료(61,430원)까지 받게 됨에 마치 등단이라도 된 것처럼 들뜨기도 했으니 지금 생각하면 쑥스럽고 부끄럽기도 하다. 친구들이 속으로 비웃으면서도 듣기 좋으라고 부추기는 바람에 稿料 몇 배의 술값을 내었으니 쓴웃음이 나온다. 독서를 하려면 古典부터 읽어야 한다 해서 鄕校에 나가 四書三經을 수강도 하고 明倫 대학과 대학원 會誌에 몇 편의 글을 올리기도 했는데 會誌를 채우기 위해 誌面만 어지럽게 했을 뿐이었다.

젊을 때 못 배운 것이 恨이 되어 은퇴 후 무한정 많은 시간이 아까워 도서관에 나가 이책 저책 뒤적이고 있으나 워낙 밑천이 없는 데다가 나이도 늙어 욕심만 가득할 뿐 마음대로 안 된다. 글쓰기 五蠹說에 한잠도 못 잔 자신이

가리 늦게 習作을 한다고 덤벙대고 있으니 웃기는 일이기도 하다. 珍羞盛饌을 받아 놓고 소화시킬 능력이 없는 것처럼 역시 배움은 젊을 때 소화력이 왕성할 때(기억력) 해야 함을 切感하며 消日 삼아 책동무가 되면서 못 쓰는 글이나마 일기만이라도 바로 쓸 수 있게 스스로 되돌아보고 자성하면서 흐트러지려는 마음을 가다듬는 길잡이가 된다면 더 이상 바랄 게 무엇 있겠는

가 하고 自慰하면서 朱子의 勸學詩가 떠올라 다음에 七言絶句
의 拙作을 적어본다.

晚時之嘆(때늦은 통탄)

少時因貧學難成 : 어릴 때는 가난으로 배움이 어려웠고,

成年職司讀書輕 : 나이든 후 직무 위해 글 읽기를 가벼이 했
다.

老後有閑藏書多 : 늙은 후 한가하게 시간장서 많다마는

昏眼鈍憶晚時嘆 : 눈멀고 기억 둔해 때늦음을 한탄한다.

2004년 11월 28일 한용유

정보화시대에 뒤지는 노인이 안 되기 위하여

　　　　　　　인터넷을 통해 편지지에 연필을 갖다 대기는
커녕 우표도 붙이지 않고 미국에 있는 가족에게 편지를 보내는
가 하면 제사용품을 사들이고, 길가를 점령한 WWW로 시작되
는 간판은 무슨 말인지 알 수 없고, 신문이나 TV마다 담당 취재
기자의 E-mail이란 영문자가 따라붙는다.
　컴퓨터란 괴물이 우리 생활 깊숙이 파고들면서 생각과 생활양
식, 가치규범을 급속히 바꾸고 있는 정보화의 거센 물결 앞에서
우리 노인들은 속수무책으로 움츠러들 수밖에 없는 문명의 고
아가 되어가고 있다. 손자 놈이 컴퓨터 앞에서 밤이 깊어가는 줄
모르고 매달려 있는 것을 보고 혹시나 음란물에 접속은 안 하는
지 컴맹인 자신이 답답하고 안타까웠다.
　요사이는 컴퓨터를 다룰 줄 모르면 지식 정보화 사회에 뒤짐

은 물론 한글을 몰라 문맹 취급을 받았던 시대 이상의 소외감을 느끼게 된다. 흔히들 요사이를 E.C.D.(English, Computer, Driver)시대라고 하며 현대 문명인의 필수요건이라 하는데 사서삼경(四書三經)을 배운다고 향교에 나가면서 어찌 손자 놈에게 뒤질 수 있겠는가 하는 오기에 마음을 독하게 먹고 배우기로 작정하고 있는 차에 신문에 김수환 전 추기경이 77세인데 은퇴 후 '혜화동 할아버지'란 E-mail로 키보드를 치고 있는 것을 보고 용기를 얻게 되었다. 마침 나와 같은 생각을 가지고 있던 J장로와 같이 배우기로 하고 학원을 물색 중 남부도서관 컴퓨터 기초반에 등록을 하게 되었다. 하루 한 시간씩 일주일에 두 번(화, 목), 2개월간에 수강료는 교재 포함 2만 4천 원이었다. 그리하여 지난 3월 4일부터 5월 4일까지 기초반을 거쳤는데 수강생이 약 40명으로 두 사람 앞에 컴퓨터가 한 대씩 비치되어 있고 강사는 20대 아가씨로서 마이크로 강의를 하는데 따발총처럼 말이 빠른데다가 생소한 낱말들이라서 알아들을 수가 없었다. 그러나 이미 수강료는 지불을 했고 그만둘 수 없어 2개월간의 기초반을 거쳤다. 전연 백지 상태에서 컴퓨터가 어떤 것이구나 하는 것과 부속명칭을 겨우 알 정도였다.

나는 여기에서 이 나이에 배워서 뭘 하겠는가 하는 좌절감을 갖게 되었는데 J장로께서 인공위성이 대기권을 돌파 못 할 때의 실패를 비유하면서 여기서 그만두면 그와 같이 된다는 충고에 용기를 얻어 인터넷반 등록을 하고 배우면서 한편 남구청에서

SK Telecom에 의뢰, 정부보조로 실시하는 PC무료 교육반에 등록하여 복습을 했다. 그래도 미숙하여 세진 컴퓨터랜드에서 전반적인 과정을 복습하면서 집에서 조작연습을 꾸준히 한 결과 지금은 나의 ID로 인터넷 검색도 하고 E-mail로 친지, 동호인과 전자우편을 주고받게 되었고, 지금 치고 있는 이 글도 PC 한글 97로 작성하고 있다.

정부 각 기관을 비롯하여 청와대 홈페이지까지 들어가서 여론함도 열어보고 나의 의견을 올리기도 한다. 손자 놈의 오도도 감시할 수 있게 되었으니 컴맹을 면한 셈이다. 지금 생각해 보니 어려운 고비가 있었으나 참고 잘 배웠다고 생각한다.

끝으로 컴퓨터에 관심을 가지신 분이나 배워봤으면 하는 분에게 참고가 될까 하는 마음에서 경험담을 적어본다. 아직 초보자라 그런지 컴퓨터 앞에 앉으면 한 시간쯤은 언제 갔는지 시간 가는 줄 모른다. 유의할 점으로 시력관리에 무리가 안 가도록 한 시간 이상 이용 시는 눈 운동을 자주 해 주고 비벼주는 것을 잊지 말 것을 당부하면서 끝을 맺는다.

2000년 10월 향교 교지에 올려진 拙作

※ 추기追記
위 글을 산문집에 올리기 위해 정리하면서 7년 전의 일들이 새삼 뇌리를 스치며 감회에 젖게 한다.

컴맹이던 자신이 그동안 꾸준한 학습으로 이제 중급정도의 실력을 얻게 되었고 엑셀, 파워포인트까지 이수해서 당당한 일인자가 되었으며 메일 주고받기, 인터넷 검색과 유영, D.C. 사진 올리기, 글쓰기 등 이제 하루도 컴퓨터와는 뗄 수 없다. 일상의 필수이며 취미생활의 樂이 되고 말았다. 무엇이든지 초지일관 꾸준하게 노력하면 좋은 결과를 얻게 된다는 평범한 진리를 다시 확인케 해 흐뭇하다.

2007년 11월 11일

※ 추기追記

이제 컴퓨터는 나에게 일상의 필수가 되어버렸다. 하루에 20여 통씩 날아오는 메일 읽기와 친지와의 메일 주고받기, 인터넷 검색, 특히 수필습작의 타이핑과 퇴고 저장 등 없어서는 안 될 중요한 몫을 차지하게 되었다.

2000년도에 처음 배우기 시작했으니 10년이 지났다. 이번 종중 인터넷족보 구축 추진위원장까지 맡게 되었으니 새삼 컴퓨터 배우길 너무나 잘했다고 자부한다.

2010년 3월 4일

봄비를 바라보며

　　늦은 봄 비바람이 어제에 이어 오늘도 바람을 타고 흩뿌린다.

　날로 줄어드는 체력이 삶의 생기를 앗아간다. 밥맛도 떨어진 지 오래고 기력도 되살아나지 않는다. 애써 책을 들었으나 몇 장 안 읽고 눈꺼풀이 내려진다. 혈당치 검사를 했다. 평시보다 높아 정상치를 넘어섰으나 신경 쓸 정도는 아니다. 믹스커피 잔을 들고 2층으로 올라갔다. 창문을 열고 가는 빗줄기를 바라보며 명상에 잠긴다.

　고등 보통학교를 마치고 청운의 뜻을 품고 일본으로 건너가 남들은 모두 돈 벌려고 공장으로 취직했는데 長濱 중학교 3학년 편입시험에 합격, 병원 조수, 신문 배달 등 집의 도움 없이 고학으로 6년제 중학을 졸업 후 고등 농림에 진학하려 했으나 학비 조달의 어려움과 어머님의 별세는 그의 모든 꿈과 희망을 앗아 갔다. 그로 인한 충격으로 중형의 요절은 우리 가정에 暗雲이 되어 나는 그 수렁에 빠져 어린 시절을 헤맸다. 남들 다 가는 중학도 못 가고 적수공권으로 오늘의 나를 있게 했다. 지난 80 평생 되돌아보니 감개가 무량하다. 우울한 마음을 떨쳐버리자. 天壽 88234를 되뇌며….

초등학교 1학년 말 학예회 시작 전 내가 무대에 나가 인사말을 할 때 일본 유학 중이던 중형이 학생복 위에 걸쳐 입은 외투(망토)에 교모를 쓴 멋진 모습이 자랑스러웠다. 고등 농림 진학을 단념하고 졸업과 동시에 원산곡물검사소 검사원으로 취직되어 가는 길에 잠깐 집에 들러 직장에 자리 잡게 되면 나를 원산 중학에 입학시켜 공부시켜 주겠다던 형은 이승을 하직한 지 雙七의 세월이 흘러갔다. 그때 내가 중형 따라 원산중학에 갔더라면 엘리트 코스를 밟아 그곳 체제의 충복으로, 아니면 숙청되어 아오지 탄광으로, 또는 인민군에 징발되어 후미진 골짝 해골로, 살아있다면 이산(離散)의 아픔에 연연할 텐데……. 운명이라 할까, 인생만사 새옹지마(塞翁之馬)라.

일본사람 사사키(佐佐木) 병원의 일을 도우며 숙식과 학비조달로 집의 도움 없이 고학하면서도 보내온 통지표에 체육이 乙

이고 모두 甲이었다. 그때 그 나이의 일본 유학은 고을에서도 손꼽을 정도였다. 교복을 입은 멋진 모습과 학교 바로 옆 비와코 (琵琶湖)*에서 수상놀이 하는 사진 등 많은 서적과 유품을 태우면서 울먹인 지난 일들이 오늘따라 자꾸 뇌리를 스친다.

천재는 박명이던가. 개천에서 용 나기엔 너무 메말랐음인지. 고등 농림을 전공해서 농업전문가로 출세하여 어머니의 한을 풀어드리고 절대빈곤의 굴레에서 벗어나게 하려던 푸른 꿈이 서린 그곳 그 琵琶湖를 오늘따라 간절히 가보고 싶다.

※ 비와코는 호수의 모양이 琵琶같이 생겨 지은 이름인데 일본 시가현(滋賀縣)에 있는 일본 최대의 淡水湖로 면적이 673.9㎡(여의도 넓이의 약 80배), 길이가 63.5km이며 바이칼호와 탕가니카 호수에 이어 세계에서 3번째 오래된 세계적인 관광호수로 유명하다. 그 호수에 접해 있는 長濱市에 중형의 모교 長濱중학교가 있다.

2018년 4월 24일

2부
추억의 단상

추억의 단상

        설 연휴가 끝나는 날이다. 소한, 대한도 지나고 봄의 전령인 입춘도 이틀 전에 지났다. 대문간 공지의 동백에 겨울동안 비닐을 씌웠다가 벗기니 동백 상단부에서 꽃봉오리가 살며시 머리를 내밀고 있다. 어제 설날은 제사는 없지만 우리 부부 사이에 생긴 친손 외손에 자부와 우리 내외까지 모두 합쳐 13명 중 서울 외손녀 지윤이는 당직근무로 못 오고 손부는 산후 조리로 입원 중이라 11명이 한자리에 모여 앉아 아내의 주도로 감사 예배를 올리고 세배를 받은 후 떡국을 먹으면서 명절 분위기에 젖었다. 오후에는 진호 차를 석호와 함께 타고 송현 요양병원에 4년 6개월 계속 입원 요양 중인 여동생 문병을 하고 왔다. 일어나 앉을 기력마저 없을 정도로 쇠잔했다. 전신이 아프고 어지럽다고 했다. 갖고 간 밀감을 까서 입에 넣어 주니 2개를 입술로 받아먹었다. 약 40분간 피골이 상접한 손을 어루만지며 위로의 말문이 막혔다. 601호실 한 방에 8명이 입원하고 있는데 꼼짝도 않고 누워있는 사람, 간병인의 도움으로 휠체어를 타고 병실을 도는 사람, 면회 온 가족과 담소를 나누는 사람 등으로 어수선했다. 죽음의 그림자가 드리워진 침울한 병실 풍경이 내 마음을 무겁게 했다. 한 달 요양비가 2백6십만 원으로 기초생활보호자라 50만 원만 환자부담이다. 요양 병원 시설에 정부보조가 없었다면 그 감당을 어떻게 할 것이며 경제적인 문제도 크지만 주변 가족들의 고통을 생각하니 옛날 고려장이 떠올라 오싹했다.

면회를 마치고 집에 들어서니 병원에서 임부의 산기로 전화가 와서 석호는 바로 갔다. 오늘도 석호 내외가 식사하러 오겠다고 해서 아내가 준비를 해놓고 기다렸는데 들어서자마자 병원에서 환자가 있다고 전화가 와서 급이 차를 몰고 가서 분만을 시키고 돌아와 아침 겸 점심을 먹고 커피 한 잔도 마시기 전에 또 병원에서 전화가 와서 다녀왔다. 그러니 어제 설날 한 번, 오늘 두 번을 바쁜 걸음을 했다. 이제 얘기를 좀 나눌까 생각하고 있는데 둘째 내외가 소지품을 챙겨 나섰다. 할 말이 있다고 했더니 중한 얘기 아니면 다음으로 미루자고 하기에 그렇게 하기로 하고 보냈다. 집에 가서 좀 쉬어야겠다고 했다.

내가 재직 시 대구교도소가 시내 삼덕동에서 화원으로 이전

후(1971년) 외곽이라서 의무관 지원자가 없었다. 삼덕동에 있을 때는 시내 병원을 개업하면서 겸직을 할 수 있었는데 교외로 나간 후에는 정원은 3명인데 한 사람 있던 의무관도 사표를 내고 나간 후 채용공고를 내도 응하는 자가 없었다. 지금은 공무원 보수가 올라 사정이 달라졌지만 40여 년 전인 그때는 서기관 직급인데도 보수가 적다고 전임은 꺼려했다. 시외인 화원으로 이전 후엔 더했다.

마침 교도소 인접에 한지의원(限地醫院)이 개업하고 있어 개업에 지장이 없도록 하겠다는 조건으로 칙사 대접으로 모셔왔다. 그때는 오지라 의원은 한 군데뿐이었고 가끔 접촉사고 등 시비로 상해진단서 청구가 있을 때 확인하기 위해 엑스선 촬영이 필요한데 시설이 없어 진단서 작성에 어려움이 많다고 하기에 내 자비로 엑스선 기계를 구입, 설치를 하고 엑스레이 촬영이 필요할 때는 연락이 오면 자전거를 타고 5분 거리에 있는 의원으로 가서 찍어주고 그 대금은 내 수입으로 했었다. 박봉에 짭짤한 수입으로 가계에 도움을 받았다. 지금으로서는 상상도 할 수 없는 일이나 그때는 묵인이 되는 분위기였다.

그러던 어느 하루 일요일이라 집에서 쉬고 있는데 병원에서 연락이 왔다. 상해사건으로 상해진단서를 요구하는데 에스레이를 찍어야 하니 빨리 오라고 전화가 왔다. 자전거를 타고 급히 달려갔다. 그때도 지금 살고 있는 이 집인데 지하철은 물론이고 버스도 시외라 자주 없었다, 자전거로 갈 수밖에 없었다. 엑스선상 골절상이 없어 상호 화해로 상해진단서비와 진료비만 물기로 하고 화해를 했었다. 의료보험시대가 아니라 나는 예상외의 부수입으로 기분이 좋았다. 그날 늦게 집에 돌아오니 아내가 병원에서 전화가 왔는데 사진 찍을 일이 또 생겼다면서 급히 오란다 하기에 선걸음에 다시 병원으로 간 사실이 떠올랐다. 그때는 손전화가 없었던 때라 허겁지겁 자전거로 1시간이나 걸리는 병원으로 달리면서 고된 줄 모르고 페달을 밟은 추억이 뇌리를 맴돈다.

지금은 1호선 지하철이 화원 교도소 앞을 지나 명곡까지 연장되었고 교도소도 신축 이전지인 하빈으로 내년 하반기에 옮기게 된다고 한다. 상전벽해라더니 너무 변했다. 몇 해 전 내가 대곡 큰애 집에 살 때 20분 거리인 교도소 주변을 산책하면서 너무 변한 주위환경에 놀랐다. 병원도 문을 닫고 빈터에는 잡초만 무성했다. 녹슨 철 대문에 원장 이름의 문패만 옛 추억을 더듬게 했다. 박봉에 아이들 공부시키느라 한푼 두푼 모으는 재미에 가난했지만 행복했던 그 시절이 그리워진다.

수련의, 전공의를 이수, 대학병원을 거쳐 개업을 했다가 의대 선배의 권유로 3년 개업을 접고 함께한 지가 14년이 되었다. 내 형편에 4년제 일반 대학도 힘든데 의대 6년에 수련의 1년, 전공의 4년을 뒷바라지하느라 이 애비는 친구와 막걸리 한잔에도 인색했다. 내가 못 한 공부 3남매 너희들에게 한을 풀고 싶었다. 다행히 모두가 바르게 자라 열심히 공부해서 이 애비의 바람을 풀게 했으니 고맙고 감사하다. 어제 오늘 설 연휴에 거듭 불려 나가는 둘째에게 나의 추억의 단상을 얘기하고 싶었다.

2019년 2월 6일 음력 설 이튿날 우롱

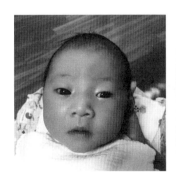 

새벽산책길에 만난 노반老伴

　　며칠 전 새벽산책길에 나의 연배로 보이는 노인을 만나 서로 통성명을 하고 알게 되었다. 이분은 나보다 4년 아래인 83세로 앞산 아파트에 노부부가 함께 살며 매일 산책을 즐기고 있다 했다. 얘기를 나누다 보니 서로 통하는 점이 있어 마음을 열어놓고 기탄없이 얘기를 나누는 사이가 되었다. 내가 쓴 『먹구의 푸념』이란 수상록을 읽어보라고 드렸더니 읽고 난 후 많은 공감을 받았다면서 아이들에게 한 권씩 줘서 읽도록 하겠다며 5권을 부탁하며 책을 가지러 우리 집을 방문하겠다고 약속을 하게 되었다. 약속 일시에 내방한 그분과 차를 나누며 서로의 가정사까지 털어놓게 되었다. 나의 수상록 5권을 드렸더니 봉투를 내놓으면서 책값이라 하기에 열어보니 6만원이 들어 있었다. 나는 한사코 안 받으려고 사양을 했으나 책은 돈을 주고 사야 열심히 읽게 되며 또한 저자에 대한 예의라고 하면서 나의 사양을 받아 주지 않고 완강했다. 지나친 사양도 禮가 아니라 할 수 없이 받기는 했으나 미안했다. 고맙다고 인사드렸다.

나의 책을 내게 된 동기는 책 첫머리에 적혀 있어 생략하고 참고로 출간경비와 기증 및 배포에 대해 간략히 적어 볼까 한다. 출판비용은 263쪽에 최저 기본이 1,000권 인쇄에 520만 원인데 출판사가 홍보용이라며 200권을 더해서 1,200권을 인쇄하면서 서비스로 30만 원을 더해 모두 550만 원이 들었다. 그리고 아래와 같이 기증 또는 배정을 하고도 아직 794권이 남아 있다. 그런데 책값으로 돈을 받은 것은 종종 출간 축하금 일백만 원, 후배에게 책을 부쳤더니 축하한다면서 2만원 상품권을 보낸 것과 퇴직자 모임인 수교회에서 출간 축의금이라고 주는 돈 이외는 개인적으로 책값이라면서 받은 것은 이분이 처음이었다. 나는 너무 흐뭇하고 감격했다. 내가 펴낸 책을 읽어주는 것만도 고마운데 자기가 읽고 또 자녀들까지 읽게 하겠다고 사양하는데도 책값을 내고 가니 졸작이지만 이렇게 알아주는 사람이 있다는 데 대한 자족감에 천금으로도 바꿀 수 없는 흐뭇한 기분이었다. 이에 대한 고마움을 갚기 위해 추석에 사과 한 상자를 택배로 부치고 내가 정기적으로 받아보는 격월간 에세이스트 수필집과 월간조선을 내가 읽고 난 다음 드리고 있다. 이때까지 교보문고, 국립중앙도서관, 공무원 연금공단, 교정동우회 중앙회, 대구시내 10개 도서관, 대구시내 10여 개 대형서점에 배포를 했으며 개인적으로 친지에게 배포한 것을 모두 합해서 206권이다. 고향 종중에 기증한 100권은 종중에서 출간 축하금으로 100만원을 주는 것을 사양을 했으나 종중 충정을 거역할 수 없어 감사히 받겠다고 인사를 하고 받은 돈은 산천재 영모당 기금으로 찬조하겠다고 했더니 모두들 박수로 환대해 기분이 좋았다. 퇴직자 모임 수교회에서 축하금으로 주는 돈은 모임 밥값으로 내가 대납을 했다. 그 외는 공, 사 간에 책값으로 받은 바가 없으며 애초에 비매품으로 출간을 부탁했는데 출판사에서 12,000원으로 정가를 하고 신문사와 인터넷에 홍보를 해서 인터넷에 내 이름과 책명만 입력하면 나오게 홍보를 해서 영광스러운 한편 흉을 볼까 부끄럽기도 했다.

내 책을 자녀들에게 읽히겠다고 다섯 권이나 사간 오 선생님은 독서와 글쓰기에 취미가 있어 『야초의 여정(野草의 旅程)』이란 회고록도 낸 분으로 받아 읽었더니 같은 연배로 동감한 바가 많아 감명 깊게 읽었다. 231쪽의 회고록은 고희를 지나 80을 바라보는 나이에 일제 식민지, 해방, 남한단독정부수립, 6.25동란, 4.19학생의거, 5.16군사혁명, 이후 경제 개발성공으로 세계 10위권 경제대국으로 부상하면서 민주화시대로 발전하는 과정에서 들풀처럼 우여곡절 삶의 흔적을 단아하고 정결하며 무엇보다 과장 없이 정직하게 회고한 글이었다. 슬하에 2남 2녀의 자녀에 손자 손녀 모두 성실하며 둘째 아들이 한의사였고 부부 해로의 노복을 즐기는 행복한 분이라 부러웠다. 그분의 생활철학인 정직, 신의, 공부, 우애협동, 자족, 봉사의 정신에 배울 바가 많았다. 그중에서도 독서의 취미를 가지고 신문조차 안 보는 나이인데도 아직도 책을 놓지 않은 독서 열정과 일기 쓰기 등 나와 비슷한 일상에 더욱 친근감을 느꼈다. 독학으로 한학에 대한 조예도 깊었다. 장년기에 하와이, 일본, 유럽성지순례, 중국 배낭여행, 땅 끝에서 임진각까지 1,300리 걷기 등의 여행기와 체험담은 내가 직접 경험한 것처럼 소상하게 기록하여 실감을 느끼게 했다. 재질이 영특했으나 가정 사정으로 영남 고등 야간부를 아르바이트로 고학한 이야기에 대학진학의 무산으로 프린트사의 자영업을 하다가 경북도청 문화 공보담당관실 문화재 대장정리 요원으로 10여 년 근무를 마감으로 충실한 삶의 기록들이 짠했다. 오 선생의 회고록 『야초의 여정』의 첫 장에 생활지침인 平生學習, 平生現役의 친필에서 그분의 달필을 엿볼 수 있었다. 이상으로 나의 수상록 발간 이야기와 새벽산책길에 만난 노반(老伴)의 이야기를 두서없이 적어봤다.

2017년 11월 17일

※ 추기追記

위 글을 쓴 지 4개월이 지났다. 해가 바뀌고 겨울 한 계절이 훌쩍 흘러갔다. 그동안 날씨가 추워 앞산공원 산책을 안 가고 집에서 실내 요가체조로 산책운동을 대신했다. 경칩 날 고산 골 K님을 만나기 위해 다녀왔고 어제 오후 처음 앞산 큰골 동편 새로 조성한 잔디공원을 거쳐 오솔길을 따라 올라가서 동편 산등에 서 서편 케이블카 삭도를 바라보며 윗옷을 벗고 서서하는 요가 체조를 30분간 한 후 돌아왔다. 오늘도 오전에는 집에서 실내 요 가를 한 후 TV시청을 하면서 신문을 읽고 PC를 부팅, 유태영 님 으로부터 매일 10여 통씩 오는 좋은 글과 사진, 그림을 열어보고 친지로부터 온 메일의 읽기와 답신을 한 후 오후 2시 20분부터 어제 다녀온 코스를 따라 앞산 공원 큰골을 한 바퀴 돌았다. 낮 최고 기온이 20도까지 올라 내의를 벗었는데도 등에 땀이 배었 다. 동편 산등성에 올라 윗옷을 벗고 선요가 체조를 시작했다. 따뜻한 햇살에 일광욕을 하면서 30분간 운동을 하고 나니 심신 이 가뿐한 게 기분이 좋았다. 운동을 마치고 자락 길을 따라 은 적사 입구를 돌아 헬스장을 지나 서편 자락 길을 따라 내려오는 데 앞에 지팡이를 짚고 걸어가는 분이 눈에 익은 뒷모습이었다. 다가가서 고개를 돌려보니 오 선생님이었다. 오랜만이었다. 그 동안 겨울 추위로 서로 산에 안 올라와서 처음 만나게 되었다. 오 선생도 오늘 처음 올라왔다면서 그동안의 안부의 궁금증을 풀었다. 겨울 동안 아파트 내 방콕 생활에 지쳤는데 오늘 처음 이렇게 산책을 하니 움츠렸던 심신이 확 풀려 기분이 너무 좋다 면서 환하게 웃었다. 그러면서 지난해 나에게 받아간 다섯 권의 수상록을 아이들에게 나누어 주어 읽게 했는데 고등학생인 손 자가 그 책을 읽고 감명을 받아 삭발을 하고 열심히 공부를 하고 있다고 했다. 읽어주는 것만도 감사한데 삭발까지 했다니 참으로 기특하다면서 원하는 대학에 꼭 합격을 해서 사회에 필요한 훌륭한 사람이 되기를 빈다고 치하를 했다.

2018년 3월 24일

※ 추기追記

　오 선생이 신년도 달력을 가지고 오전 10시경 내방했다. 며칠 전 새벽산책길에 모과 몇 개를 아파트현관에 두면서 손자 대입기원한 데 대한 답례방문인 것 같았다. 내 방에서 커피를 음미하면서 약 1시간 정담을 나누었다. 손자의 정시 발표가 내년 2월 4일이라고 했다. 최선을 다했으니 진인사 대천명을 바라기로 했다.

2019년 12월 20일

개구리 봉

　　　　　　　나의 고향 경산시 남천면에 山田이라는 마을
이 있는데 이 마을은 절골 산줄기가 내려 뻗친 산을 뒤로하고 앞
으로는 금곡에서 흘러내리는 남천이 젖줄이 되어 강 양변으로
옥토가 개발되어 배산임수의 명당으로 孫氏와 玄氏 兩 姓氏가
대대로 평화롭게 살아온 이상적인 농촌이었다. 이 마을은 나의
둘째 이모님의 시가(媤家)가 있는 곳으로 손씨 집안이다. 이 마
을 앞들 가운데 조그마한 봉우리가 있는데 개구리 봉이라고 한
다. 그 개구리 봉 精氣로 산전마을은 대대로 孫無弱質 玄無鈍才
란 전설이 내려오고 있다. 즉 약한 손씨가 없고 둔한 현씨가 없
는 인재의 고장이란 뜻이다. 이 들 가운데 있는 봉우리를 향해
용사(龍蛇)의 형상을 한 산맥이 집중되어 있다. 풍수지리적으로
들 가운데 있는 봉우리가 개구리같이 생겨 그 개구리를 잡아먹

기 위해 달려드는데 서로 잡아먹겠다고 싸우는 바람에 아무 뱀도 잡아먹을 수 없어 그 봉우리를 명당이라했다. 그런데 이 개구리 봉 줄기의 맥이 산전마을 뒷산을 통해 훑어져 내려오는데 일제 때 경부선 철도가 마을 앞으로 설치되는 바람에 개구리 봉 맥이 끊겼다는 것이다. 오비이락, 우연의 일치인지 그 이후 마을은 차차 쇠퇴해졌고 광복 이후 6·25 전후 혼란시대에 좌우 이념 격돌 속에 젊은이의 부역 피살 등으로 폐촌이 되다시피 되었다는 후문이다.

우리나라 한반도는 지정학적 조건으로 강대국의 먹이사슬이 되어 역사적으로 중국의 예속, 일본의 식민지 등으로 사대주의의 틀을 벗어나기 힘들었다. 그래서 우리나라도 내 고향 산전의 개구리 봉처럼 어느 나라의 침략도 받을 수 없게 지정학적 불리를 역이용하여 영세 중립국인 스위스처럼 전쟁 없는 나라에 살고 싶은 게 모두의 바람일 것이다. 그러려면 우선 평화적 통일이 되어야 하고 핵을 가져 강대국이 넘보지 못하게 해야 한다. 전 예산의 10%인 39조원의 막대한 군비 예산도 줄일 수 있고 동족상쟁의 비극도 막으며 이 돈을 국민 복지를 위해 쓴다면 일거삼득이 안 되겠나 싶다. 사드 배치로 한반도가 새로운 냉전체제의 중심이 되어 군사적 경제적 불안을 가중하고 있다. 핵을 공유하게 되면 전쟁을 일으킬 수 없다고 본다. 많이 가진 나라나 적게 가진 나라나 함께 공멸을 피할 수 없기 때문이다. 세계 어느 나라도 전쟁을 원하지 않을 것이다. 나쁜 평화도 전쟁보다 낫다고 했다. 이를 악용, 이북이 NPT을 위반하고 UN의 제재에도 불구하고 핵실험확장으로 공갈을 했던 것이다.

광복 직후 이런 말이 떠돌기도 했다. 미국을 믿지 말고 소련에 속지 말고 일본 일어서니 조선사람 조심해라. 중국과 미국이 우리나라를 가운데 두고 기 싸움을 하고 있다. 이 지정학적 올가미를 벗어나려면 우리도 핵을 가져야 하며 전시작전권을 회수해서 자주 국방으로 이북의 오판을 막아야 한다. 그러나 우리가 핵을 가질 능력은 있어도 NPT 위반에 앞서 전술핵무기 복구마저 주위 강대국은 물론 미국까지 발목을 잡고 있다. 韓末 역사적인 망국 트라우마의 악몽으로부터 벗어나야 하지 않을까. 한반도의 전쟁은 승자와 패자의 게임이 아니라 한반도가 없어지고 한민족이 없어지는, 역사적 종말을 고하는 위험한 악수임을 전문가의 말이 아니라도 누구나 알 수 있다. 그런데 트럼프와 김정은은 거친 망언으로 세계를 공포 속으로 몰아넣고 있다.

허리가 동강난 지 70년이 넘었다. 다시는 이 땅에 전쟁은 없어야 하고 우리도 핵을 가지고 공포의 균형을 이용, 슬기로운 외교로 내 고향 산전의 개구리 봉처럼 어느 나라도 넘보지 못하는 통일된 조국을 이루어야 할 것이다. 이제 더 이상 강대국의 노리갯 감이 되지 말아야 하며 핵을 미끼로 코딱지만 한 이북 김정은의

공갈 협박에 온 세계가 우롱(愚弄)당하는 코믹거리가 되지 말아야 한다. 서민 교수의 가상소설 말미에 나오는 미국 군수산업자의 "이런 한국 같은 나라가 하나만 더 있으면 얼마나 좋을꼬."라는 풍자적 표현이 눈길을 끌었다.

윗글을 쓴 지 두 달이 지났는데 지난 4월 27일 극적인 판문점 남북정상 공동성명에 이어 통일각 남북정상 회동 등 살얼음판 걷듯 아슬아슬한 고비를 지나 풍계리 핵시설 폭파로 이북의 완전한 비핵화의 적극적인 수용으로 6월 12일 북미 정상회담이 싱가포르에서 긍정적인 방향으로 이루어졌다. 북미 정상회담의 가장 중한 의제가 북한의 핵 폐쇄인데 수많은 핵을 보유하고 있는 열강들의 핵 보유는 그대로 둘 것인가? 공포의 균형으로 모든 나라가 핵 보유를 주장했지만 이번 이북의 핵 폐쇄를 계기로 모든 나라가 함께 핵을 폐기해야 평형하지 않은가. 그래야 진정한 세계평화가 올 것이라 여긴다.

세계 핵보유국 순위는 1위 러시아 8,500기, 2위 미국 7,700기, 3위 프랑스 300기, 4위 중국 200기, 5위 영국 160기, 6위 파키스탄 110기, 7위가 인도 100기, 8위 이스라엘 80기. 여기에 일본, 독일, 이태리가 빠진 것은 그들은 2차 대전 패전국으로 핵 보유는 물론 군사적 행동도 제재받고 있기 때문이다. 북한은 핵 보유국으로 인정받지 못해 공식 보유기 수는 발표되지 않았으나 이미 ICBM으로 미국 본토까지 겨누고 있음을 영상으로 과시하고 있다. 한 개 가진 나라나 천 개 가진 나라나 전쟁 나면 共滅이다. 그러니 모두가 핵을 가지고 전쟁을 막아야 하고 핵은 평화적으로 善用하여야 한다. 강대국의 군수업자는 싫어하겠지만. 이제 다시는 지구상에 전쟁이 없는 꿈은 백일몽일까. 북한이 미국을 먼저 공격하면 지구상에서 영원히 사라진다. 독사도 건드리지 않으면 물지 않는다. 이북이 눈엣가시지만 선제공격은 못 할 것이고 제풀에 없어지도록 내버려두면 어떨까? 악의 독재는 망하기 마련이니까. 모두가 핵을 무기화하지 않고 모든 나라가 다 가지고 공포의 균형으로 평화적으로 이용한다면 얼마나 좋겠는가. '딥 스테이트', 이익을 주장하는 자와 軍需産業者는 싫어하겠지만.

러시아가 핵 보유 순위 1위로 8,500개를 가지고 있으면서도 보도에 의하면 신형 핵무기 개발에 나섰다고 한다. 그리고 얼마전 푸틴은 약소국의 自衛는 핵 보유가 유일한 무기라고 했다. 우리도 핵을 가져야 하고 가질 능력도 있다. 그렇게 하면 막대한 국방비도 줄이고 이북의 핵 공갈에 戰戰兢兢할 필요도 없지 않을까. 똥별이 떨어지는 방산비리도 막을 수 있고. 우리가 핵을 가지고 남북이 통일되면 강대국이 저희들 마음대로 이용할 수 없기 때문일까? 아니면 왜 전술핵마저 못 갖게 하는가. 내 고향 산전의 개구리 봉처럼 어느 뱀에게도 먹히지 않는 지정학적 불리를 역이용하는 외교적 지혜로 70년 만에 찾아온 모처럼의 남북 화해 무드를 살려야 한다.

한 세기 가까이 분단되어 적과 적으로 싸우며 일촉즉발 전쟁의 위험에서 벗어나지 못하던 남한과 북한. 그래도 국운이 돌아왔는지 남북 화해의 분위기로 돌아가고, 남과 북 정상들이 다시는 전쟁이 없을 것이며 무력분쟁은 막자고 서로를 포옹하며 화기애애한 모습을 보이고 있는데, 기쁘고 즐겁게 생각하지는 못할망정 자신의 사욕과 자기 당의 이익만 위하여 입에 담을 수 없는 비난만 퍼부으면서 쇼라고 비아냥거리니 국민의 신망을 잃을 수밖에….

언론에서 트럼프를 럭비공, 장사꾼 등 여러 가지 흠을 잡아 지탄을 했었고 나 또한 그에 고개를 끄덕였는데 이번 북미 정상회담에서 보여준 그의 결단은 그를 달리 보게 했다. 상대방을 자극하고 적대시하는 군사행동을 중단하는 용단부터 내려야 한다고 촉구했다. 한미군사훈련을 워 게임(war games)이라 부르며 배상받지 못하는 많은 돈이 아깝다고 했다. 그리고 북한과 협상하면서 훈련하는 것은 나쁘다고 했다.(정치적 쇼 냄새가 품기지만 사실 접근성 발언이다)

한미군사훈련 중단을 하게 되면 누구보다 서해 바닷고기들이 좋아하겠다. 포성과 포진으로 오염된 공해로부터 벗어날 수 있으니까. 놀란 고기가 맛이 있을까? 포진에 놀란 고기가 제맛이 있겠는가. 이대로 가다가는 狂魚病이 생길는지 모른다. 핵 실험으로, 미사일 발사로, 거기에 인간이 버린 쓰레기로 바다는 오염의 한계를 넘어서고 있다. 광우병, AI에 언젠가 고기들의 앙갚음인 狂魚病이 인간을 위협하게 되는지 두렵다. 아무 죄 없는 산림을 황폐시키고 박살을 내니 자연이 놀라 지진이 일어나고 해일(海溢)로 氣候異變으로 뒤덮는다. 자연의 보복이 인간의 자업자득임을 모르는 어리석은 인간들이 불쌍하다.

우리나라는 내 고향 산전 개구리 봉처럼 모든 열강이 노리고 탐을 내는 지정학적 명당이 틀림없다. 트럼프도, 시진핑도, 기 싸움에 밀려난 푸틴도, 패싱이 된 아베도 우리 손으로 조종할 수 있는 외교의 달인이 되어야 한다. 천재일우의 통일된 조국의 서광을 놓치지 말아야 한다.

핵을 가장 많이 가진 러시아(8,500개)의 극초음속 탄두실험에 미국(7,700개)이 중거리 핵전략 조약을 파기하겠다고 맞불을 놓으며 으르렁거리고 있다. 그런데 코딱지만 한 약소국인 한국은 왜 자위적 핵 보유도 제어하는가. 남북이 평화적 통일이 되고 핵을 가져 어느 나라도 넘보지 못할 내 고향 개구리 봉과 같은 자주 국가가 되어야 함은 당연하지 않은가. 강대국에 빌붙어 70년 분단과 동족상쟁의 비극에서 벗어나야 한다. 하노이 북미 정상

산전마을 앞들 가운데 있는 개구리 봉

회담이 결렬되고 다시 트럼프와 김정은은 등을 돌리며 북은 연락사무소를 일방 철수했다. 그러더니 이제 한술 더 떠 금강산 남한시설도 너절하다고 철거하라니 오랜만에 찾아온 남북 화해와 통일의 희망은 한갓 백일몽으로 끝날 것 같다. 어느 쪽에도 이익이 안 되는 자해행위다. 통일과 평화에는 남북이 없고 여야가 없어야 한다. 우리는 천재일우의 이 기회를 놓쳐서는 안 된다. 내 고향 개구리 봉과 같이 4대 강국(구렁이, 황사, 독사, 살무사) 어느 뱀도 범접 못 하는 명당을 살려야 한다.

※ 추기追記

최근 보도에 트럼프가 내년도 방위비로 6조원을 내라며 은근이 조르고 있다 한다. 2006년부터 2018년 사이 우리나라의 미국

무기 구매액이 35조 8천억 원이라 했다. 현재 주한미군이 2만 8천5백 명인데 미국이 패권유지라는 설도 있다. 내년도 국방예산이 53조 1천억 원으로 7.4% 증액되었다는 보도다. 강대국에 빌붙어 70년이나 남북이 갈라져 으르렁거리고 있다. 한심하고 안타깝다. 내 고향 산전의 개구리 봉이 부럽다.

2019년 10월 29.일 6·25 참전 노병

※ 추기追記

문재인 대통령이 신년사에서 남북관계 진전을 적극적으로 추진하겠다는 구상을 밝힌 날, 해리 해리스 주한미국대사는 "남북관계추진은 미국과 협의해야 한다." 며 주권국가인 한국이 미국으로부터 승낙을 받아야만 남북관계를 진전시킬 수 있다는 식의 발언으로 민심을 자극했다. 대사의 도를 넘어선, 주권을 침해하는 오만한 발언이다. 민주적으로 선출된 대통령을 공산주의자로 매도하고 성조기를 흔들며 시위하는 무리 그리고 화해를 붙이려는 생일축하 메시지를 "주제넘은 일" 이라고 냉대하는, 이런 분위기는 우리의 평화통일은 百年河淸 空念佛임을 절감케 한다. 美와 中의 覇權 다툼에 끼어 고래싸움에 등 터지는 새우가 되지 말아야지… 내 고향 개구리 봉이 자꾸 생각난다.

2020년 1월 13일

경칩 날의 고산 골 산책

오늘은 3월 6일 절후상 무술년 경칩 날이다. 경칩은 겨울잠을 자던 벌레들이 놀라 깨어난다는 뜻으로 입춘, 우수가 지나도 머뭇거리고 있는 동장군에게 마지막 날리는 봄의 전령이며 경고다. 개구리가 얼음이 갓 녹은 실개천을 누비며 암놈의 등에 업혀 물놀이를 즐기고 버들강아지가 시기하듯 고개를 젓고 있다. 개나리 진달래가 기지개를 펴며 대문간 자목란 꽃 깍지가 터지며 살며시 내다보고 있다.

일주일 전 전직 동료였던 K님이 생각이 나서 보고 싶다고 전화를 했었다.

오는 경칩 날 11시 반에 고산 골 관리사무소 앞 벤치에서 만나기로 약속을 했다. K님은 나보다 세 살 아래로 전직 동료인데 내가 선배라고 형으로 부른다. 벌써 내가 정년퇴직 한 지가 33년이 되었고 내가 나온 후 그는 시립복지관으로 전직하여 10여 년을 더 근무하다가 은퇴한 지가 20여 년이 흘러갔지 싶다. 은퇴 후에도 서로 자주 전화로 안부를 묻기도 하고 함께 산행을 하면서 구정의 추억에 젖기도 했었는데 약 3년 전부터 소식이 뜸해졌다. 해가 바뀌고 명절이 되어도 내가 먼저 안부 전화를 해야 겨우 받는데 말소리가 밝지 못했다. 아마 건강이 좋지 않은 것이란 느낌이 들었다. 3년 전에 나의 수상록을 부쳤다. 그 글 속에는 그의 얘기도 들어있었는데 잘 읽었다는 간단한 문자 메시지만 왔었다. 올 설에도 소식이 궁금해서 내가 먼저 안부 전화를 했다.

나는 귀가 멀고 그는 말이 어둔해서 말을 알아들을 수가 없었다. 나도 날이 갈수록 달라지는 건강에 기동할 수 있을 때 그를 한번 만나고 싶었다. 그래서 일주일 전 꼭 한번 만나고 싶다고 문자 메시지를 보냈다. 좋다면서 고산 골 옛날 산행 시 만났던 관리사무소 옆 벤치로 약속했다. 끓인 물을 담은 보온통과 커피 믹스 4개, 신문, 근래 쓴 수필 프린트 3편, 일기장과 카메라를 배낭에 넣고 집에서 10시 15분에 출발을 했다. 새벽 최저 기온이 영하 1도이고 낮 기온은 영상 11도까지 올라간다는 일기 예보인데 산기슭 바람이 볼을 때려 덮개로 머리를 감쌌다. 앞산 순환도로를 돌아 고산 골 들목에 이르니 남구 체육센터 기초공사를 하고 있었다. 9홀의 파크골프와 테니스장을 위시해 근린체육공원을 조성한다는 공사개요 안내판이 눈길을 끌었다. 약속시간이 30분쯤 여유가 있어 입구 초소로부터 인도 가편에 전시된 봄에 대한 시를 읽으면서 천천히 걸었다. 이해인 시인의 「봄이 오는 소리」 등 봄을 찬미하는 아름다운 시가 담긴 푯말이 따뜻한 햇살을 맞아 윙크를 했다. 중간 중간 세워있는 시(詩) 푯말을 하나하나 음영하면서 걸었다. 남구 국민체육센터, 어린이 놀이터, 깨끗하게 포장된 도로와 주차장, 너무나 달라진 환경에 옛날 오르내리던 때의 주위환경이 떠올라 감회가 깊었다.

40년 전 대명동으로 이사한 이후는 주로 큰골을 이용해서 이곳 고산 골은 오랜만에 걷는다. 약속장소에 도착하니 11시 25분, 약속시간 5분 전이었다. 주위를 살펴봐도 K님은 보이지 않아 벤치에 앉아 신문을 펼쳤다. 약 10분이 지나도 오지 않아 전화를 걸었다. 몇 번 신호 후에 올라오는 중이라는 대답이었다. 내가 와 있다면서 천천히 오라고 일렀더니 뭐라고 말하는데 알아들을 수가 없었다. 신문을 읽다가 고개를 드니 주위를 두리번거리는 눈 익은 모습이 오가는 사람들 사이에 보였다. 그였다. 김 샘! 하고 소리를 질렀다. 너무 반가워 부둥켜안았다. 그의 눈에 눈물이 걸씬거렸다. 나도 눈시울이 뜨거워졌다. 건강이 많이 나빠 보였다. 얼굴에 부종기가 있고 말도 어둔했다. 스틱을 짚은 걸음걸이도 바르지 못했다. 벤치에 앉아 그간 안부를 물으며 가지고간 보온통의 물에 커피를 섞어서 음미하면서 정담을 나누었다.

올해 85세인 그는 D상고 출신으로 재직 시 경리업무를 줄곧 맡아봤으며 검도 선수로 직장 대표로 전국대회에 참여하고 일본까지 다녀왔다. 배구와 탁구도 수준급이며 직장 대회 시는 심판까지 했었다. 만능 스포츠맨이었다. 펄펄 날던 그였다. 나는 보청기를 꼈으나 그는 아직 보청기는 끼지 않았다. 나보다 귀는 밝았다. 그의 말이 어둔해서 잘 알아듣지 못해 필담을 했으나 손이 떨려 어려웠다. 백내장 수술 후유증으로 시력도 나빠 책은 물론 신문도 안 본다고 했다. 고혈압에 당뇨, 심장질환까지 합병되어 현재 복용하고 있는 약이 열 종류가 넘어 빼먹기도 한다고 했다. 3년 전에 내가 우송한 수상록에 김 샘 얘기도 들어있는데 읽어 봤느냐고 물었더니 읽기는 다 읽었는데 기억이 나지 않는다고 했다. 치매검사를 했는데 약을 복용할 정도는 아니라고 했단다. 남의 일 같지 않아 숙연해져 자꾸 눈물이 나오려고 했다. 가지고 간 일기장도 보이고 프린트한 수필「황혼을 아름답게」외 2편의 글도 읽을 형편이 아니었다. 집에 가지고 가서 부인으로 하여금 읽게 하겠다면서 주머니에 접어 넣었다.

지난해 이때 내가 가장 사랑했던 열여섯 아래인 후배가 갔고 연달아 퇴직자 모임의 회장직으로 3연임을 하면서 홈페이지 구축 등을 함께 했으며 같은 아파트단지에서 형제처럼 지낸 J님도 나보다 네 살 아래인데 가버렸다. 이제 나의 유일한 친구이자 후배인 K님까지 이렇게 건강이 나빠졌으니 모처럼 만난 자리가 숙연하고 무거웠다. 추억담이 산같이 많으나 그는 말이 어둔하고 나는 귀가 어두워 마음에 담아온 얘기를 다 하지 못했다. 그럭저럭 오후 1시가 지나고 있었다. 애초에 나는 그와 함께 멀리는 못 올라가도 법장사 위 계곡 바위에 앉아 며칠 전 내린 비로 불은 물줄기를 바라보며 더 추억을 불러오기로 마음먹었는데 아니었다. 아쉬웠으나 그의 손을 잡고 내려왔다.

팔군 정문 앞 대봉동에 살 때 이 고산 골을 오르내린 추억들이 뇌리를 스쳐 갔다. 공룡 공원이 들어서고 들머리 식당골목도 정비되어 격세지감이었다. 함께 식사라도 나누려고 식당 간판을 두리번거리다 마침 들깨죽이 눈에 띄어 어떠냐고 물었더니 좋다고 해서 들어가 2인분을 시켜 먹었다. 들깨 냄새가 구수하고 쫄깃한 찰수제비가 그런대로 먹을 만했다. 1인분 3천 원으로 예상외로 헐했다. 라면도 3천 원인데. 오랜만에 만나 고기 맛이라도 보면서 대접하려고 했으나 그도 그렇고 나 또한 소화 기능이 좋지 못해 외식은 일체 삼가고 집에서 아내가 내 구미에 맞춰 주는 음식에 소식을 하며 간간이 잣죽으로 때우는 편이라 죽을 택했는데 그도 나와 비슷한 식성으로 3천 원짜리 들깨죽이 육식 성찬보다 입에 맞았다. 바로 옆자리에는 60대로 보이는 분이 파전에 불로주와 맥주를 겹쳐 시켜놓고 혼자 마시고 있어 외로워 보였다. 뒷자리에는 등산복 차림의 중년들이 막걸리에 부추전 안주로 호기를 부리고 있었다. 우리도 저렇게 한잔 술의 취기에 젖

은 적이 있었는데 그분들이 부러웠다. 그도 그렇고 나 또한 술과
는 거리가 멀어졌으나 오늘 같은 날은 저렇게 취해보고 싶은 생
각이 들었다.

식당을 나와 앞서거니 뒤서거니 주위의 정경을 카메라에 담으
면서 대로변 버스 정류소까지 걸었다. 자택이 전에 내가 가봤던
그 집이 아니고 이사를 했다는데 버스를 2코스나 갈아타야 한다
고 했다. 아파트가 아니고 역시 단독주택이라 했다. 자가용도 몸
이 저러니 처분해 버리고 이제는 방콕 신세가 되고 말았다고 쓴
웃음을 지었다. 남매를 키워 아들은 대학 시간 강사인데 교수발
령을 못 받고 있단다. 나와 같이 20년 반액 연금으로 살자니 부
부생활이 빠듯하단다. 다행히 부인이 10년이나 젊어 노후 돌보
기를 해주고 있어 다행이라고 했다. 저렇게 불편한 몸인데도 나
의 청을 거절치 못해 나온 분에게 3천 원짜리 들깨죽으로 때우
기는 너무 섭섭하고 미안했다. 지갑에서 세종대왕 2장을 꺼내
한사코 거절하는 그의 주머니에 넣어주면서 내년 경칩 날 오늘
만난 그 자리에 다시 꼭 만나자고 손뼉을 친 후 버스 타지 말고
택시 타고 가라고 등을 밀었다.

2018년 3월 7일 우롱 씀

새벽산길 겨울비를 맞으며

2002년 1월 17일 日記에서

잠이 깨여 시계를 보니 4시 50분.

어제의 日記를 적어 놓고 새벽산행을 위해 현관문을 열었다. 바람이 치고 있었다. 우산을 받쳐 들고 가는데 날려갈 것 같다. 大寒을 사흘 앞둔 가장 추울 때인데 며칠간 봄날 같은 날씨가 이어지며 비가 찔끔거리더니 오늘 새벽에는 여름비처럼 뿌리고 있다. 시계를 보니 6시, 아직 어둠 속에 가로등이 희미하게 졸고 있고 步道 위에 빗줄기가 포말을 이루고 있다

비가 오나 눈이 오나 거의 빠짐없이 올라가는 새벽 산길.

아지랑이 자욱한 꽃망울 터지는 이른 봄, 綠陰 짙은 한여름 계곡의 물소리, 빨갛게 물든 단풍, 落葉을 밟으며, 눈이 온 산을 하얗게 덮었을 때 흰 눈 위에 발자국을 남기고…, 春夏秋冬 철에

따라 느끼는 새벽산길의 妙味! 오늘같이 때 아닌 겨울비를 맞으며 걷는 雨中 情趣 또한 別味라 할 수 있다. 밤사이 내린 비로 바싹 말랐던 계곡에 落葉을 밀치고 냇물이 흘러가고 있다. 八角亭에서 비를 피해 선요가 체조를 한 후 大德寺를 거쳐 隱迹寺 모롱이를 돌아 내려오면서 앞산기슭 옹달샘 밑 石牛 李潤守 詩碑 앞에 섰다. 빗물이 詩가 새겨진 돌을 적시고 있었다. 詩碑 앞을 오가며 외우다시피 한 그의 詩 波濤를 다시 읊조린다.

海風이 앗아가는 봄을 어루만지며
외로이 모래밭에 엎드려
모래알을 헤인다
億劫日月
밀려갔다 밀려오는 파도처럼
아 아 !
헤아려도 헤아려도 헤아릴 수 없는
인간 삶의
사랑과 슬픔과 고뇌의 씨앗들
파도되어 밀려온다.

80평생 오직 詩業에 專念하면서 一貫되게 人間眞實을 追求하면서 곧은 生涯를 마친 그의 시비 앞에 고개를 숙이며 나의 지난날을 되돌아본다.

古稀를 넘은 이 나이에 무엇을 했던가? 다만 자신과 가족을 위해 바동거렸을 뿐!

부끄러울 뿐이다. 남은 삶 어떻게 마무리할 것인가?

召天의 그날까지….

2002년 1월 25일 圖老會 韓用愈 拙作

盤龍寺 문학기행

　　　　　　영대 지하철역 앞 택시 정류소에서 이병훈 님
차와 대절한 택시에 참가자 7명이 분승, 10시 15분에 반룡사로
출발을 했다. 반룡사가 있는 용성면 용전동은 나의 백형의 처가
로 옛날 이수로 고향 뱀골에서 50리라 했다. 영대 옆을 빠져나가
자인읍을 거쳐 용성면 소재지를 지나 반룡사가 있는 용전동 육
동(六洞)으로 들어가는 비오재 잿길로 들어섰다. 대낮에도 산적
이 나온다는 험한 재였는데 2차선 포장도로가 깔려 언제 그랬냐
는 듯이 수월하게 돌았다. 재를 넘으며 70여 년 전 어릴 때 무서
움에 떨며 형님의 손을 꼭 잡고 힘겹게 넘던 추억이 뇌리를 스쳤
다. 이수(里數)로 50리 길은 어린 내 걸음으로는 한나절 길이 넘
었다. 비오재를 넘어 육동으로 들어섰다. 오지에 여섯 마을이 살
고 있다고 육동이라 일렀다. 맨 처음 마을 용천리를 지나 반룡사

가 있는 구룡산 자락 용전 마을을 거쳐 반룡사에 도착하니 10시 50분이었다. 영대 택시정류소를 출발한 지 35분이 걸렸다. 일기예보에 비소식이 있어 우산을 준비해 갔는데 빗방울만 잠깐 차창을 때리더니 구름이 해를 가려 나들이에 시원해서 오히려 좋았다.

내가 초등학생일 때 형님과 형수님 따라 내왕하고는 처음 가는 길이니 반세기가 훌쩍 지났다. 10대의 홍안 소년이 망구(望九)의 백발이 되어 찾는 길은 추억의 감회에 깊숙이 빠져들게 했다. 길이 변해 형님의 처가가 있는 집터가 어디인지 찾지 못했다.

마을도 변했다. 마을 뒤 솔밭 등은 복숭아밭으로 변했고 개울가 우물터는 흔적이 없고 살구나무도 앵두나무도 보이지 않고 절로 올라가는 길 양편에는 복숭아, 포도, 대추나무 밭이 이어졌다. 절까지 차가 올라가게 길이 포장되어 있어 바로 차로 가느라 마을은 둘러보지 못했다.

일제 말 2차 대전 때 지은 농사는 공출이라는 명목으로 모두 수탈해 갔다. 가을 거둠을 한 벼를 표나게 두지 못하고 집 서까래나 볏가리 밑에 숨기고 일상 먹는 쌀도 부엌 땔나무 단 밑에 땅을 파서 독에다 묻어놓고 몰래 퍼내어 양도로 했다. 일제의 수탈에 농민들은 초근목피로 굶주림에 시달려야 했다. 그러나 이곳 용전은 워낙 오지라서 그 험한 재가 수탈의 발길을 막게 했고 또한 골이 깊어 항상 맑은 물이 흘러내려 벼농사에 가뭄을 면하게 했다. 그래서 나는 사돈댁에 가면 수북하게 담은 쌀밥을 배부르게 먹을 수 있어 자주 가고 싶었으나 길도 멀고 험해서 항상 부럽기만 했을 뿐이었다. 한번은 춘궁기에 양식이 떨어져 그곳 사돈어른과 이슥한 밤중에 소에다 쌀을 싣고 달밤에 그 무시무시한 비오재를 넘어 용성 파출소 앞길을 피해 둘러 오느라 애를 먹었다. 뱀골 우리 집에 도착하니 희붐하게 먼동이 트기 시작했다. 안도의 숨을 쉬었다. 그때는 법으로 식량 이동을 금할 때라 들키면 압수는 물론 처벌까지 받아야했다. 그렇게 어렵게 가지고 온 쌀로 그해 춘궁기를 넘긴 기억이 아스라이 떠오른다. 해방 한 해 전으로 기억된다. 그 사돈댁도 해방 후 부산으로 이사를 가고 사돈 내외분은 물론 나보다 한살 아래인 사형도 고인이 되어 이제 소식도 끊어지고 옛집마저 찾을 수 없게 되었다.

반세기가 넘은 세월은 절 모습도 많이 변하게 했다. 입주문, 종각, 대웅전, 석탑, 사적비, 공덕비, 부도암 등을 둘러보고 천년 세월의 흔적을 어루만지며 카메라에 담았다. 용성면 용전동 구룡산 자락에 자리 잡은 반룡사는 신라 문무왕 원년(661)에 元曉 大師가 창건한 것으로 고려 문종 대에 화음천태종의 고승 원응 (圓應) 국사가 중창을 했으며 임란 소실로 다시 중건의 우여곡절 끝에 오늘에 이르렀다고 한다. 특히 원효대사와 요석공주 사이에 난 설총이 자란 곳이라 해서 천년고찰에 유명세를 더해 탐방객의 발길이 이어지고 있단다. 무열왕 내외가 딸인 요석공주와 외손자 설총을 보기 위해 신라왕도인 경주에서 반룡사를 찾아 넘었다는 왕재가 절 우편 부일리 쪽에서 내려다보고 있었다. 고려 중기의 석학 李仁老(1152~1220) 선생이 이 사찰을 찾아 다음과 같이 감회어린 시를 남겨 적어본다.

山居 : 산중에 사노라면
春去花猶在 : 봄은 갔다지만 꽃은 피어있고
天晴谷自陰 : 하늘은 맑으나 골짝은 그늘이 짙다.
杜鵑啼白晝 : 저 언덕 두견새는 한낮에도 울어대니
始覺卜居深 : 산중에 사는 깊음 비로소 깨달았네.
산사의 고즈넉함을 읊은 아름다운 五言絶句다.
아래와 같이 위 시의 對句를 지어 봤다.

次韻 拙詩
春去花猶落 : 봄은 가고 꽃마저 지니
天曇谷無陰 : 하늘 흐려 골짝 그늘 없다.
杜鵑啼不聞 : 두견새 울음 들리지 않고
松香卜舊深 : 솔향기 옛날을 그립게 하네.

답사를 마치고 대웅전 돌계단에 앉아 기념촬영을 하고 12시에

절을 떠났다. 원효로 네거리를 돌아 영대 앞 온천 골 가마솥 한
우국밥집에서 한우국밥으로 오식을 했다. 서서 기다릴 정도로
손님이 붐볐다. 오식을 마치고 영대 축구장 클로버 풀밭에 자리
를 잡고 스승의 날 축하 노래를 부르며 손뼉을 치고 나니 배탈로
불편했던 속이 시원하게 풀어졌다.

2015년 5월 20일

반룡사

새벽산책 이모저모

　　해동이 되어 날씨가 풀리고 따뜻해지자 다시 새벽산책을 시작했다. 기온이 5도 이하로 내려가기 시작하는 11월 하순부터 3월 말까지 겨울동안은 새벽산책을 가지 않고 집에서 영하로 내려갈 때는 실내에서 영상일 때는 옥상 슬래브에서 내가 늘 계속해 오는 요가체조와 국민체조를 30분 내지 40분간 했었다. 70대까지만 해도 영하로 내려가는 날씨라도 새벽산책을 거르지 않았다. 그런데 나이 70 후반에 들고 80대에 들게 되니 무리는 안 하는 것이 좋겠다는 생각이 들고 주위의 권고도 있고 해서 영하로 내려가는 추위에는 안 가기로 했었다. 새벽산책 길에 나설 때는 꼭 비닐봉지와 집게를 휴대하고 나선다. 오며 가며 길거리와 산책길에 떨어진 휴지와 담배꽁초 등 쓰레기를 줍는다. 이 쓰레기 줍기는 오래되었다. 내가 3년 여 전 대곡 큰애 집 아파트에 기식 할 때 인근 진천천과 솔밭등 산책을 하면서 시작했었는데 주민 추대 신고로 달성군수로부터 모범군민상까지 받은 바 있었고 그 후 이곳 대명동 내 집으로 돌아온 뒤에도 계속하고 있다. 처음 시작할 때는 위선적인 시선일까 봐 쑥스러운 면도 있었으나 복지 회관에 나갈 때 약 5년 넘게 자원봉사 활동으로 몸에 익혀져 이제는 하루라도 빠지게 되면 서운하고 뭔가 찝찝한 느낌이 들어 고질이 되고 말았다. 그리고 산책길에 마주치는 사람에게 내가 먼저 목례로 인사를 한다. 그러다 보니 이제 서로 마주치게 되면 자연스레 미소 짓고 고개를 숙이면서 인사를 하게 된다. 상대의 미소 띤 밝은 얼굴을 보면 기분이 상쾌해진다. 올해 들어 5월부터 앞산공원 들머리 동편 새로 조성된 녹색공간을 한 바퀴 돌면서 쓰레기를 줍고 파란 잔디와 주위의 무성한 수목을 바라보며 요가와 국민체조를 하고 내려온다. 새벽 5시 알림시계 소리에 잠이 깨면 침구정돈 후 산책복으로 갈아입고 나선다. 녹색 공간 잔디원까지 가는데 약 30분 녹지 공간 잔디밭에서 요가로 몸풀기를 한 후 잔디원 둘레를 돌면서 쓰레기 줍기와 걷기 운동까지 약 40분 운동을 하고 집으로 돌아와 골목 청소를 하고 나면 7시가 훌쩍 지난다. 화분과 화단에 물을 뿌리고 샤워로 몸을 씻고 나면 가뿐해진다. 1일1선주의라 했다. 즉 하루에 한 가지 이상 좋은 일을 하자는 다짐이다. 내가 이 나이에 이것밖에 할 일이 없다. 건강이 허락할 때까지 계속할 작정이다. 그런데 며칠 전 산책길에 앞산공원 버스주차장을 지나면서 휴지와 음료수 캔을 집게로 집는데 5천 원짜리 지폐가 섞여 있었다. 아마 주머니 속 휴지를 버리면서 싸잡혀 버린 것 같았다. 오래 전 대곡 진천천 휴게정과 앞산공원 사각정에서도 만 원권을 주워 복지관 탁구회원들에게 200원짜리 믹스커피로 인심을 뽐낸 적도 있었다. 쓰레기를 버린 사람은 과태료로 주운 나에게는 보상금으로 보이지 않는 靈의 배려를 느끼게 했다. 오늘 주운 돈은 아내에게 자랑을 하면서 줬더니 좋아했다. 많은 돈을 줍게 되면 잃은 사람도 아깝고 주운 사람도 신고 등 신경을 써야 하지만 이와 같이 적은 돈은 부담 없이 생광했다. 사람들은 내가 이렇게 매일 새벽 줍는 것을 보고 처음에는 의아한 눈빛이었으나 이제는 수고한다고 고개까지 숙이며 인사를 해온다. 그런 인사를 받을 때 너무 기분이 좋다. 녹색 공간 둘레를 맨발로 매일 걷는 50대 부인이 있다. 맨발 걷기가 혈액순환 건강에 좋다는 이야기를 듣고 나도 하고픈 생각은 있으나 아직 용기가 나지 않아 못하고 있다면서 격려를 했더니 나보고 공원관리사무소 직원이냐고 물었다. 아니라고 했더니 좋은 일 하신다며 존경합니다 하고 치켜세웠다.

지난 7월 10일경부터 30도 이상의 무더위와 가뭄이 계속되어 목말라하던 중 24일과 25일 태풍 솔릭이 중부지방을 휩쓸고 간 후 대구 경북지방은 풍수해의 피해 없이 30 밀리 내외 비를 뿌리고 갔는데 오늘(8월 26일) 새벽부터 모처럼 비다운 비가 시원하게 뿌리고 있다. 새벽 5시부터 약 20분간 소나기가 약 60밀리 내려 12시 현재 약 80밀리가 내렸고 현재 가는 비가 계속되고 있다. 내일까지 계속 비소식이니 이번에 200밀리 내외의 비가 내려 녹조 현상도 완화하고 바닥을 드러낸 저수지와 댐에 물이 가득 채워지기를 바란다.

※ 추기追記

27일 새벽산책길에 (4시 50분~7시 30분) 약 100밀리 정도 더 비가 내려 27일 낮 10현재 스티로폼 측우 박스 측정결과 200밀리로 나타났다. 저녁 tv뉴스에 대구지방 강우량이 184밀리라 했다. 내가 바라고 원했던 비가 20여 년 만에 처음으로 내린 호우로 원을 풀어주었다.

처서와 백로가 지나고 추분과 민족 대명절인 추석이 일주일 안으로 성큼 다가왔다. 다른 지방에는 폭우로 수해가 심하고 필리핀과 미국에는 허리케인과 해일로 비상이 걸렸는데 내가 사는 이곳 대구는 雨順風調다. 지난 14일에는 개성공단에 남북공동연락사무소가 마련돼 24시간 365일 쉼 없이 운영된다니 남다른 감회가 아닐 수 없다. 일제 침략과 외세로 73년이나 잘린 남북강산의 허리를 하나로 꿰매는 노력의 결과임이 틀림없다. 오늘 문대통령 일행이 남북정상회담차 방북한다. 북한의 완전한 비핵화 문제로 넘을 산이 많고 길도 굽이굽이지만 평화의 서광이 추석의 보름달과 함께 비춰주기를 손 모아 빈다.

2018년 9월 18일

녹지공간의 풍경

텃밭 타령

어제 아내의 성화에 못 이겨 고향 텃밭에 나갔다. 연일 계속되는 찜통더위에 방재청에서 폭염경보 메시지를 보내는 판에 새벽같이 처제가 집 앞에 차까지 몰고 와서 가자는 데는 피할 길이 없었다. 처서가 내일인데 가을김장 채소 파종을 해야 된다는 것이다.

신월 텃밭에 도착하기까지는 얼마 걸리지 않았다. 새벽이라 차가 밀리지 않아 비교적 빨리 도착했다. 대구에는 비가 안 왔는데 여기는 밭고랑에 소나기 내린 흔적이 보였다.

땅이 질어 작업을 할 수 있을는지? 그냥 돌아갈 수도 없고 일단 시작은 해보자고 목 긴 고무신(長靴)을 갈아 신고 제초 작업을 시작했다. 지난 제헌절 날 나와서 말끔히 김을 매고 갔는데 한 달 넘게 안 와 봤더니 잡초가 허리에 찰 만큼 무성했다. 낫으로 풀을 베고 삽으로 땅을 파고 이랑을 만들었다. 구름 사이로 햇살이 내리쬐어 전신을 땀투성이로 만들었다. 삶은 고구마로 아침식사 겸 간식을 대하면서 얼음 보리차를 연거푸 들이마시며 갈증을 풀었다. 점심은 전화로 주문한 냉면으로 평상 파라솔 차일 아래 둘러앉아 먹으면서 열기를 식혔다. 곁들여 냉막걸리로 반주를 삼았다. 북쪽 하늘에 시커먼 비구름이 밀려오더니 소나기가 억수로 쏟아졌다. 평상 파라솔 밑에 붙어 서서 비를 피했다. 잠깐 내린 소나기는 순식간에 밭고랑에 고여 넘쳐흐르더니 훤히 개기 시작했다. 땅이 질어 더 작업은 할 수 없어 퇴비를 이랑에 뿌리고 작업을 마쳤다. 대구 집에 도착하니 해가 지고 있었다. 대구에는 비 온 흔적이 없었는데 조금 있으니 컴컴해지면서 소나기가 한 줄기 내렸다.

처 외조부님이 딸만 다섯을 낳고 아들이 없었다. 논밭과 과수원은 양자에게 물려주고 산소를 모신 산은 딸 다섯과 양자 그리고 큰집 조카 일곱 사람 명의로 등기를 하면서 장모님 몫 7분의 1이 나의 처 명의로 되어있었다. 포도밭과 자두밭은 양자가 개간해서 짓고 있고 남은 산자락을 각자 능력대로 일구어 텃밭을 만들어 취미 삼아 나들이하게 된 것이 오늘에 이르게 되었다. 딸 다섯 중 한 분만 남고 모두 돌아가시고 이종들끼리 주말 만남의 장소와 소풍 겸 무공해 채소도 가꾸면서 흙냄새를 맡으며 전원적인 기분이라도 내기로 하고 올해로 3년째 하고 있는데 처음 생각과는 점점 달라져 가고 있다.

지난해에 이어 올해도 고추농사는 전멸이고 겨우 가을 김장과 상추, 쑥갓, 들깨, 파, 정구지 등 무공해 채소를 갖다 먹을 수 있을 정도이며 고추는 물론이거니와 무, 배추도 농약을 전연 안 쓰면 병충해를 막을 길이 없음을 알았다. 시중에서 유기농산물이라고 선전하지만 농약을 덜 쓴다는 것뿐이지 전연 안 쓴다는 것은 빈말임을 경험으로 알게 됐다.

　아이들은 처음 주말에 몇 번 따라 오더니 이제 저희들끼리의 주말 레저로 외면해 버리고 80을 바라보는 우리 부부만 남아 이제는 무리인 것 같다. 특히 어제와 같이 폭염경보가 내려 노약자는 외출까지 삼가라는 메시지가 날아오는 판에 아내와 처제의 성화에 나가기는 했지만 애초의 전원적인 정서 운운은 감상에 지나지 않음을 느꼈다.

　그러나 아내가 한때 신경통으로 지하철 계단 오르내리기가 어려웠던 때를 회상하면 앞으로 얼마나 버틸지 모르지만 이제 저만큼이라도 건강이 회복되었음이 감사하고, 아내의 말과 같이 소풍 삼아 도시락 들고 가끔 나가서 주택단지 조성으로 없어진 고향이지만 어릴 때의 추억을 더듬어 보려는 충정을 나 또한 공감하는 터라 굳이 뿌리칠 수 없는 형편이다.

　며칠 후 진땅이 마르면 김장채소 씨 뿌리러 가자는 것을 거절 못 하고 또 약속을 하고 말았다.

2007년 8월 22일 일기에서 옮김

동짓날 밤

지금 시간 동짓날 밤 4시. 어제 밤 9시에 잠자리에 들어 尿意로 잠이 깨어 시계를 보니 10시 55분이었다.

2시간을 잔 셈이다. 소피를 보고 다시 이불 속에 몸을 숨겼다. 바로 잠이 오지 않아 누운 채 발끝치기를 하면서 상념에 젖다가 어느새 나도 모르게 잠이 든 모양이다. 희미한 꿈길 속을 헤매다가 잠이 깼다. 방광에 고인 오줌이 화장실로 떠밀었다. 시원하게 나올 오줌이 끄응끄응거리며 쥐어짜듯 했으나 개운치가 않다. 다시 잠자리에 들었다. 또 잠이 깼다. 시계를 보니 3시였다. 4시간을 더 잤다. 앞서 2시간을 합치면 6시간을 잔 셈이다. 전립선 비대증 완화 약을 복용한 지가 15년이 넘었다. 매일 밤 평균 2번씩 소변을 봐야 한다. 약의 효험인지 더 심해지지는 않고 소강상태다. 컨디션이 좋을 때는 가끔 한 번 정도이고 대개 2번은 잠을 깨운다. 오늘 밤이 동지라 밤 시간 길이가 일 년 중 가장 길다. 아직 날이 새려면 4시간이나 남았다. 다시 잠자리에 들었으나 바로 잠이 오지 않아 또 발끝치기를 하면서 뒤척였다. 발끝치기는 4년째 계속하고 있다. 잠이 안 올 때 몸부림치기보다 발끝치기를 하면 어느새 나도 모르게 잠들게 되고 혈액순환과 건강보전에 좋다 해서 계속하고 있는데 그로 인함인지 아직도 걷는 데는 지장이 없다 올해도 지난 10월 25일 새벽산책을 함께 하는 지인과 같이 팔공산 단풍구경 나들이로 1,167m의 동봉에 올라가서 표지석을 만지며 내년에는 못 올 것 같다고 꼭 껴안고 카메라에 담았다.

백단위로 손가락 열 개를 접어도 머리는 말똥말똥했다. 다시 불을 켰다. 시계를 보니 3시 50분, 50분을 발끝치기와 잡생각에 시달린 셈이다. 날이 새려면 앞으로 4시간. 6시간을 잤으니 수면시간은 평균치를 채웠으니 억지로 더 잘 필요는 없어 벌떡 일어났다. 책상 위에 읽다 덮어놓은 에세이스트 81호를 펼쳤다. 신인수필 당선작 권영희의 「아들아, 괜찮다」를 읽었다. 말미에 10월 11일 감명 깊게 읽었다는 내 연필 사인이 적혀있었다. 그런데 다시 한 번 더 읽으면서 읽은 것 같기도 하고 아닌 것 같기도 하며 기억이 희미했다. 읽은 지가 두 달 남짓한데…. 이제 나의 뇌 작용도 서서히 한계점으로 들어서고 있음을 느끼게 했다.

60여 년 전 해방직후 내 나이 10대 후반일 때 이웃집 친구가 천석을 하는 외가에서 가져온 『순애보』, 『단종애사』, 『마의태자』, 『운현궁의 봄』, 『금삼의 피』, 『무정』, 『불로초』 등 일제 때의 소설을 호롱불 밑에서 밤새워 읽고 난 후 이튿날 새벽 거울을 보면 콧구멍이 까맣게 그을린 기억이 아직 생생한데 불과 두 달 전에 읽은 글이 알쏭달쏭하니 나의 뇌기능도 이제 한계점에 이른 것 같아 마음이 숙연해졌다. 삶의 섭리로 받아들이기엔 섭섭했으나 뫓九의 나이에 아직 책을 가까이할 수 있으며 무료한 시간을 때울 수 있는 것만도 감사하게 받아들이고 싶다. 내가 만약 이 독서의 취미라도 없었다면 잠 안 오는 오늘 밤 같은 동짓달 긴긴밤을 어이 새울 것인가? 나에게 독서의 취미를 아직 거두어 가지 않은 신에게 무한 감사를 드린다. 독서는 10대에서 20대 전후 뇌 세포기능이 가장 왕성할 때 해야 한다고 했다. 마른 논에 물 들어가듯 흡수력이 강할 때 말이다. 그래서 젊음은 늙기 쉬우나 배움은 이루기 어렵다고 한 (少年易老學難成하니 一寸光陰不可輕이라. 未覺池塘春草夢하니 階前梧葉已秋聲) 성인의 勸學詩를 되뇌어본다.

이 글을 초안하다 보니 새벽 6시 50분, 해 뜰 시간이 1시간 남짓 남았다. 동짓날 기나긴 밤도 어느새 지나가 버렸다. 동짓날 밤은 낮 시간보다 3시간 26분이 길어 일 년 중 가장 밤이 길다. 대문간에 배달된 조간신문을 거두어와야겠다. 아직까지도 신문 7매 28면을 다 읽고 오피니언, 사설 등 톱기사는 일기장에 스크랩을 하곤 했는데 이제 버거워진다. 대충 읽기로 줄여야겠다. 앞으로 얼마나 더 계속할는지? 오직 신에게 모든 것을 맡기고 삶이 완성되는 그날, 집착과 욕심을 버리고 훨훨 떠나고 싶다. 신문을 거두려 현관에 나갔더니 비가 뿌리고 있었다. 영하 7도까지 내려갔던 추위가 풀리더니 때 아닌 비가 모과 잎을 적시고 있다. 이 비가 그치면 또 추위가 몰아닥친다는 일기예보다. 오늘은 일요일이라 신문 휴간인 줄 미처 몰랐다. 자욱한 비안개가 앞산 허리를 감싸고 있다. 긴긴 동지 밤이여 안녕!

208년 12월 23일 7시 30분

정월 대보름 달맞이 산행

　　오늘은 음력으로 정월 대보름날이다. 큰애 집 대곡에서 오곡 찰밥에 아주까리 잎 무침과 동탯국으로 아침을 먹고 대명동(별장?ㅋㅋ)으로 왔다. 오전에는 CD디스크에 수록된 일본演歌를 컴퓨터에 삽입하여 틀어놓고 감상하면서 메일 전송과 인터넷 검색을 하며 보냈다. 새벽에 영하로 내려간 날씨가 오후에는 영상으로 올라가 햇살이 도탑고 포근했다. 맑은 날씨다. 눈이 오나 비가 오나 계절에 구애 없이 영하로 내려가는 추위에도 새벽산행을 했는데 지난해 뜻밖의 투병생활을 하게 된 후로부터 영하로 내려갈 때는 안 가기로 했다. 오늘은 음력 정월 대보름이라 달맞이로 앞산에 올라가고픈 충동이 일어났다. 오후 2시 40분 산행복을 입고 혼자 집을 나섰다. 앞산 큰골로 해서 삭도 승강장과 대덕사, 남수산장을 거쳐 만수정까지 올라가 바위 밑 플라스틱 관으로 흘러내리는 냉수를 한 대접 받아 마시니 속이 시원했다. 만수정에서 잠깐 쉬었다가 다시 오르기 시작했다. 눈이 양지에는 녹았는데 음지 길은 얼어붙어 미끄러웠다. 淸水泉에서 정상까지가 가파르고 눈이 녹지 않아 가장 힘이 들어 숨이 찼다. 함께 오르는 사람들이 앞서거니 뒤서거니 하산하는 사람들과 스치며 올라갔다. 내려오는 사람들 중 미끄러져 엉덩방아를 찧는 사람도 있었다. 달맞이 장소인 항공무선 중계소 맞은편 산성산 정상에 도착하니 오후 4시 30분이었다. 올라오는 데 1시간 50분이 걸린 셈이다. 달 뜨는 시간이 오후 5시 8분이라 아직 반시간이 남았다. 달맞이 온 사람들이 군데군데 무리지어 앉아 달 뜨기를 기다리고 있었다. 나는 양지를 골라 마른 속새 풀을 비집고 눕혀 베개 삼아 서쪽으로 기울어진 햇살을 받으며 뒤로 누웠다. 바람이 불었으나 햇살이 도탑고 따듯해서 나도 모르게 살큼 졸았다. 졸음에서 깨어나 시계를 보니 다섯 시, 달 뜰 시간 8분 전이었다. 달이 떠오를 동쪽 멀리 산 능선을 주시했다. 하늘은 구름 한 점 없이 맑은데 산 능선 위로 한 길쯤은 뿌연 운무가 끼어있었다. 달이 떠오를 곳을 중심으로 20도 시각으로 시선을 집중, 제일 먼저 달을 보기 위해 눈을 굴렸다. 모인 사람들을 세어 보니 40명 내외로 보였다. 모두 젊은 사람들로 내 나이로 보이는 노인은 보이지 않았다. 달 뜰 시간인 5시 8분이 되었는데도 달은 보이지 않았다. 아마 운무에 가려서일 거라 생각하고 뚫어지게 바라보았다. 10분, 15분… 해는 지기 시작하고 바람이 세차게 일기 시작, 전신에 한기를 느끼게 했다. 산 능선 위쪽 엷은 운무 속에 달 모양의 윤곽이 희미하게 눈에 들어와서 "달 봐라!" 하고 소리를 내가 제일 먼저 질렀다. 나 혼자 소리 지르고 다른 사람은 아무 소리도 없었다. 나보다 먼저 발견하고도 소리를 안 질렀는지, 아니면 선창을 빼앗겨 포기를 했는지 여하튼 나 혼자 소리 지르고 나니 계면쩍기도 했다. 어릴 때 고향에서 달맞이 놀이를 할 때 가장 먼저 본 사람이 그해의 행운을 얻게 된다는 속설에 따라 서로 먼저 발견하려고 눈에 불을 켰다. 먼저 발견한 사람이 목청껏 "달 봐라!" 하고 소리를 지르면 모인 사람이 다 함께 "달 봐라!" 하고 따라 지르며 합장하여 달을 보고 절을 했다. 그런데 아무도 소리를 지르지 않으니 흥이 나지 않았다. 시계를 보니 오후 5시 18분이었다. 예정시간 10분 경과는 능선 위 짙은 운무 때문으로 여겼다. 2~3분 후에 달 모양이 뚜렷하게 나타났다. 모두들 카메라 앵글을 맞추느라 분주했다. 운무를 벗어나 선명하게 솟아오른 달을 다시 한번 확인하고 하산을 시작했다. 달 색이 희면 풍년이 들고 붉으면 날씨가 가문다고 했는데 달 색이 희게 보였다. 내려오는 길은 미끄럼을 피하기 위해 무선중계소로 통하는 찻길을 따라 내려왔다. 해가 지고 황혼이 짙어지며 바람이 차게 불었다. 멀리 서북쪽으로 검은 연기가 치솟고 있었다. 연기는 주위의 하늘을 뒤덮고 달이 떠있는 동쪽까지 뻗치고 있었다. 북쪽 팔공산 아래 야산에는 산불로 보이는 흰 연기가 산등을 덮고 있었다. 집에 도착하니 저녁 6시 40분이었다. 올라가는 데 1시간 50분, 내려오는 데 1시간 20분, 왕복 3시간 10분이 걸린 셈이다. 저녁 뉴스에 칠곡군 지천면 달서리 소재 플라스틱 공장에서 오후 4시 반경 큰 불이 나서 약 3억 5천 여만 원의 피해를 입었다는 보도였다. 오늘 달맞이 산행으로 어릴 때 달불 놀이 추억을 더듬었다. 고향의 달맞이 산인 달불 만등이(迎月嶝)도 주택단지 조성에 들어가서 정지작업으로 평지가 되어 곧 아파트 숲이 들어서게 되었다. 400여 년 대대로 살아온 집성촌 고향 마을과 조상 모신 선산이 들어가게 되었으니 실향의 애달픔을 호소할 길 가히 없다. 그러나 마음의 고향은 무궁하리니 창공에 솟아오른 보름달을 바라보며 망향의 노래로 향수를 달래 본다.

2006년 음력 정월 대보름날 日記에서

문경새재 산행

　　새벽부터 빗방울이 날렸다. 우의를 쓰고 교우 산악회 제 15차 정기 월례 산행을 위해 7시에 집을 나섰다. 충남 금산의 보석사가 있는 진악산 등반을 가기로 했는데 진악산은 높지는 않지만(737m) 악산으로 우중산행이 위험할 것 같다면서 계획을 바꾸어 문경 조령산 새재 넘기 산책을 하기로 했다. 차창 밖으로는 가을 거둠이 끝난 들판을 오랜 가뭄 끝에 초겨울 단비가 촉촉이 적시고 있었다. 칠곡, 문경휴게소를 거쳐 조령산 새재 입구인 고사리 주차장에 도착하니 11시였다. 대구를 출발한 지 3시간이 걸린 셈이다.

　　자연석으로 조립 포장된 넓은 산책길을 따라 제3관문인 조령관을 향해 올라갔다. 새재 관문인 조령관에 도착하니 12시였다.

이 조령이 충북 괴산과 경북 문경을 경계로 해서 서울로 통하는 옛날 과거 길로서 새도 쉬어 넘는 고개라고 새재(鳥嶺)로 이름하였단다. 선발대는 마패봉 쪽으로 올라가고 2진인 우리는 산책 코스를 따라 새재를 넘으면서 오른편의 부봉(916.2m)과 왼편의 마패봉(925m)을 끼고 깊숙이 파여 있는 새재 계곡을 따라 잘 닦아진 사토길 곳곳에 세워진 정자와 유적을 살피면서 주위경관을 카메라에 담았다.

제2관문인 조곡관을 지나 통나무로 지어놓은 정자에서 가지고 간 도시락으로 식사를 했다. 오후 1시로 간식은 했지만 설친 아침 식사에 2시간의 산책은 입맛을 돋우고 남았다. 이슬비는 먼지를 재워줘서 산책에 오히려 좋았다. 신, 구 감사의 인수인계 장이었다는 교귀정(交龜亭)과 맞은편 아래 계곡의 龍湫는 당시의 역사를 연상케 했다. 길손의 주막이었던 초가에는 인부들이 이엉을 덮고 있었다. 죽장망혜(竹杖芒鞋)로 한양 길을 내왕하던 때와 초고속 인터넷 시대인 오늘날의 문화의 차에 상전벽해의 괴리감을 느꼈다.

제1관문(주흘관) 안쪽 용사골에서 동양 최대의 사극 촬영장을 둘러보고 주차장에 도착하니 오후 3시 반이 지나고 있었다. 준비해 간 돼지고기와 소주로 下山酒 건배를 한 후 정담을 나누다가 오후 5시에 귀로에 나섰다. 문경은 주흘산, 조령산 등반과 사극촬영장 관광 등 세 번이나 다녀갔는데 새재 길을 산책하면서 넘어보기는 처음으로 날씨 덕에 색다른 경험을 하게 되어 뜻있는 산행이었다. 디카에 담아온 사진을 올리고 문경 아리랑을 배경음악으로 넣어 서툰 글씨로 편집을 해서 메일을 가진 회원에게 보내고 여기에 올려 봤습니다. 회원 여러분의 건강과 행운을 빕니다. 파이팅!-愚聾-

2002년 교우산악회 15차 등반대회

월악산月岳山 산행기山行記

　　　　　　　　지난 6월 15일 퇴직자 모임인 산악회에서 월
례 정기 네 번째 산행으로 충북 제천의 월악산에 가기로 하고 당
일 새벽 일찍 집을 나섰다. 잔뜩 찌푸린 날씨가 곧 비가 내릴 것
같았다. 8시 10분 동아백화점 앞에서 출발했다. 선산휴게소에서
소피를 보고 문경 새재를 숨 가쁘게 넘어 양장처럼 굽이진 내리
막길을 곡예하듯 돌고 돌아 달렸다. 차창으로 바라보이는 산등
성에는 진녹색 숲 사이로 흐드러지게 만발한 밤꽃이 눈길을 끌
었다. 지난 5월 금수산 산행 때는 아카시아 꽃이 만발했었는데
철 따라 피는 꽃이 나들이의 즐거움을 더해주었다. 출발한 지 3
시간 만에 목적지인 충북 제천 월악산 들머리 덕주골 주차장에
도착했다. 시계를 보니 11시. 대구에서 3시간이 걸린 셈이다. 오
후 4시 반까지 돌아오기로 하고 각자 준비해 간 음식물 배낭을

메고 덕주골 깊은 계곡 길을 따라 삼삼오오 걷기 시작했다. 남자 회원이 24명, 여자 회원이 7명으로 모두 31명이었다. 대구에서 출발할 때 빗방울 날리던 날씨가 훤하게 개기 시작하며 짙게 우거진 녹음 사이로 밝은 햇살이 눈을 부시게 했다. 들머리 큰 돌에 월악산 영봉 4.9km라고 새겨져 있는 표지석 앞에서 기념촬영을 했다. 날씨가 가물어서 계곡에 물이 흐르지 않아 아쉬웠다. 德周山城의 성문 위에 높이 솟은 덕주루(德周樓)와 학소대(鶴巢臺)를 지나 덕주사와 마애불사를 돌아 철 계단 난간을 잡고 오르기 시작했다. 악(岳) 자 붙은 산이 험준하다는 말 들은 바 있지만 철 계단 아니면 올라갈 수 없는 가파른 산이었다. 눈에 드는 경치를 디카에 담다 보니 선진 일행에서 뒤떨어지기 시작했다. 앞서가는 일행을 따라잡기 위해 발길을 재촉했으나 따라잡지 못하고 보이지 않았다. 혼자 처져서 안간힘을 쓰고 있는데 윤기조 님

이 뒤따라와서 동행을 하게 되었다. 가파른 암벽을 기어 올라가서는 절애의 비탈길에 현기를 느끼면서 봉우리 오르내리기를 반복, 시계를 보니 오후 1시가 지나고 있었다. 배가 고프고 목이 말랐다. 이정표를 보니 정상 영봉까지 2.4km라 되어있었다. 우선 배가 고파 오식부터 하기로 했다. 자리를 잡고 가지고 간 도시락을 윤기조 님이 가지고 온 매실주를 반주 삼아 맛있게 먹었다. 산행의 절정은 역시 음식 맛과 정상 정복의 쾌감이라 할 수 있다. 오식을 마치고 정상까지 가느냐, 돌아가느냐를 두고 고심 중에 있는데 천상원, 류시준, 이봉규 세 분의 3진이 올라왔다. 중간에서 이미 점심을 먹었다면서 정상까지 가는 중이라 했다. 이에 용기를 얻어 따라붙기로 했다. 시계를 보니 오후 2시, 정상까지 2.4km를 1시간 만에 간다고 해도 하산하는 데 2시간 이상 걸릴 테니 4시 반 예정시간을 맞추기 어려웠지만 일행이 있으니 두고 가지는 않을 것이란 배짱으로 조금 늦을 셈치고 모험을 했다. 오식으로 허기와 갈증을 풀고 나니 발걸음이 가벼워졌다. 바로 눈앞에 보이는 암벽으로 우뚝 솟은 영봉이 지겹도록 먼 느낌이었다. 영봉 밑에 이르러 이정표를 보니 영봉 0.5km라 적혀 있었다. 중간지점에서 먼저 갔다 돌아오는 1진 일행을 만났다. 김승운, 김종찬, 이수형, 이규상 네 분이 정상정복을 마치고 내려오는 길이었다. 조심해서 다녀오라는 말을 뒤로하고 조금 지나 암벽이 이마에 닿을 절애가 앞을 가로막았다. 여기부터 마지막 난코스인데 80도의 경사에 가파르게 설치해 놓은 철 계단 난간

영봉 표지석 앞에서　　　　　　　　　　　　　　　2007/06/15 14:54

을 잡고 조심조심 한 계단씩 밟아 올라갔다. 숨은 가쁘고 땀이 팥죽같이 흘렀다. 한 발 잘못 실족하면 시신마저 찾을 수 없는 절애의 낭떠러지다. 내려다보지 않고 위만 보고 올라갔다. 드디어 정상 정복. 바위틈에 세워진 영봉 1097m란 정상 표지석이 나를 반겼다. 땀을 식힐 틈도 없이 표지석을 배경으로 카메라 셔터를 눌렀다. 150m의 기암단애(奇巖斷崖)로 맹호처럼 웅장하게 치솟은 영봉(靈峰, 일명 國師峰)은 可觀의 절경이었다. 멀리 충주호와 녹색 짙은 산봉우리를 동영상으로 디카에 담았다. 시계를 보니 오후 3시. 서둘러 하산을 시작했다. 철 계단 난간을 잡고 내려오는데 아찔한 현기증이 났다. 그래도 내려오는 길은 올라갈 때보다 수월했다. 시간에 맞추기 위해 걸음을 재촉했다. 산기슭을 도는데 핸드폰이 울렸다. 운전기사였다. 시간이 지났는데 어디냐고 묻기에 이제 다 왔다고 대답을 하고 걸음을 재촉했다.

주차장에 도착하니 모두들 박수를 치면서 반가이 맞아주었다. 시계를 보니 정각 5시, 예정시간 30분이 지났다. 고맙기도 하고 한편 시간을 못 지켜 기다리게 해서 미안했다. 10여 년 전 속리 산 산행 시 생각이 났다. 그때도 천황봉 정상까지 올랐다가 돌아 오니 약속시간이 경과되어 일행 5명을 그냥 두고 차가 떠나버려 일반버스를 타고 대전으로 해서 갈아타고 오느라 곤욕을 치른 일이 있었다. 버스에는 같은 계원도 있었는데 일행을 두고 떠났 으니 그 일로 버스회사에 항의를 하고 그 계모임에서 나는 탈퇴 를 했고 결국 그 계모임은 깨지고만 일이 있었다. 그때는 휴대전 화도 없을 때라 연락도 되지 않았고 약속시간을 어긴 측도 잘못 이지만 그렇다고 일행이 시간을 안 지켰다 해서 남겨둔 채 떠나 버렸으니 인정미 없는 매정한 처사에 환멸을 느꼈었다. 만약 사 고라도 났더라면 어떻게 되었겠나. 운전기사의 무책임은 물론 함께 타고 간 계원이 더 원망스러웠다. 그래도 계원 중 한 분이

덕주골 입구 주차장에서

덕주골 들머리 표지석 앞에서

남아 기다려 함께 왔었다. 그분의 의리를 아직도 기억하고 있다.

　돌아오는 길에 여흥을 즐기는데 주벽이 죄라고 하기에는 찜찜한 구석이 있었다. 아직도 놀이문화에 미숙한 점이 있어 여운이 개운치 않은 면도 있었으나 그래도 정상 정복 9명 중에 들었고 내 나이에 모험이었으나 체력시험도 했으며 일행으로부터 뒤처지면서 찍은 52컷(사진 48컷, 동영상 4컷)을 pc에 저장하고 친지에게 메일로 보냈더니 나이는 숫자에 불과하다면서 격려를 하기도 하고 그 나이에 지나친 모험이라면서 만용을 삼가라는 충고도 받았다. 여하튼 모험과 스릴을 만끽(滿喫)한 정상 정복의 성취감은 잊을 수 없다. 추억거리가 될 값진 산행으로 자부하면서 두서없는 글을 맺는다.

2007년 6월 15일

　※ 그때 함께했던 내가 가장 사랑했던 16년 연하 윤기조 님은 작고한 지 3년이 지났다. 오호통재라. 삼가 명복을 빈다.

2019년 12월 22일 동짓날

즐거운 나들이

지난 4월 3일 친목 단합 관광차 전주 慶基殿에 들렀다. 사적 339호로 조선왕조를 건국한 이성계의 영정을 봉안하기 위해 태종 10년에 창건되었으며 넓은 경내의 고색창연한 건물은 전제군주시대 절대 왕권의 위엄을 느끼게 했다. 500년 왕업을 위해 희생된 民草의 苦役에 下馬碑는 말이 없다. 대통령 험담을 거리낌 없이 할 수 있는 오늘날 민주 시대와 너무나 변한 시대적 괴리(乖離)를 느끼게 했다. 임기 동안 만이라도 국가 수장의 체통을 존중해 줬으면 좋으련만. 慶基殿을 둘러보고 금산사로 향해 차머리를 돌렸다. 금산사 아래 대덕 식당에서 동동주를 반주 삼아 전주 특식 비빔밥으로 오식을 했다. 식사를 마치고 약 20분 거리에 있는 모악산 금산사를 향해 삼삼오오 주위 경관을 구경하면서 올라갔다. 금산사는 백제 법왕 원년에 창건 후백제 견원의 장남이 유폐된 역사적 유적이기도 하다. 임란 때 소실된 것을 선조 31년부터 장장 35년만인 인조 13년에 복원을 했고 1961년 현재의 모습으로 완성되었다고 안내판에 적혀 있었다. 대웅전의 금빛 대불을 참배하고 모악산의 수려한 산세에 둘러싸인 웅장한 건물을 디카에 동영상으로 담았다. 金山寺 관광을 마치고 나니 오후 2시 반이 지나고 있었다. 다시 출발, 녹두장군 휴게소에서 소피를 보고 섬진강변 따라 끝없이 이어진 흐드러지게 만발한 벚꽃을 차창 밖으로 내다보다 유유히 흘러가는 맑은 강물이 저녁 햇살에 은빛 무늬로 반짝여 눈을 끌었다. 대하소설 토지의 무대인 하동을 지나면서 소재가 된 한말의 동학란, 일제의 침탈, 최 참판 댁의 몰락, 무남독녀 西姬의 당당함과 하인 길상과의 결연, 지리산, 쌍계사로 해서 만주 용정 등 소설의 줄거리를 연상하는 중 어느덧 화개장터에 도착했다. 토산물을 구경하며 시골장의 정겨움을 맛보았다. "전라도와 경상도를 가로지르는 섬진강 줄기 따라 화개 장터에~♬" 조영남의 '화개장터'를 흥얼거리며 분주하게 주위풍경을 디카에 주워 담는데 산그늘이 길게 눕기 시작했다. 기념품을 사가지고 아쉬움을 남기고 발길을 돌렸다. 남해 고속도로를 따라 삼천포로 빠져 '일성 회 타운'에 여장을 풀고 신선한 회로 저녁 식사를 하고 나니 저녁 8시 반, 어둠이 깔리고 둥근 달이 포구를 내려다보고 있었다. 서둘러 귀로에 나섰다. 대구 집에 도착하니 밤 11시를 넘고 있었다. 시종일관 회장께서 주선하느라 수고 많았으며 찬조하신 회원님께 감사드리고 특히 차중에서 홍 여사님의 유머와 위트로 재치 있고 기지 넘치는 사회에 모두들 웃음바다를 이루어 지루함을 몰랐다. 돌아오는 차중에 음악에 맞춰 서로 어울려 덩실덩실 춤을 추면서 동심으로 돌아가 흥겹게 여흥을 풀었으니 즐겁고 값진 추억의 하루가 되었음을 자찬하며 나와 대덕복지관과의 인연 풀이를 해보았다.

2007년 4월 4일 일어 중급반 한용유

팔공산 단풍구경

　　팔공산 단풍구경 나들이는 해마다 10월 24일부터 말일 사이 거의 빠짐없이 다녀왔는데 재작년과 거년(2016년과 2017년)은 못 갔다. 같이 갈 동행도 없었고 매년 혼자라도 다녀왔는데 이제 나이도 있고 혼자 가기는 주저되어 두 해를 못 갔다. 올해는 새벽산책 시 앞산공원 녹지공간에서 매일 새벽산책 때 만나는 S님과 같이 가기로 했다. S님은 올해 80세로 공직에서 정년퇴임하여 앞산아파트에 살면서 오래전 대덕복지관에서 만나 같이 탁구도 치며 안 지가 10여 년이 되었다. 나보다 8년 아래로 탁구도 잘 치고 건강도 좋았다.

　　팔공산 단풍은 올해는 10월 30일이 절정이라는데 서로 일정이 겹쳐 10월 25일로 결정했다. 현충로 지하철역에서 만나 오전 8시 10분에 1호선을 타고 칠성시장 역에 도착하니 8시 30분이었다. 칠성시장 버스정류장에서 8시 45분에 12분마다 오는 급행1 버스를 탔다. 평일이라서 좌석이 비어있어 종점 철탑사거리까지 앉아서 평안하게 갔다. 모처럼 차창 밖 노랗게 물든 은행나무 가로수와 야외 풍경을 바라보면서 정담을 나누다 보니 9시 35분에 종점에 도착했다. 칠성시장에서 50분이 걸린 셈이다. 케이블카까지 걸어가는 데 10분이 걸린다. 9시 45분에 왕복표를 끊었다. 국가유공자로 할인되어 5,500원으로 표를 끊어 탑승을 했다. 일반인은 왕복 9천 원인데 40% 할인 혜택을 받았다. 케이블카 종점까지 10분이 걸렸다.

단풍이 80% 정도로 절정은 아니나 아름답고 고왔다. 정상 매점 벤치에 마주 앉아 가지고 간 믹스커피를 음미하면서 주위 경관을 관람하다가 10시 20분에 동봉을 향해 출발을 했다. 동봉까지 1.7km, 낙타봉에 이르니 10시 50분이었다. 이정표에 동봉이 1,167m, 서봉이 1,153m, 비로봉이 1,192m, 갓바위 관봉이 853m로 표지되어 있었다. 동봉까지 3개의 봉우리가 있는데 봉우리가 낙타 등같이 생겼다고 낙타봉이라 이름한 것 같다.

3년 전보다 등산로 나무계단 시설이 잘 되어 오르내리는 데 수월했다. 날씨가 바람 한 점 없이 맑고 햇살이 도타워서 겹쳐 입었던 윗옷을 벗고 러닝 위에 조끼만 걸쳤는데도 땀이 흘렀다. 낙타봉 봉우리 3개를 넘고 염불암과 폭포골로 갈라지는 잘록 분기점에서 잠깐 숨고르기 휴식을 하면서 음료수와 사과로 갈증과 허기를 풀었다. 앞으로 동봉까지 가파른 난코스다. 다단계 나무계단을 지나 魔의 고비 자연석 돌계단을 오르는데 숨이 가빴다. 드디어 동봉에 도착하니 12시 35분, 케이블카 정상에서 2시간 25분이 걸렸다. 1,167m로 새겨진 동봉 표지석을 안고 기념사진을 찍었다. 12시 40분에 정상 바위틈에서 가지고 간 도시락을 먹었다. 산행 후 먹은 도시락 맛은 오랫동안 잃었던 구미를 찾게 했다.

오식을 마치고 바로 건너편에 있는 미군 통신대 그리고 그 너머 왼쪽으로 서봉, 고개를 오른쪽으로 돌리면 비로봉, 까마득히 멀리 갓바위 관봉을 바라보면서 울긋불긋 단풍이 짙어가는 풍경과 뻗어 내려간 산줄기 따라 펼쳐진 황금 들판은 한 폭의 장엄한 그림이었다.

3년 전에 왔을 때는 구름이 끼고 바람이 불어 한기를 느꼈는데 지금은 날씨가 너무 좋았다. 1시간 남짓 정상에서 주위 풍경에 취해 내려가는 것을 잊었다. 오후 1시 35분에 하산을 시작했다. 돌아올 때는 내리막이라서 수월했다. 케이블카 승강장에 도착하니 4시였다. 내려오는 데 2시간 10분이 걸렸다. 올라갈 때보다 15분 단축되었다. 벌써 케이블카 승강장에 사람들이 장사진을 이루고 있었다. 탑승할 때까지 20분을 줄을 서서 기다렸다. 4시 30분 급행버스를 타고 아양교에서 1호선 지하철을 환승하여 집에 도착하니 6시 20분이었다.

온욕으로 땀을 씻고 일찌감치 잠자리에 들었다. 즐겁고 행복한 하루였다. 두 해를 못 간 산행인데 마침 뜻 맞은 동행이 있어 올해 내 나이 88세의 슬로건 "팔팔하게"의 피날레를 장식해서 흡족했다.

감사합니다. 행복합니다.

2018년 10월 25일

팔공산 설중 산행

　　　　　　밤사이 소리 없이 내린 눈으로 하얗게 변한 앞산을 바라보니 팔공산 설경이 보고 싶었다. 막걸리 한 병과 설빔 적 안주를 배낭에 넣고 홀로 홀쩍 나섰다. 차창 밖 눈 뿌리는 야외설경에 내 마음은 동심으로 돌아가고 있었다. 언제 가도 어머니의 포근한 품처럼 나를 감싸 안아주는 팔공산!

　복잡한 일상에서 시달리다 보면 문득문득 생각나는 것이 팔공산인데 오늘따라 눈이 내려 더욱 간절했다. 소복이 눈을 인 소나무 가지가 힘겹게 휘어져 있고 나목의 하얀 눈꽃은 눈을 부시게 했다.

　안개구름 자욱한 속에 눈발이 더해지고 불로초 막걸리에 취기가 돌아 콧노래 부르며 시상에 잠기는데 어느덧 안개는 흩어지고 구름이 열리더니 눈 덮인 동봉이 더욱 장엄하고 멀리 관봉과 파계봉이 하얀 눈을 이고 내려다본다. 크고 작은 연봉이 급한 듯 느린 듯 뻗어내려 하얀 눈옷을 입고 엎드려 있다. 오늘도 나 자신을 뒤돌아보며 나만의 시간을 가질 수 있게 됨을 감사하며 설중 산행으로 고독의 진미를 만끽했다.

2001년 1월 28일

눈발을 보고 홀연 나선 팔공산 설중 산행

상화기념관 및 수목원 국화전시회 참관

       10월을 이틀 남긴 30일 S님과 앞산공원 녹지공간 새벽산책길에서 날씨가 구름 한 점 없이 맑고 너무 좋아 어딘가 나들이를 하고 싶은 기분이라는 나의 말에 S님이 수목원 국화전시회가 한창이니 관람 겸 바로 들머리 새로 개관한 상화기념관과 이장가(李莊家) 가족묘 산소구경도 함께 하자 해서 의기투합 되어 9시 정각에 S님이 우리 집 앞에 오기로 약속을 했다.

    서둘러 아침식사를 하고 도시락을 준비, 9시에 집 앞에서 S님을 만나 현충로 지하역에서 대곡행을 탔다. 대곡역에서 내려 2번 출구로 나와 남쪽으로 도보 15분 거리에 상화기념관 간판이 보였다. 시계를 보니 9시 50분이었는데 관람시간이 10시부터 오후 4시로 되어 먼저 위쪽에 가족묘와 재실구경을 했다. 말끔히 단장된 봉분과 비석, 제실, 제각을 두루 살펴보고 상화기념관으로 내려와 기념관에 들어가 관람을 했다.

민족시인 이상화는 일제 학정의 수난 시 「빼앗긴 들에도 봄은 오는가」, 「나의 침실로」의 저자로 유명한 분이다. 관람을 마치고 시계를 보니 11시가 지나고 있었다.

그 길로 20분 거리에 있는 수목원을 찾았다. 평일인데도 관람객이 줄을 이었다. 수목원은 이번이 4번째다. 국화전시회가 한창이라 인파가 더했다. 기묘하게 꾸며진 국화의 향긋한 향기를 맡으며 한 바퀴를 돌면서 카메라에 담았다. 12시가 지나고 있었다. 나선 겸에 마비정을 보러가기로 했다. 마비정을 가려면 수목원 남쪽 산등을 넘어 한참을 가야 하는데 용기를 냈다. 산길을 따라 올라가 햇살 바른 양지에 자리를 잡고 도시락을 먹었다. 식사 후 사과와 믹스커피로 입가심을 한 후 시계를 보니 오후 1시 45분이었다. 청룡산 산등을 타고 이정표 따라 오르락내리락하는 산행에 윗옷을 벗었다. 이정표에 마비정까지 4.25km라고 되어 있었다. 산길이라 적어도 2시간 이상 걸릴 것으로 예상하고 걸었다. 우리가 걸어가는 산길이 청룡산 종주 길로 이정표에 나타나있었다. 중간 중간 숨을 고르면서 걸었는데 三筆鋒이란 이정표가 나타나고 마비정 가는 이정표도 길도 보이지 않았다. 되돌아오면서 찾았으나 못 찾고 한실못, 대곡초교로 훑어지는 계곡을 따라 하산을 했다.

내가 대곡 삼성 래미안 아파트 큰애 집에 살 때 이곳 대곡을 자주 내왕했었는데 너무 달라졌다. 상전벽해라더니 아파트가 우후죽순처럼 솟아오르고 사통팔달 아스팔트 넓은 길 양편에는 상가가 櫛比했다. 진천역에 도착하니 오후 5시가 가까워지고 있었다. 집에 도착하니 오후 5시 15분이었다. 처음 계획은 상화기념관과 수목원 국화전시만 보기로 했었는데 마비정까지 욕심을 낸 것이 과욕이었다. 중간에 길을 잃고 못 갔으나 단풍이 짙어 가는 산행 길은 나의 다리를 톡톡히 시험했다. 알차고 뜻있는 하루였다.

2018년 10월 30일

경복궁 및 청와대 투어

전직 동료 43명이 경복궁과 청와대를 관람하고 왔습니다.

대구 동아쇼핑 앞에서 7시에 출발, 선산, 기흥 휴게소를 거쳐 경복궁에 도착하니 오전 11시로 4시간이 걸렸습니다. 11시부터 12시까지 1시간 동안 해설사의 안내와 설명을 들으며 경복궁 근정전을 위시, 강녕전, 교태전을 두루 관람했습니다. 비가 주룩주룩 내려 우산을 받쳐 들고 우중관람의 별미를 더했습니다. 아주 오래전 공무원 연수 때 주말이면 갈 데가 없고 고궁 산책으로 때운 적이 있었고, 청와대는 83년도 교정대상 수상 시 소접견실에 바로 들어가서 다과를 나눈 적이 있기는 하나 경내를 둘러보기는 이번이 처음이었습니다. 사전에 단체 관람 신청을 해서 신병 확인을 했었는데 일일이 직원이 나와 신분대조 확인을 한 다음

소지품은 모두 검사대를 거쳤고 검신까지 철저했습니다. 인터넷으로 사전 검색을 했으나 百聞이 不如一見이라 오늘 하루만은 왕이 되고 대통령이 된 기분으로 경복궁과 청와대를 돌아보고 왔습니다. 600여 년 전 鄭道傳이 터 잡을 때 北岳을 主山으로 좌청룡(駱山) 우백호(仁旺山)에 南山을 案山으로 천하제일 福地로 터를 잡았건만 地氣가 너무 셌는지 왕자란, 왕위찬탈, 壬亂燒失, 人頭稅 當百錢에 舅婦間의 軋轢, 親露, 親淸, 親日의 소용돌이 속에 俄館播遷, 乙未事變 閔妃弑害, 드디어 亡國, 광복 이후에도 역대 대통령이 망명, 축출, 구속 등 비운의 연속이었습니다. 이 地氣를 누르고 남북통일과 평화를 이룰 주인공이 나타나기를 빌었습니다. 43명 중 80세 이상은 4명인데 세 분은 80세고 내가 85세로 가장 나이가 많았습니다. 경복궁의 주인공인 왕도 청와대의 대통령도 오늘 나만큼 마음 편했을까? 國防에 民生에 國政에 餘念 없었으니….

2015년

일본 여행을 다녀와서

　　　　　3박 4일 일본 여행을 마치고 어제 오후 돌아
왔습니다. 직장 후배인 (주) 씨에스 투어 여행사 이인식 사장에
의뢰, 3개 팀(주부 팀 10명, 자매 팀 5명, 우리 내외와 처제 둘 팀
4명), 모두 19명에 가이드까지 20명이 14일 9시 30분 아세아 항
공편으로 김해공항을 출항, 오사카의 오사카 성, 교도의 평안신
궁, 청수사, 이총(귀 무덤) 니시진의 기모노 쇼, 고베의 메리켄
파지팡, 유니버설 재팬 관광을 끝으로 17일 오후 돌아왔습니다.

　나의 喜壽와 결혼 50주년 금혼을 맞아 기념여행을 다녀오게
되었습니다. 공교롭게도 생일도 음력 10월 7일 같은 날이라 지
난 16일 여행 3일째 되는 날 밤 일행의 축하 속에 기쁘게 맞이해
서 더욱 감회 깊었습니다. 처제 둘이 함께 따라가 줘서 외롭지
않고 더욱 즐거웠습니다. 3개 팀 18명이 모두 여자분이라 홍일

점이 아니라 청일점이 되었으며 김경미 가이드님의 친절하고 유머와 기지 넘치는 세련된 안내로 지루함을 느끼지 못했습니다.

마지막 4일째가 흐리고 기온이 약간 내려갔을 뿐 3일간 계속 맑고 포근한 날씨로 여행에 좋은 날씨였습니다. 환갑은 아예 생각도 안 했고 칠순 때는 아내가 신장결석 수술로 입원을 하는 바람에 그냥 보냈으며 그 후유증으로 지하철 계단을 오르내리는 데도 지장이 많았는데 건강이 점차 회복되어 이번에는 나의 희수(77세)와 결혼 50주년 금혼이 겹쳐 뜻있는 계기라 용단을 내어 함께 가게 되어 즐겁고 감사한 여행이었습니다.

일본이 우리나라보다 국민소득과 문화수준이 높고 앞선 나라임은 알고 있는 사실이지만 거리에 담배꽁초는 물론 휴지 등 오물을 찾아볼 수 없었고 차고증명제로 인함인지 골목길 주차가 보이지 않았으며 좌측통행과 운전석이 우편에 있어 차 승강구가 왼편에 있는 것이 우리와 달랐습니다.

차창으로 보이는 건물들은 공항과 항구 그리고 지진 다발 탓인지 일반 주택은 나직하고 단조로운 목조 건물로 우리나라와 같이 아파트 단지가 눈에 띄지 않았습니다. 주로 寺刹, 神社, 神宮이고 교회 건물은 하나밖에 보지 못했습니다. 가이드의 말에 따르면 일본은 다종교 신앙으로 아침에는 신사 참배, 낮에는 교회 예식, 저녁에는 절에 불공 등 한 사람이 여러 가지 교를 믿거나 각자의 신상 변이에 따라 모든 신을 수용한다고 했습니다.

가지고 간 디카가 오사카 간사이 공항에 내려 사진을 찍으려고 꺼냈더니 자동소전이 되지 않고 열이 나있어 이상하게 여겼는데 몇 장 안 찍고 배터리가 완전 소진되어 충전을 못 하고 좋은 경치들을 담아 오지 못해 안타까웠습니다.

집에 돌아와서 메일을 열어보니 보현 님의 메일이 13통이 와 있고 고도원의 아침편지 등 38통의 메일이 와 있어 읽고 답신을 하려고 위 글을 타이핑하다가 내일 대구 기온이 영하 5도까지 내려간다기에 텃밭 채소 비닐 덮기 작업을 하고 와서 답신 인사가 늦었습니다.

보내주신 메일 감사하게 잘 읽었습니다. 우선 메일 친지님께 다녀온 인사를 드리고 시간 나는 대로 여행기를 다듬어 볼 생각입니다.

이번 희수와 금혼을 맞아 그동안 모아둔 수필 70여 편과 A4용지 30매의 회상록 등을 묶어 기념 拙集을 펴고자 했었는데 3년 후 팔순으로 미루어 보완 증보키로 했습니다. 6·25 사변 때 최전방 실전에 참전, 안 죽고 살아남아 삼남매 모두 독립시켜 내보내고 우리 노부부 연금으로 아이들 눈치 보지 않고 취미생활을 하면서 비교적 건강하게 살아가고 있으니 감사할 따름입니다. 남은 삶 부끄럽지 않게 살기를 메일 친지 여러분에게 다짐하면서 답신 인사로 대하겠습니다. 감사합니다.

2007년 11월 18일 愚聾 올림

봉하 마을 탐방

　　MH님이 서거한 지 1년 후인 2010년 7월 24일 마음이 통하는 선배 S님과 봉하 마을을 찾았다. 대구 서부주차장에서 오전7시 50분 김해행 직행버스로 출발했다. 김해까지 차비가 8천 원이었다. 구지, 부곡을 거쳐 김해 터미널에 도착하니 9시 50분이었다. 2시간이 걸렸다. 김해 터미널에서 진영까지 1,800원 표를 사서 탔는데(진영이 종점인 줄 착각하고) 자꾸 가다 보니 진영에 내려야 하는데 지나쳐버려 기사에게 차를 세워달라고 간청하여 내린 후 15,000원에 택시를 대절, 봉하(烽下) 마을에 도착하니 오전 11시 40분이었다.

　　MH님의 생가를 둘러보고 툇마루에 걸터앉아 고인이 이 집에서 출생하여 8세까지 살았다 하며 이 마을 다른 집으로 옮겨 유년과 청년시절을 보냈는데 초등학교와 중학을 진영읍까지 1시간 남짓 거리를 걸어서 다녔다고 했다. 당시 모습을 재생한 호롱불 등잔과 재래식 부엌이 내 어릴 때 자란 시골집 풍경을 되새기게 했다. 생가를 둘러본 후 생가 뒤편에 새로 지은 사저로 갔다. 매스컴에 호화저택이란 말을 들은 바 있어 현장을 보고 싶었는데 경사진 오르막길 입구에 철문이 대낮인데도 빗장이 걸려 잠겨 있고 그 앞 초소에는 3명의 경비원이 서 있었다.(전경 2명, 사복경관 1명) 사저는 보이지 않고 일반인 출입을 금하고 있어 들어가 보지 못해 아쉬웠다. 밖에서는 잘 보이지도 않았다. 유족들이 살고 있는지 3명이나 경비를 하고 출입을 통제해야 할 이유가 무엇인지 궁금했다.

생가 뒤편 나무 사이로 신축 사택 지붕이 보이고 그 뒤쪽에 투신자살한 부엉이 바위가 내려다보고 있었다. 따닥따닥 붙은 마을 골목길을 돌아 烽火山 봉수대 아래에 조성한 고인의 묘역을 찾았다. 너럭바위 영전에 참배를 올린 후 묘역을 둘러봤다. 15,000개의 추모글이 새겨진 명판이 묘역 바닥을 모자이크처럼 장식하고 있었다. 너럭바위 영전에 참배하고 비문에 새겨진 글을 읽었다.

고인돌 형태의 낮은 너럭바위 아래 석함에는 백자 도자기와 연꽃 석함에는 화장한 유골과 참여정부 5년간 다큐멘터리 5부작 DVD가 함께 안장되어 있다고 되어있었다. 묘역을 둘러보고 봉화산 부엉이 바위 정상을 향해 나무계단을 밟아 올라갔다. S님은 올라갈 자신이 없다 해서 혼자 올라갔다. 구름이 끼었으나

7월 하순의 무더위에 땀이 등줄기를 타고 흘러내리고 연신 수건으로 얼굴의 땀을 훔치게 했다. 부엉이 바위 정상에 오르니 낮 12시 30분이었다. 투신한 자리는 출입금지 위험표시줄이 발길을 멈추게 했다. 출입금지줄 건너 보이는 암반 위를 내려다보며 나의 발이 저렸다. 어떻게 저기서 뛰어내렸을까? 그때의 의문들이 내 머리를 어지럽혔다. 한참 동안 내려다보이는 烽下 마을 전경과 마을 앞 들판을 바라보며 끝없는 상념에 자리를 뜰 줄 몰랐다. 부엉이 바위를 배경으로 디카에 담고 올라왔던 길로 발길을 돌렸다. 내려와서 부엉이 바위 아래 고인이 투신한 바위의 絶崖 아래에는 잡초만 우거져있고 검은 현수막에 흰 글자로 "죽은 공명이 산 중달을 내쫓는다(走死孔明生仲達)"라고 적혀있었다. 위로 쳐다보니 절애 중간 바위틈을 비집고 노란 나리꽃이 7월 하순의 더운 햇살에 외로이 고개를 숙이고 있었다. 春草年年錄인데 王孫 歸不歸라. 詩句가 떠올랐다.

가신 임은 돌아오지 않는데 나리꽃은 철을 따라 외로이 노란 빛을 더하고 있다.

간이식당에서 장군 국수로 점심식사를 하고 오후 2시 50분에 있는 진영행 버스 시간까지 약 한 시간 남은 시간 동안 추모관과 전시관, 영상관을 두루 돌아보았다. 추모관에서 『노무현이, 없다』라는 도종환 외 17인이 지은 책을 15,000원에 사가지고 오후 2시 50분 진영까지 와서 마산행 버스로 창원을 거쳐 대구 서부

주차장에 도착하니 오후 5시 10분이었다. 차비, 식대까지 경비가 한 사람당 3만 원 들었다.(책값 제외)

2010년 7월 24일

※ 카메라에 담아온 40여 장의 사진을 PC에 저장해 놓았는데 없어져 아쉬웠다,

노무현의 어린 시절

고인은 어릴 때 별명으로 키와 덩치가 작고 몸이 약했으며 말을 잘하고 깡이 세서 돌콩이라 했고, 영리하고 공부를 잘해서 노천재라 했단다. 너무도 집이 가난해서 학생회장에 선출되었으나 학생회장이 되면 그의 어머니가 자주 학교에 찾아가야 하는데 어머니는 남의 집 품 파는 일에다가 매일 논밭에 나가 일을 해야 하기 때문에 올 수 없다고 사양했다고 했다. 중, 고등은 시험에 합격했으나 등록금을 낼 수 없어 장학생으로 선발되어 중학과 상고를 나왔다고 했다. 상고를 나와 고시공부를 하면서 법전 살 돈을 마련키 위해 건설현장 짐 지기 막노동을 하면서 넘어져 이빨이 부러지는 중상을 입기도 했단다.

3부
추억의 일기

황혼을 아름답게

내 나이 올해 세는 나이로 89세다.(호적상으로는 88세)

군대생활 3년, 공직 30년, 약품상사 3년, 건설회사 8년을 거쳐 은퇴노인이 된 지가 20여 년이 흘러갔다.

처음 정년퇴임할 때 정년이 만 53세(세는 나이로 55세)로 큰 애가 대학 3년, 둘째가 대학 1년, 막내 딸애가 고 삼(高3)이었다. 재직 시는 아이들 학자금 대여도 있었고 적은 보수지만 근검절약으로 그럭저럭 살아왔는데 막상 50대 중반에 정년을 맞고 보니 앞으로 살 길이 막막했다. 아이들의 교육비 등 가장 생계비가 많이 들 때였다. 다행히 퇴직 후 인척의 연으로 약품상사 3년, 건설회사 8년 등으로 아이들의 학업을 마칠 수 있었고 결혼까지 시켜 각각 자립을 하게 되었으니 그동안 고생한 일들이 주마등처럼 스쳐 만감이 교차된다. 재직 시에는 먹고 살기 위해 직무에 전념하느라 나를 돌볼 시간은 거의 없었다. 오직 앞만 보고 달렸다. 다행히 반액의 20년 연금이지만 거기에 참전유공자 수당을 더하게 되어 부족한 생계를 도와주고 있으니 경제적으로 넉넉하지는 못해도 큰 불편 없이 우리 부부 노후를 보내고 있고 삼남매 모두 제 나름대로 독립해서 살고 있어 너무 감사하고 행복하다. 고진감래(苦盡甘來)란 이를 두고 하는 말 같다.

이제 인생 100세 시대가 다가왔다. 고희(古稀)는 사전에서나 찾아보게 되고 인생은 70부터라고 한다. 내가 겪어보니 공직 30년에 건설회사 등 40여 년, 60대 중반까지 직장에 매여 있었으니 인생은 70부터라고 하는 말이 맞는 말 같다. 나는 70대가 가장 즐겁고 행복했다. 늦게나마 컴퓨터도 배워 한글, 워드는 물론 엑셀, 파워포인트에 디지털 카메라로 찍은 사진을 편집하여 친지에게 메일로 보내고 수필문학회에 가입하여 글쓰기 연습도 하며 지난해에는 수필과 회상록을 적은 『먹구의 푸념』이란 수상집도 발간했다. 그리고 복지회관에 나가서 자원봉사단에 가입, 자원봉사도 하고 새벽산책길 쓰레기 줍기로 주민의 추천을 받아 달성군수의 모범군민상까지 받기도 했다. 요가도 하고 컴퓨터도 익히고 탁구도 치면서 그야말로 행복한 70대였다. 나이는 숫자에 불과하다는 오기로 의기양양했었다.

그런데 80대에 들어서고 4년 전부터 식욕이 떨어지고 기력이 전과 달라졌다. 위 내시경, 초음파검사, 대장 정밀검사 등 종합검진을 했다. 암 등 기질적인 병변은 볼 수 없으나 노쇠로 인한 위벽의 위축으로 소화기능이 약해졌다고 했다. 금주, 금연, 소식과 꾸준한 운동으로 마음을 항상 즐겁고 긍정적으로 가지는 게 건강 보전의 상책이라 했다. 술과 담배는 끊은 지 오래고 소식은 받아주지 않으니 자연 적게 먹을 수밖에 없고 다만 이때까지 계속해 오던 산책과 요가운동에 더 치중키로 했다. 그리고 더 이상 노추를 보이기 싫어서 복지관에도 안 나가고 수필모임과 종사관계, 퇴직자 모임 외 일체 다른 모임에는 안 나가고 칩거하고 있다. 다행히 귀는 어두워도 눈은 밝아 독서로 무료를 달래며 신문은 일기장에 스크랩 메모를 하면서 빠짐없이 다 읽는다.

나이는 숫자에 불과하다는 오만이 나이에는 장사가 없다는 말로 뒤바뀌게 되어 무상을 새삼 느끼게 했다. 수필모임은 나에게 글쓰기 공부로 책을 내게 도와주었고, 퇴직자 모임은 나에게 평생을 먹고 살게 하는 연금줄이며, 종사참여는 나의 뿌리를 찾게 하는 근본으로 퇴직 후 그동안 소홀했던 종사에 참여하고 있다. 영모당 건립, 인터넷 족보 구축, 유계문집 국역 참여 등으로 종인의 인정을 받아 문장(門長)으로 추대되어 세의(歲儀)를 받고 있다. 문장(門長)은 일문의 어른으로서 그 대표자이며 문장의 선임은 항렬(行列)이 가장 높고 대수가 종조에 가까운 사람으로 한다고 종규에 규정되어 있다.

임진왜란 때 성주에서 피란, 정착한 곳이 지금의 경산 백양골이란 내 고향이다. 대구에서 20km 동쪽이다. 4백여 년간 대대로 이어오던 고향마을이 택지개발에 편입되어 아파트단지로 조성되고 종산 일부도 들어갔으나 산천재 재실만은 그 자리에 남아 옛 모습을 볼 수 있어 다행이다. 입향조님 이하 500여 세대에 2천여 명의 후손이 경향각지에 흩어져 살고 있다. 여기에 내가 문장으로서 종중의 제일 어른으로 대접받고 있으니 이 얼마나 자랑스럽고 영광이 아닌가. 감사하고 행복하다. 내가 거동을 할 수 있는 한 참여를 계속하고 있다. 복지회관에 나갈 때는 자원봉사원에 가입하여 봉사 활동도 했으나 이제 복지관에도 안 나가니 다른 할 일은 없고 내 집 앞 골목 청소는 내가 도맡고 있다. 그리고 지난해 9월 8일부터 새벽산책 시 비닐봉지와 집게를 휴대하고 앞산공원을 한 바퀴 돌아오면서 쓰레기 줍기를 했으나 요즘은 날씨가 추워 산책 대신 집 안에서 실내 요가를 대신하고 있다. 네 살 아래 누이가 치매로 요양병원에 5년째 입원요양중이다. 노쇠와 질병으로 고통 받고 있는 환자들을 볼 때마다 남의 일 같지 않게 마음이 숙연해진다. 인간 오복 중에 죽음의 복이 으뜸이라 했는데 이제 고종명(考終命)을 어떻게 마무리하느냐가 나의 남은 마지막 숙제다. 세속적인 욕심을 내려놓고 마음을 비우고 소천(召天)의 준비를 하며 삶이 완성되는 마지막 순간까지 즐겁고 행복한 마음으로 황혼을 아름답게 물들이고 싶다. "천수(天壽) 88 234." 하늘이 내린 天命을 팔팔하게 살다가 이틀 입원, 3일 만에 사망.(새로 나온 건배사) 88하게 보내지는 못했지만 구순을 바라보는 망구의 고개를 넘고 있다. 증손주까지 보게 되었으니 저승사자가 데리러 오면 미련 없이 떠나리라.

2019년 3월 25일

※ 40을 不惑, 50을 知命, 60을 耳順, 70을 從心, 80을 無碍, 90을 無恥, 100세를 接神, 天壽는 하늘이 내린 수명 즉 天命을 말함.

행복한 일상

연두색 신록이 하루가 다르게 짙어가고 있다. 개나리, 진달래, 복숭아, 살구꽃이 앞다투어 피고 이어 벚꽃이 눈을 부시게 하더니 이팝나무 꽃 가로수가 아카시아 꽃과 서로 아름다움을 뽐내며 눈송이처럼 하얗게 눈길을 끌고 있다. 계절의 여왕이며 가정의 달인 5월도 중반에 들어섰다. 새벽산책길에 앞 솔밭 마루터기에 이르자 향긋한 아카시아 꽃 냄새가 코 속으로 스며들었다. 아카시아 군락 숲속 나무 아래 자리를 잡고 솟아오르는 새벽햇살에 파란 하늘을 바라보며 선요가 체조를 되풀이했다. 매일 거의 빠짐없이 계속하는 새벽산책 운동이지만 오늘따라 더욱 신선하고 상쾌했다. 샤워와 온욕을 하고 먹는 아침식사는 소찬이지만 입을 달게 한다.

일기를 쓰고 컴퓨터를 연다. 개인적으로 오는 메일 외에 일곱 군데 카페에서 매일 30여 통의 메일이 날아온다. 개별적으로 오는 메일은 빠짐없이 다 읽고 답장을 하나 카페 메일은 시간제약으로 다 읽을 수 없어 선별 읽기를 해야 한다. 메일의 글과 아름다운 그림은 하나도 놓칠 수 없는 귀중한 것으로 시간 관계로 다 읽지 못함을 안타깝게 느끼고 있다.

하루에 오전, 오후 세 번씩 아파트 앞까지 왕복하는 차로 시간 맞춰 복지관에 가서 요가, 탁구, 동영상, 인터넷을 수강하면서 매주 한 번씩 아침 일찍 나가 1시간 반 주차 안내와 쓰레기 줍기 등 자원봉사활동을 하고 있다. 여기에 나에게는 심정을 털어놓을 수 있는 간담상조의 직장 후배가 있다. 같은 직장 같은 과에 10여 년을 나와 같이 근무를 하면서 모든 일을 믿고 맡길 수 있었고 내가 퇴직 후엔 내 자리를 물려받아 성실히 근무한 후 정년 퇴직을 했었다. 그 인연은 퇴직 후 지금까지 이어져 함께 이곳 달성복지관에 나와서 요가와 인터넷 등 취미 따라 프로그램을 즐기는 사이 틈나는 시간에는 마주 앉아 자판기 커피를 음미하면서 일상의 이야기에 가는 시간이 아까울 정도이다. 일기에도 쓰기 거북한 이야기도 그와는 비밀이 없다. 누구에게도 털어놓을 수 없는, 심지어 아내에게도 얘기할 수 없는 것도 그와는 통할 수 있다. 이와 같은 대화의 상대를 갖게 되었으니 정말 나는 행복하다. 어떤 정신과 의사는 자기를 이해하고 수용해 주는 진정한 친구가 있으면 자살이나 정신병 같은 극단적인 문제에는 부딪치지 않을 수 있다고 단언했다. "임금님의 귀는 당나귀 귀"란 말이 있다. 가슴 깊숙이 간직한 사연들을 발산하고 나면 속이 시원해진다. 상대인 후배도 마찬가지 심정이라 하니 속칭 코드가 맞는 사이라고 해야겠다. 세상살이 이야기와 속내를 부담과 거리낌 없이 주고받을 수 있는 친구를 가진 사람은 행복한 사람이라고 했다. 그러니 나는 정말 행복하다고 감사하지 않을 수 없다.

나는 이와 같은 새로 생긴 달성복지관 소속 행정구역으로 이사를 오게 되어 회원으로 가입하게 된 것을 다행으로 생각하며 행복하다는 말을 되풀이하고 싶다. 토, 일 공휴일 외에는 특별한 일이 없으면 거의 나가고 있다. 집에서 독서를 하다가 컴퓨터로 정보의 세계를 누비다가 피로해진 눈과 몸을 풀기 위해 집 앞까지 실어다 주는 차에 몸을 싣고 차창 밖 날로 변해가는 자연의 모습에 심신을 풀면서 드라이브하는 기분으로 행복한 일상을 감사하게 보내고 있다.

위 글은 지난 5월 어느 날 일기에 적은 글을 옮겼다.

계절의 여왕 5월도 성하의 폭염도 어느덧 지나고 늦가을 찬비가 곱게 물든 단풍잎을 적시고 있다.

2010년 11월 초순

여생餘生의 넉넉한 밑천

〈연금생활수기〉

정년퇴임한 지가 어언 20년이 지났다. 1985년 6월 말에 나왔으니까 만 20년 8개월이 흘러갔다.

내가 퇴직할 때 장남이 대학을 갓 졸업했고 둘째가 본과 2년, 막내딸이 고3이었으니 생활비가 가장 많이 들 때였다.

30년을 근무하는 동안 항상 가난에서 벗어나질 못했다. 그러나 재직 중엔 그런대로 학자금 대여가 있었고, 박봉이나마 최저생활을 할 수 있었는데 막상 50대 중반에 정년을 맞고 보니 막막했다. 연금을 일시금으로 타도 아이들 학비와 생활비 등 얼마 안가서 동이 날 판이라 아내와 아이들은 일시금을 타자고 했다. 나역시 그렇게 하지 않으면 안 되는 줄 알았다.

몇 번이고 생각을 고쳐먹다가 노후를 위해 20년을 연금으로 하고 10년은 일시금으로 했다. 요행히 퇴직 후 약품상사에 취직하여 보탬이 되었으나 보수가 얼마 되지 않아 적자 생활을 면치 못했다. 약품상사에서 3년을 근무하고 1년 6개월을 쉬다가 건설 회사에 들어가게 되었다. 신임을 받아 관리 이사로 승진되어 보수도 오르고, 연금도 상여금과 정근수당이 합산됨으로써 8년간 근무하는 동안 적자 생활로 인한 빚도 갚게 되었다. 아이들 결혼도 다 시켜 살림도 내보내게 되었으니 이 연금이 밑천이 되어 어려운 고비를 용하게 넘기게 되었다.

건설회사에서 나와 은퇴 노인이 된 지가 9년이 지났다. 그러니까 21년간을 연금 혜택을 입고 있는 셈이다. 그동안 큰 며느리가 유방암으로 4년간의 병고 끝에 세상을 떠났고 아내가 신장결석으로 입원 수술을 했다. 나도 뜻밖의 병으로 9개월간의 투병을 하는 등 절망의 수렁에서 헤매기도 했었다. 연금에서 대부를 받기도 하고 사채도 내어 빚을 지기도 했다. 그러나 이제 빚도 모두 갚았다.

자식들이 아무리 효자라 한들 저희들도 기반을 잡아 살아가야 하는데 한 달에 1백여만 원을 보태 줄 자식이 어디 있겠는가. 용돈은 바라지도 않지만 큰아들 내외가 함께 직장에 나가고 있어 집사람이 집을 지키고 돌봐주지 않으면 안 될 처지가 되었다. 주말이나 공휴일 외에는 주로 큰아들 집에 가 있고 나는 아내가 장만해 준 반찬으로 밥을 지어 먹으면서 혼자 있어야 한다. 제 어미가 수고한다고 큰아들이 용돈을 많이 주어 그 돈으로 아내는 손자들에게 선심도 쓰고, 곗돈도 붓고, 교회 헌금도 내는 등 넉넉하게 쓰고 있다. 연금은 나 혼자 쓰고 있으니 만족하지는 못해도 그런대로 살아가고 있다. 앞으로 만약 우리 부부가 불의의 질환으로 입원을 하게 된다든지 갑자기 돈이 필요하게 될 때를 대비해서 적은 연금이지만 아껴 쓰며 저축하고 있다.

얼마 전 초등학교 은사가 별세했다는 부고를 받고 상문을 갔었다. 선생님은 광복 직후부터 교장으로 40여 년을 재직했으니 경제적으로는 별 어려움이 없을 것이라고 사모님을 위로했더니 교육감 출마를 하기 위해 일시금을 타게 되었고, 낙선되는 바람에 그동안 저축해 놓은 돈까지 다 써버리고 경제적으로 많은 어려움을 겪고 있다는 대답이었다. 사모님은 아직 건강한데 마음이 아팠다. 매월 25일 내 통장으로 어김없이 들어오는 연금이 얼마나 고맙고 감사한지 모른다. 퇴직 당시 일시금을 다 타도 어려운 형편에 큰마음 먹고 가족들의 반대를 물리치며 연금 선택을 한 것이 두고두고 잘 했다는 생각이 든다.

매년 물가 상승률에 따라 연금을 올려 주니 더욱 고마운 일이 아닐 수 없다.

이제 우리 부부가 다 함께 고희를 넘겨 자식 눈치 보지 않고 연금으로 살아가며 도서관을 사랑방 삼아 시간 가는 줄 모르고 지낸다. 도서관 안에는 노인실이 따로 있고 인터넷도 할 수 있다. 거기서 메일로 친지와 소식을 교환하고 정보의 바다 안에 들어가 요지경 속을 헤매기도 한다. 그리고 요사이는 집에서 도보로 5분 거리에 노인복지회관이 생겨 거기에서 대부분의 시간을 보낸다. 20여 종의 프로그램이 있어 나는 요가, 컴퓨터, 일본어, 엑셀, 파워포인트, 일어연가 등 여섯 가지 수강을 하면서 틈틈이 탁구 게임도 하며 즐거운 시간을 보내고 있다.

새벽산행으로 건강을 다지고, 일기를 쓰며 흐려진 기억을 되살리기도 한다. 수필 독서회에 참여하여 글쓰기 연습도 하고 있다. 봄이 되면 아이들과 함께 고향 산자락 텃밭에 나가 흙냄새 듬뿍 마시며 무공해 채소도 가꾸고 싶다. 이 이상 무엇을 더 바라겠는가. 자식들을 설득시켜 사후 시신과 장기를 영대병원에 의학 연구용으로 기증을 해 놓았으니 언제 소천의 그날이 올지라도 두려움과 당황함 없이 편안한 마음으로 떠나갈 것이다. 연금이 그날까지 나를 뒷받침해 줄 것이니 마음은 한없이 편안하고 넉넉하다.

산다는 것은 여행과 같다고 했다. 눈비에 젖은 진흙길도 언젠가 갤 날이 올 것이니 참고 또 참으며 어려움을 헤쳐 나가면 파란 하늘을 볼 날이 올 것이다.

내년이면 집 나이로 내가 77세이고 아내가 74세로서 결혼 50주년이 된다. 그동안 생활에 쫓겨 살다 보니 회갑은 물론 칠순 잔치도 못 했다. 내년 희수(喜壽)에는 금혼식과 함께 아이들이 조촐한 잔치를 하겠다니 굳이 말리지 않기로 했다. 이 모두가 연금의 덕택이 아닌가. 오늘도 부끄럼 없는 하루가 되기를 다짐하면서, 연금과 함께하는 여생의 넉넉함을 만끽하리라.

2006년 1월 30일

형수님의 팔순 축사

예로부터 일흔 살이 드물다고 했는데 팔순을 맞고도 정정하시니 감사함과 축하의 말씀 드립니다.

비리재 넘어 육동 산골 9남매의 맏이로 태어나 열일곱 앳된 나이에 산 설고 물 선 이곳 뱀골 한씨 가문에 시집온 지 어언 63년이란 세월이 흘러갔습니다. 부모님 시키는 대로 얼굴도 성도 모르는 네 살 위 농사꾼 남편을 만나 시부모님 모시고 일곱 살과 네 살 난 시동생과 시누이를 아들 딸 다름없이 거두어 기르면서 육 남매를 키우느라 얼마나 고생이 많았습니까. 풍년이면 朝飯夕粥 흉년이면 草根木皮 죽물로 때 때우며 배고픔을 달래었던 꿈같은 지난 세월!

말매 못 밑 닷 마지기, 작은 뱀골 말 반 마지기, 집 앞 논 세 마지기, 만근장이 한 마지기, 샛강 양지 닷 되지기, 모두 합해 열

마지기, 그나마 소작료 주고 나면 풍년 져도 양식이 모자랄 형편. 밥 광주리이고 말매못 들 오르내리기 얼마이며

서낭지 사래 긴 밭 매기는 어찌 그리 지겨웠는지? 동서남북 흩어진 논밭일에 어느 하루인들 편히 쉴 날 있었던가! 거기에다 방아 찧고 베 짜고 길쌈하고 밥 짓고 빨래하고 소죽 끓이기까지. 그와 같은 힘겨운 살림살이에도 대소가 집안어른 받들어 모시면서 두루두루 화목하게 인사성 밝으셨다. 무정한 세월은 백발을 불러왔고 주름진 얼굴과 거칠어진 손마디는 그동안의 풍상을 말해주는 것 같아 만감이 엇갈립니다. 춘원의 글에 인생은 불로초라 했습니다. 이제 6남매 모두 건실하고 친손, 외손 고루 두었으니 고생하신 보람 길이 이어지리라 믿습니다. 또한 모두들 신앙인으로서 참된 삶을 위해 힘쓰고 있으니 모든 시름 더시고 지난날의 고생스러웠던 일들을 아름다운 추억으로 삼아 여생을 즐겁고 편안하게 누리시기를 빌면서 짧은 글로 형수님의 팔순을 축하드립니다.

2000년 10월 3일(음 9월 6일)

시동생 용유 드림

형수님의 꼬부라진 엄지손가락

申서방 진갑 날 오랜만에 형수님과 나란히 앉았다.

서울 아들집 아파트 생활이 지겨워 건강이 좋지 않은데도 고향에 내려와 그 후 많이 좋아졌다고는 했으나 백발에 주름진 모습이 전과 달랐다. 나보다 열 살 위니까 여든둘, 20년 전에 돌아가신 형님 생각이 떠올랐다. 오랜만에 손을 잡고 쓰다듬다 꼬부라진 엄지손가락을 처음 봤다. 만날 때마다 반갑다고 수없이 손잡기를 했으나 몰랐었는데 "손가락이 왜 이래 꼬부라졌지요?" "일 많이 해서 안 그런 게." 하며 그 손으로 내 손을 만지면서 "아저범 이 손으로 모골(毛谷) 나무하러 다녔지요?" "어떻게 그때 일을 기억하시지요?" "왜 내가 몰라." 순간 눈에 생기가 돌더니 이내 시무룩해졌다.

50여 년 전 일이 주마등처럼 뇌리를 스쳐갔다. 형님과 모골에 가서 물거리 나무하던 일,

서낭지 사래 긴 미영(목화)밭 매기, 삼복더위 땡볕 아래 논매기하다가 말매못(馬館地) 둑 정자 아래서 형수님이 이고 온 밥 광주리에 둘러앉아 점심으로 맛있게 먹으면서 푸른 들판을 바라보던 일 등….

꼬리에 꼬리를 물고 이어졌다. 나는 다시 형수님 손을 어루만졌다. 앙상하게 뼈만 남은 거칠어진 굵은 손마디. 앞으로 얼마 더 만져 볼는지? 8남매를 낳아 둘을 잃고 6남매를 키우고, 거기에 엄마 여읜 어린 시동생 시누이까지.

아- 매미 허물처럼 껍데기만 남은 哀恨의 지난 삶! 눈시울이 뜨거워졌다.

祈　壽(壽를 빎)
前麓淸松風 : 문 열면 앞산자락 솔바람 맑은 공기
後園樂菜耕 : 뒷밭이랑 菜田으로 흙냄새 듬뿍 맡고
朝夕禱精誠 : 아침저녁 기도 정성
萬壽無疆情 : 만수무강 누리시리.

2002년 7월 17일 시동생 용유

증손주 이름 짓기

       지난 5월 말 큰애 진호가 찾아와서 무슨 비밀이라도 있는 듯 문을 닫고 영민이가 사고 쳤다고 했다. 우리 내외는 사고라니 깜짝 놀라 차 사고를 냈느냐고 물었더니 그게 아니고 여자 친구가 있었는데 사귄 지 한 1년이 되었다면서 임신을 했다는 것이다. 나는 놀란 가슴을 쓸어내리며 그게 무슨 사고냐, 오히려 기쁜 소식이 아닌가 하고 서로 웃었다. 이때까지 여자 친구가 있다는 얘기도 없었고 가끔 물어도 없다고 했었는데 뜻밖의 희소식이었다. 임신 5주라고 했다. 임신까지 했으니 결혼을 전제로 한 깊은 교제인 것 같았다. 그리고 이미 서로 결혼하기로 약속했다니 옛날 같으면 큰일 날 사고로 남이 알까 부끄러운 일이나 이제 세속이 많이 달라져 그들의 의사에 따를 수밖에 없었다. 진호 내외도 같은 생각이었다. 얼른 날을 받아 성례

토록 일렀다. 며칠 후(6월 8일) 둘이 미리 전화를 하고 인사차 찾아왔었다. 키가 165cm(영민이 172cm)로 알맞고 콧대가 오뚝한 게 몸에 군살이 없고 얼굴이 귀염상이었다. 첫눈에 마음에 들었다. 조부모가 생존하고 50대 중반의 부모에 무남독녀이며 영진전문대를 나온 간호사라 했다. 인사를 하고 돌아간 후 양가 상견례를 하고 오는 9월 16일 결혼 날짜와 예식장까지 결정했다. 영민이가 33세, 여친이 29세로 나이차도 알맞고 요사이 결혼 평균 연령이 남자 33세, 여자 29세라 하니 표준치 조건이 맞았다. 계산해 보니 아직 확실한 분만예정일은 모르나 대충 내년 2월 초순경으로 추측되어 미리 이름을 지어보았다. 항렬자가 30世 炳자로 파보를 살펴보았다. 이름이 중첩되지 않고 내 마음에 맞는 이름을 찾아봤다. 이름에 많이 인용되는 龍, 龜, 鳳, 麒, 麟 중 남자 같으면 炳麒 여자 같으면 惠麟으로 골랐다. 그리고 족보에도 중첩되는 이름이 없고 항렬자에도 맞고 사전에 보니 麒麟은 상상의 신령스러운 짐승 이름으로 聖君이 날 징조로 나타난다고 하며 재주와 덕이 뛰어난 사람을 비유하여 이르는 말로 수기린을 麒라 하고 암기린을 麟이라고 해서 아들이면 麒 즉 炳麒, 딸이면 麟 즉 惠麟으로 선정했다.

내가 27세, 진호는 29세에 결혼을 했는데 요사이는 결혼 연령이 점차 늦어져 남자 평균이 33세라 해서 영민이의 혼사가 걱정이 되었었다. 요사이 결혼을 해도 아이를 안 가져서 출산율의 저

하가 인구감소로 이어져 정부적 차원에서 출산장려를 하고 있는데 속도위반은 했으나 임신을 했다니 반가웠다. 혼사와 출산이 순조롭게 이루어지고 행복한 가정을 이루기를 간절히 기도한다.

올해 내 나이 88세, 아내가 85세로 결혼 61주년이 된다. 내가 구순을 바라보는 나이에 부부가 해로하고 증손주까지 보게 된다니 너무 감사하고 행복하다. 내 소원이 손자 영민이 결혼을 시키는 것이었는데 증손주까지 보다니 하늘이 내린 축복이다. 거듭 감사하고 행복함에 두 손을 모았다.

炳 : 불꽃 병 우리 직장공파 行列 도림 자(시조 蘭 威襄公으로부터 30世)
麒 : 기린 기 자로 수기린을 麒라고 한다.
麟 : 기린 린 자로 암기린을 麟이라 한다.
惠 : 은혜 은 자로 은혜를 입었다는 뜻이다.

위 이름은 호적과 족보에 올리는 이름으로 어릴 때 부르는 兒名은 저희들에게 맡긴다. 옛날에는 어릴 때 부르는 아명(兒名)이 있고 성인이 되어 부르는 冠名(족보와 호적)에 字가 있었다. 그러나 지금은 그런 예가 거의 없어지고 순수 한글 이름(별, 달)으로 바뀌어 가고 있다. 나는 관명이 用愈로 愈는 돌림자(항렬)

이며 用은 日, 月의 합자로 해와 달같이 밝고 訓으로는 쓰임새 있는 사람이 되라는 뜻인 쓸 용 자이다. 세상에 유용(有用)한 자가 되라는 작명하신 할아버지의 깊은 뜻이 내재되어 있다고 짐작이 간다. 유용한을 역으로 읽으면 한용유가 되니 우연의 일치라고 하기엔 운명적이다. 그리고 자는 學彦이며 내 스스로 지은 號는 雪峰. 如蘭 필명(筆名)은 '어리석은 먹구' 라고 우롱(愚聾)이다.

이름을 잘 짓는다고 이름 그대로 된다는 보장도 물론 없고 그저 가까운 사람끼리 같은 이름을 피하고 부르기 쉽고 혐오성이 없는 이름이면 좋지 않을까. 옛날 내 어릴 때는 命이 길어지라고 차돌이, 돌쇠, 그리고 의학미개와 유행병으로 단명, 유아 사망이 많을 때여서인지 귀신이 못 잡아가게 꺼리는 혐오 이름으로 개똥이, 봇돌이, 딸 그만 낳기 위해 末順이, 終順이 등 혐오성 작명도 많았다. 작명 평에 의하면 사주(年月日時)와 항렬 등을 맞추려면 엄격하고 복잡했다. 같은 이름을 피하고, 가능하면 항렬에 맞고, 부르기 쉽고, 거기에 길조의 의미가 더해진다면 좋으리라 여긴다.

2018년 7월 1일

※ 추기追記

위 글을 써놓고 순산의 기쁨을 기다리고 있는데 아내가 어젯밤에 영민이로부터 전화가 왔다면서 병원에 가서 수진 결과 딸이라면서 이름을 무어로 하면 좋겠냐고 묻는다 하기에 다음과 같이 답했다. 아들이었으면 더욱 좋았을 텐데 요사이는 딸이 더 좋다고 한단다. 예부터 첫딸은 살림 밑천이라고 했으니 순산을 바란다면서 이름은 위에 설명한 바와 같이 혜린(惠麟)으로 하면 좋겠다고 했다. 惠麟은 주위에 같은 이름이 없고 또한 신령스러운 암기린의 은혜를 입었으니 훌륭한 여식(女息)이 될 것으로 확신한다. 다음에 아들을 출산하게 되면 炳麒로 하자고 말하리라. 분만 예정일은 2019년 1월 28일이라 했다.

2018년 8월 15일 할배

※ 추기追記

위 글을 써놓고 분만을 기다리고 있는데 1월 25일 오후 영민이네로부터 진통이 와서 둘째 석호가 근무하고 있는 효성병원에 입원했다는 연락이 왔다. 오후 6시 정각에 건강한 여아를 자연분만 했다는 희소식이었다. 예정일 3일 전인데 오차범위 내로 마춰 없이 자연분만을 했으니 다행이며 기뻤다. 이튿날 26일 11시~12시 진호 차로 아내와 같이 병원에 가서 산모인 손부를 위로하고 함께 신생아실에 가서 영아 접견을 했다. 입을 오물거리

며 눈을 뜨기도 해서 너무 귀여웠다. 3.2kg의 정상 체중이라 했
다. 산모도 산후 후유증 없이 식사도 달게 했다는 것이다. 3일째
인 28일 신생아실에서 산후조리실로 옮겨 10일간 조리하다가
퇴원한다고 했다. 입원료는 1인실인데 하루에 12만원이고 특실
은 24만원이라 했다. 조리실 비용이 350만원으로 분만비까지 합
하면 약 450만원 내외가 될 것 같다. 진통이 오고 3시간 반 만에
마취 없이 자연분만으로 순산을 했으니 이 얼마나 큰 복인가. 감
사하고 감사했다.

나는 어릴 때 형수님이 초산을 하며 고통을 호소하는 장면을
본 바 있고 아내가 시골에서 초산을 할 때 난산으로 사산한 경험
과 막내의 조산으로 고통 받은 일들이 있어 손부가 초산이라 많
은 걱정을 했었는데 이제 모두 잘 되어 마음이 편안하고 기쁘다.
예쁘게 잘 자라기를 빈다. 이제 증손주까지 봤으니 언제 가도 마

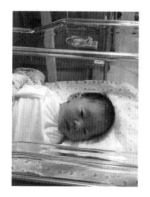
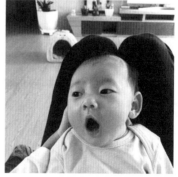

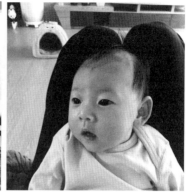

음 편히 갈 수 있어 한결 마음이 가볍다. 저승사자가 데리러 오면 "증손주 재롱 더 보고 갈 테니 재촉 마라." 이러리라. ㅋㅋㅋ

2019년 1월 26일

※ 추기追記

지난 2월 9일 입원한 지 13일 만에 산후조리실로부터 퇴실을 했다. 이름을 저희들의 뜻에 따라 雅仁이라 짓고 출생신고까지 했다. 내가 권한 惠麟은 冠名으로 하고 雅仁은 兒名으로 했다. "아담하고 어질 게"

2019년 2월 24일

자녀교육에 대한 단상

우리 국민은 해마다 7조원이 넘는 돈을 사교육에 쏟아붓는다고 한다.

실제로는 그보다도 엄청나게 많은 돈이 든다는 말까지 나오고 있다.

정부의 잦은 교육개혁이 되레 사교육비를 부추기기만 해 현실과는 한참 거리가 먼 것이었음이 자명해졌다. 공부를 잘하는 학생이나 못하는 학생 모두가 학교 수업에 불만을 갖게 되고 과외에 의존하게 된 것은 숨길 수 없는 우리의 현실이다. 공부는 학원에서 하고 학교는 놀러 간다는 말까지 나올 정도이니 과외 망국론이 거론된 지는 어제오늘이 아니다. 서울의 어느 족집게 강사가 올해 세무서에 신고한 소득이 25억 원이 된다는 보도가 있었다. 입시전략 연구실을 운영하면서 시간당 백만 원 정도의 강의료를 받는 그는 요점 9개 학원에서 주당 60시간을 강의하는 등 그 인기는 하늘 높은 줄 모를 뿐 아니라 그에게 진학 상담 오는 자중에는 현직 부부교사까지 있다니 기가 찬다. 위와 같은 사실을 신문보도를 통해서 보면서 필자도 중3 손자가 과외를 받고 있는 게 마땅치 않으나 제 애비가 하는 일이라 어쩔 수 없다. 필자는 이와 같은 현실을 보면서 2천여 년 전 공자의 자녀 교육관을 생각해 본다. 공자께서 3천 제자를 거느렸지만은 아들 鯉에 대해서는 무관했다 한다. 어느 날 지나는 말로 아들 鯉에게 詩와 禮를 배웠느냐고 물으면서 詩를 모르면 남과 대화할 수가 없고 禮를 배우지 않으면 남 앞에 떳떳하게 설 수 없다고 말했을 뿐 특별히 가르친 바 없었다는 논어에 실린 글을 연상하면서 陶潛 (淵明)의 노년기 시를 옮겨 본다.

白髮被兩빈: 흰머리 귀밑을 덮어 오는데

肌膚不復實 : 살결은 충실할 날 다시 없다네.

雖有五男兒 : 비록 다섯 아이가 있어도

總不好紙筆 : 모두가 종이 붓 좋아하지 않네.

阿舒已二八 : 큰아이는 이미 스물여덟인데도

懶惰故無匹 : 게으르기 이루 짝이 없고

阿宣行志學 : 둘째는 배움에 뜻을 두고 행하지만

而不愛文術 : 그러나 문학을 좋아하지 않고

셋째와 넷째 다섯째 역시 모두가 글재주가 없고 군것질만 좋아하니 이를 한탄하기를 하늘 운수 진실로 이 같을진대 또 한잔 잡아 술이나 마시리라고 체념했다.

　위 시에서 본 바와 같이 만고의 문인 陶潛도 그의 자식은 마음대로 할 수 없었음을 자탄했으니 하물며 범인이야 말해 무엇 하겠는가?

　사람은 누구나 자식이 총명하고 훌륭하게 되기를 바란다. 때문에 가르치고 훈계하고 꾸짖고 매를 때려가면서 독려하기도 한다. 陶潛도 마찬가지였다.

　그러나 이미 노경에 이른 陶潛은 사람의 일을 사람이 마음대로 할 수 없음의 이치를 깨달았다. 다섯 아이들이 아무리 마음에 들지 않더라도 그들은 그들 나름대로의 운명을 타고난 존재들이었다. 게으른 아이, 문학을 좋아하지 않은 아이, 낫 놓고 기역 자도 모르는 아이, 얄밉게 군것질만 좋아하는 아이, 그들은 미워할 대상도 고와 할 대상도 아니었다. 인생의 모든 것을 체험한 老父의 입장에서 보면 그들에 대한 욕심을 버리고 있는 그대로 볼 수밖에 없는 것이다. 천년 묵은 古木이 철 모르고 자라나는 새싹들을 내려다보듯 萬象을 있는 그대로 보고 느낄 수 있는 노경의 심경을 枯淡한 心境이라 할 수 있다. 공자께서 말씀하신바, 마음 내키는 대로 해도 규칙에 위반되지 아니한 심경(從心所欲 不踰矩)이 여기에 해당하리라.(洪瑀欽著 漢詩論 老年詩에서)

공부자의 자녀 교육관이나 도연명의 자녀에 대한 달관을 명념하면서 오늘날 자녀교육에 대한 我執에 너 나 할 것 없이 모두가 허덕이고 있는 현실에 자탄과 자성을 하면서 글을 맺는다.

2001년 12월 21일 도노회 한용유 撰

아내의 입원

지난 10일 일요일 오후 아내가 화장실에서 나를 불렀다.

배가 아프고 변의(便意)가 있어 변기에 앉았으나 변은 안 나오고 복통이 계속된다고 했다. 변을 본 지 3일째 되는데 아마 변비 증상인 것 같다면서 끙끙거리고 있었다. 낮에는 교회에 다녀와서 가져온 떡을 함께 먹었고 전에도 변비를 관장약으로 처치한 적이 있어 별것 아닌 단순 변비로 가볍게 생각했다. 상비용으로 늘 집에 항문 삽입용 튜브로 된 30ml 관장액을 비치해 놓고 있어 주입하려고 하니 변이 조금 나왔다 하기에 변기를 보니 변이 아니고 엉긴 검은 피이었다. 단순한 변비가 아님을 느껴 효성병원에 근무하는 둘째에게 전화를 했다. 바로 차를 몰고 와서 변기의 피를 보고 대장에서 나오는 피 같은데 대장에 이상이 있음이 의심되니 큰 병원에 가보자고 하면서 가까이 있는 영대 병원 응급실로 갔다. 시계를 보니 저녁 9시가 지나고 있었다. 나는 집에서 초조하게 결과를 기다리고 있었다. 밤 10시 30분경 둘째로부터 전화가 왔다. 관장을 하고 단순 복부 촬영을 했는데 똥 덩이 음영이 보이지 않으니 변비는 아니고 장에서 나오는 피 같다면서 날이 새면 장 내시경 검사 등으로 확진을 하기로 했다면서 그대로 응급실에 있기로 했다고 했다. 응급실 8호 병상이라 했다.

이튿날 새벽 7시 애완견 마니의 먹이를 챙겨주고 문단속을 한 후 집을 나섰다. 영대 병원 응급실에 도착하니 7시 35분이었다. 도보로 15분이 걸렸다. 입구에서 출입부에 인적사항을 적고 출입증을 받아 목에 걸고 8호 병상을 찾았다. 둘째는 밤 12시까지 있다가 오늘 병원근무 때문에 잠을 자야 하니 가고 큰애가 인계 간병을 하다가 자리를 뜨고 혼자 있었다. 수액 튜브를 4개나 주렁주렁 달고 있었다. 영양제, 포도당, 식염수, 항생제라 했다. 옆에 있는 의자에 앉았다. 소피를 보고 싶다 해서 수액 대를 잡고 화장실로 갔다. 소피를 본 변기를 보니 검은 피가 변기를 적시고 있었다. 통증은 멎었는데 평소에도 식사를 제대로 못해 쇠잔한 몸에 밤새 검사하느라 시달려 몰골이 말이 아니었다. 그래도 정신은 말짱해 집에 남겨둔 마니(애완견) 걱정을 했다. 눈물이 자꾸 나오려고 했다. 빈 병실이 없어 오후라야 병실이 빌 것 같다고 했다. 오늘 대장 내시경 검사 등 정밀 검사를 한다는데 악성 종양이 아니고 단순 장출혈이기를 빌었다. 마음을 크게 먹으라고 위로를 했다.

아내가 입원한 응급실 구역에는 4호부터 10호실까지 7개 병상이 있는데 칸막이로 가려 있었다. 소화기내과 응급실로 4호 병상 환자는 산소 호흡기를 부착하고 있었다. 갑자기 맞은편 5호 병상 환자가 심한 구토를 하며 몸부림을 쳐 보호자가 급히 연락을 해 의사 3명과 간호사 4명이 달려와 응급처치를 시작했는데 상태가 악화되어 인공호흡기를 부착하고 야단이 났다. 60대 중반의 여인으로 보였다. 배가 부어오르고 상태가 위중해 보였다. 측정기 파란불이 상태의 위중함을 알리듯 급히 깜박이고 있었다. 인공호흡기를 부착하고 응급처치를 한 후 의료팀은 물러가고 보호자는 멍하니 눈물만 흘리고 있었다.

야근에 밤잠을 못자고 분주히 오가는 의료팀을 보며 연민의 정을 금할 수 없었다. 의사는 보수라도 많지만 간호사는 의사 보수의 삼분의 일도 안 되는데 궂은일은 도맡아 하니 측은했다. 서울 차병원 5년차 간호사로 근무하는 큰 외손녀 생각이 났다. 그 고된 근무를 5년이나 계속하고 있으니 놀랍기도 하고 한편 안쓰러웠다. 다음 동생인 외손녀가 올해 수성 간호대학을 나와 대구 파티마 병원 공채에 합격하여 지난 3월 4일부터 근무를 하고 있다. 제 언니가 너는 내 성격과 달라 참을성이 적으니 감당키 어려울 것이라면서 다른 과를 지망하라고 말렸으나 우리들 공부시키느라 빚을 지고 있는 아빠의 어려움에 도움이 되려면 졸업후 바로 취직이 되어 학자금을 갚고 아빠의 부담을 줄일 수 있는 이 길밖에 없다면서 간호대학을 지망해서 내 집에 기식하면서 4년을 마쳤다. 앞으로 그 고된 근무를 어떻게 이겨낼는지 걱정이다. 얼마 전 서울 모 병원 2군데에서 간호사가 과도한 업무량과 중압감에 시달리다가 생을 등졌다는 기사가 자꾸 겹쳤다.

시계를 보니 오전 11시 반, 울산에 있는 막내딸애가 허둥지둥 들어왔다. 자초지종을 얘기하고 인계한 후 나는 집으로 돌아왔다. 오후에 병원에서 전화가 왔다 정밀검사결과 허혈성 대장염이라 했다. 대장의 혈류감소로 인해 대장 벽에 염증과 괴사가 생겨 일어나는 병으로 고혈압, 심장병, 당뇨, 변비 등 여러 가지 원인이 있다고 했다. 아내는 고혈압에 협심증, 변비 증세에다 86세의 고령이다. 나와 결혼한 지 62년째 된다. 30년 공직의 남편 뒷바라지에 삼 남매 키우느라 고생이 너무 많았다. 거기에 40대에 자궁근종 적출 수술, 50대에 신장결석수술, 60대에 척추 압박골절로 인공 척추 삽입, 그리고 이번까지 입원을 네 번이나 했고 난산과 조산까지 합하면 여섯 번이나 병마의 고통을 겪었다. 그러나 그 고통을 신앙의 힘으로 이겨내고 궁핍하고 어려운 살림에 나를 도왔다. 너무 감사하고 애잔하다. 오후 5시경 1053호실로 옮겨 보존치료를 하고 있는데 오늘이 8일째다. 어젯밤에는 애완견 마니가 주는 먹이도 안 먹고 방에서 거실로 빙빙 돌면서 끙끙거렸다. 며칠이나 아내가 안 보이니 말 못 하는 짐승이지만 감이 이상했던 것으로 짐작이 갔다. 밤 12시가 지나도록 거실 소파 밑과 방구석을 돌면서 아내의 옷걸이 냄새를 맡는 등 안아 줘도 빠져나갔다. 간식을 줘도 먹지 않았다. 약 2시간 넘게 달래느라 애를 먹었다. 대곡 큰애 집에 있을 때 생후 4개월 되는 포메라니안을 손자가 사왔는데 손주가 결혼을 해서 원룸에 신혼살림을 차려 아이를 낳게 되어 우리가 계속 맡고 있다. 털과 냄새, 배설물 처리 등 신경을 많이 써야 한다. 생후 7년이 된다.

오래전 아내가 큰애 내외의 직장 생활로 보살펴 주느라 가 있을 때 홀로서기 연습을 하면서 익힌 것을 모두 까먹었다. 은퇴하게 되고 우리 내외 신혼부부처럼 황혼의 낙에 젖어 살다가 갑작스러운 아내의 입원으로 전기밥통 설명서를 훑어보고 전자레인지 작동법도 몰라 허둥거렸다. 우리가 늘 마시는 물과 잠시도 없어서는 안 되는 공기의 고마움을 모르고 지나듯 평소 아내의 고마움이 얼마나 크고 귀한지 절절히 느끼게 했다. 아내와 나는 생일이 같은 날이다. 그러나 갈 때도 같이 가기를 바랄 수 없다. 나먼저 보내 놓고 많이도 살지 말고 내 나이만큼 3년만 더 살다 오라면서 농담 반 진담 반으로 얘기하곤 한다. 여자는 혼자 살아도 남자보다 덜한데 남자 혼자 사는 홀아비는 더 궁상맞다. 그래서 조물주는 여자의 평균수명을 3~4세 더 점지한 것 같다. 언젠가는 헤어져야 하고 떠나야 하는 삶이기에 천상병의 시 귀천(歸天)을 뇌며 우울해지는 마음을 다독인다. "아름다운 이 세상 소풍 끝나는 날 가서 아름다웠더라고 말하리라" 오래전에 읽었던 「삶의 종착역으로 가는 여행」이란 소설이 떠올랐다. 어느 날 갑자기 닥친 병마에 당황, 분노, 원망, 체념으로 몸부림치다 알뜰히 살며 모았던 많은 재산 다 날리고 종내 임종의 종착역에 이르는 과정이었다. 누구도 피할 수 없는 생로병사 생자필멸의 자연섭리가 오늘따라 더 진하게 밀려온다.

2019년 3월 17일

사전의료의향서

지금 시간 21일 9시 25분, 어젯밤 9시에 취침, 새벽 2시 5분에 요의로 잠이 깨어 배뇨 후 다시 누워 잠들 때까지 발끝치기를 하다가 잠이 들어 5시 20분에 일어났다. 침구정돈을 하고 5시 30분에 새벽산책길에 나섰다. 앞산아파트를 지나 앞산공원 버스정류소에 이르는데 가슴이 뻐근하고 답답하며 뭔가 몸의 컨디션이 평소와 달랐다. 비 온 후라 새벽공기도 맑고 시원해서 상쾌한 산책길일 텐데 발걸음이 가볍지 않았다.

버스정류소를 지나 앞산공원매점을 거쳐 큰골 길로 들어서는데 발걸음이 점점 무거워졌다. 길가 돌계단에 앉았다. 내 평생이와 같이 걷다가 주저앉기는 처음이다. 일어나 다시 걸었다. 그래도 발걸음은 가볍지 않았다. 관리사무소를 지나 승공기념관 앞 계곡 벤치에 앉아 근래 계속 내린 비로 불어진 계곡물과 건너편 이윤수 시비를 바라보며 요가를 하려고 윗옷을 벗고 시작했다. 그런데 아랫배가 살살 아프더니 뒤가 보고 싶기 시작했다. 요가를 중단하고 대성사 입구 화장실로 가서 배변을 했다. 설사가 아니고 무른 변이었다.

변을 보고 맞은편 사각정 평상에 누워서 상체를 뒤로 젖히고 심호흡을 했다. 다시 일어나 요가체조를 하려고 했으나 어질어질해서 그만두었다. 시계를 보니 6시 반이 지나고 있었다. 오늘은 더 이상 오르기를 단념하고 요가체조도 접고 집으로 도로 내려왔다. 앞산 아파트 앞에 이르니 발걸음이 가벼워지기 시작했다. 집에 도착하니 7시 20분이었다. 골목에 어질러진 쓰레기와 담배꽁초를 줍고 보일러를 돌려 온수욕을 했다. 비누칠을 해서 전신을 말끔히 씻고 나니 기분이 정상으로 돌아왔다. 7시 50분부터 시작되는 인간극장 '안개가 그칠 때까지' 1부를 시청하면서 아침 식사를 했다. 이어 아침마당을 시청하다가 이 글을 쓰고 있다. 나는 이 일기를 적으면서 여러 가지 상념에 젖었다. 내 나이 여든일곱, 이 해도 중반을 넘어섰다. 평균수명이 82세(남 80세, 여 85세)라는데 살만치 살았으니 여한은 없다. 유언장도 써 놓았고 아래와 같이 사전연명 의료의향서와 의학연구용 시신기증 유언서도 써서 영대병원 해부 병리과에 1997년 11월 14일 자 제출해 놓았으니 20년 전이다. 죽음에 대한 수필도 쓴 바 있고 아이들에게 당부하고픈 유언장과 80 평생 살아온 수상록의 책자도 내어 언제 가도 두려움과 미련 없이 편안한 마음으로 돌아

갈 채비를 해놓았다.

그런데 오늘 새벽산책 시 돌발적인 몸의 컨디션을 겪으면서 이런 생각이 맴돌았다. 새벽산책길에 응급실에 실려가 고통 없이 가게 되면 그 이상의 죽음의 복이 더 있겠느냐고. 마음속으로 빌었다.

2017년 8월 21일 한용유 씀

사전연명의료의향서

아이들에게
아래사항의 경우 나에게 연명 치료는 절대 하지 마라.
나는 오늘까지 자유롭게 살아왔다.
지금까지, 내가 좋아하는 일에 열중하며 인생을 살았다.
그러니 나답게 생을 마감하고 싶다.
내가 의식을 잃어가고 있거나 불러도 아주 약하게 반응할 뿐이라고 생각되거나 이미 자력으로는 호흡도 거의 불가할 경우 이미 병원에 실려 왔다면 인공호흡기를 연결하지 마라. 연결했다면 떼라.
자력으로 먹거나 마실 수 없다면, 억지로 음식을 입에 넣지 마라.
수액, 튜브 영양, 승압제, 수혈, 인공 투석 등을 포함해

연명을 위한 치료는 그 어떤 것도 하지 마라.

이미 하고 있다면 전부 중단하기 바란다. 만약 내가 고통을 느끼고 있는 것 같다면, 모르핀처럼 통증을 완화시키는 처지는 감사히 받겠다. 지금 내 생명을 연장하고자 전력을 다하고 계시는 분께 진심으로 감사드립니다.

의사님에게 부탁합니다. 죄송하지만 나의 바람을 들어주십시오.

나는 이 문장을 냉정하게 생각한 후에 작성했으며 가족의 동의도 받았습니다.

연명 치료는 일절 하지 않았으면 좋겠습니다.

부디 나의 삶의 마지막 소원을 들어주시기 바랍니다.

저는 결코 후회하지 않을 것을 여기 글로 맹세합니다.

한용유 씀

사체는 영대의대병원 해부병리학교실 장 선생에게 가족의 동의를 얻은 사체 기증서를 아래와 같이 제출해 놓았으니 그에 따라 처리하고 화장 후 유골함은 고향 산천재 영모당 아버님 유골함 바로 아래(no. 39호) 나의 USB 및 수상록과 함께 안치 바란다.

둥지 따라 새 보금자리

　　　　　도타운 겨울 햇살이 베란다의 화분에 윙크하고 있다.

　구름 한 점 없는 파란 하늘에 바람마저 숨을 죽인 섣달그믐날의 오후. 해는 벌써 서쪽으로 기울고 있다. 앞 청솔타운 사이로 푸른 숲이 눈의 피로를 풀어준다. 이곳으로 둥지를 옮긴지 한 달이 지났다.

　29년간 삼남매 키우고 공부시켜 다들 제 둥지 따라 옮겨가고 우리 내외 비둘기처럼 정답게 황혼의 낙을 즐기면서 여생을 보내기로 마음먹었는데 큰애가 새로 분양받은 대곡 삼성 래미안 아파트에 저희들은 6층(큰며느리 돈으로 분양 받음) 우리 내외는 16층(큰애의 강산타운 전세 놓은 돈으로) 같은 라인에 전세를 얻어놓고 함께 살자고 오라기에 거절할 수 없어 오게 되었다.

큰애 내외가 함께 직장에 나가고 있어 손자 둘의 뒤 챙기기와 집 돌보기에 우리 내외의 도움이 필요하다면서 오라는데 거절할 수가 없었다. 우리가 살던 대명동 집은 아내의 교회도 가깝고 세간살이 처분도 문제고 팔려고 내놓아도 단독 주택 매매가 바닥을 기고 있고 전세 들어올 사람도 한옥이라 쉽지 않아 5년째 방 한 칸을 사글세로 세든 분에게 집을 맡기고 당분간 그대로 두면서 내왕하기로 했다.

노후에 손자 돌보는 것이 3불출의 하나인 멍청이라는 말을 듣기도 했고 피차 마음 편하게 따로 살기로 작정해서 처음에는 달갑지 않게 여겼다. 그러나 간청을 하는 데는 뿌리칠 수 없어 둥지를 옮기게 되었다. 막상 옮기고 한 달간 살아보니 마음에 들기 시작했다.

아파트 바로 앞이 솔숲으로 공원화되어 있어 내가 하루도 거를 수 없는 새벽산책 코스에 적격이고 새로 조성된 대단지라 위락시설, 경로당, 어린이 놀이터, 새로 지은 초, 중학교의 산뜻한 새 건물 등 주위 환경이 마음에 들었다. 단지 내에 헬스, 사우나, 수영장이 병설되어 월요일 외는 연중무휴로 입주자에 한해 제한 없이 무료 개방이고 특히 아파트 단지 안의 수영장 시설은 전국적으로 여기 하나뿐이란다. 대명동 집은 한옥이라 겨울에 외풍이 센데 기름값이 비싸 한 달에 2도람(40만 원)의 연료비 지출이 생기는데 그 돈을 절약할 수 있어 더욱 좋다.

끝으로 바로 앞 청솔타운 103동 13층에 수필회원인 L님이 살고 있고 뒤편 마주 보이는 104동 23층에 퇴직자 모임의 교정동우회 J회장님이 살아 심심하면 함께 산행을 즐긴 후 수영과 사우나로 몸을 풀면서 불로초 막걸리로 기분 풀이를 하고 있다. 그리고 그 옆 102동에는 교정동우회 K회원님이 살고 있어 외롭지 않아 더욱 좋다. 그리고 같은 라인 18층에는 큰 자부의 여동생이 살고 있다. 관리비는 큰애가 부담하니 경제적으로 빠듯한 연금 생활에 도움이 되며 손자 돌봐 준다고 아내에게 용돈까지 넉넉하게 주며 퇴근하면 꼭 들려 문안을 하니 이래저래 저희들의 간청에 따른 것을 멍청이가 될지언정 잘했다고 생각한다.

2008년 2월 19일

결혼 60주년

回婚을 맞이하여

　　오늘은 우리 부부가 백년가약을 맺은 결혼 60
주년이 되는 뜻깊은 날이다.

　1957년 음 9월 24일(양 11월 3일), 내가 27세 아내가 24세 때
다. 나는 그때 군에서 만기 제대하여 교정직 9급 공채에 합격, 초
임 교도관으로 근무할 때였다. 1956년 3월에 제대, 그 해 4월에
취직을 했으니 취직한 다음 해였다. 그때 아내는 인홍동 외가에
기식을 했고 이웃에 사는 나의 사촌누님의 중매로 인홍동 외가
에서 맞선을 보았다. 그 해 가을 음 9월 24일 진량면 광석동 처가
에서 차일을 치고 사모관대에 아내는 한복에 족두리를 쓰고 홀
을 부르는 사회자의 식순에 따라 구식으로 결혼을 올렸다. 결혼
후 그때의 혼례 풍습에 따라 한 해 농사를 짓고 다음해 1958년
가을에 시골 큰집으로 시집을 왔다. 올 때 아내는 임신 10개월의

만삭이었다. 시골 큰집에서 의사도 없이 난산해 첫아이가 질식사하고 그로 인한 산후 후유증으로 아내는 많은 고생을 해서 몸이 극도로 쇠약해져 인흥동 처외가로 가서 건강회복을 하고 돌아왔었다. 나는 그때 직장에 매여 나가보지도 못하고 모든 것을 큰집에 맡긴 상태였다. 시골에서는 병원도 동산고개를 넘어 차도 없는 도보길 1시간 걸리는 읍내 의원이 있을 뿐이었다. 산기로 진통이 와도 읍내 한의원에 가서 한약을 지어 와서 달여 먹는 원시적인 의료시대이었으니 입원은 생각도 할 수 없는 때였다. 요사이 같으면 능히 입원분만으로 살릴 수 있었을 것이라 생각하니 안타까운 생각 금할 수 없다. 제왕절개 수술로 무통분만을 하는 첨단의술의 오늘날과 비할 때 호랑이 담배피울 시절 전설같은 이야기다. 그로부터 2년 후인 1960년 2월 25일 큰애 진호가 났고 2년 후 1962년 9월 26일 둘째 석호가 났다. 3년 후 1965년 6월 10일 막내딸 은숙이가 났으니 2남 1녀의 단란한 가족을 이루었다. 신천동 독신 자취생활로 시작해서 결혼 후 대봉동 상고 앞 처 외숙 단칸방 셋방살이 4년에서 1963년 팔군 정문 앞 서향집으로 하수시설도 안 된 막은 안창 골목에 돼지우리에 붙어 냄새가 나고 비가 오면 부엌에 물이 고여 퍼내느라 진땀을 흘리기도 했지만 취직한 지 7년, 결혼한 지 6년 만에 연부를 따 안은 적산집 내 집 마련을 해서 셋방살이 신세를 벗게 되었으니 얼마나 기뻤는지. 내 이름이 새겨진 문패를 달면서 눈시울이 젖었다. 그로부터 세월은 흘러~ 흘러 불혹의 40, 지명의 50, 이순의 60, 從心

처음 내 집을 마련하고 아이들이 어울려
노는 모습

진호 7세. 석호 5세. 은숙 2세.
충혼탑 앞에서

의 고희를 훌쩍 넘어 팔순의 중반을 넘어섰다. 교정직 30년의 어
렵고 고된 공직을 정년퇴직하여 약품상사 3년, 건설회사 8년을
거쳐 은퇴한 지 20년의 세월이 흘러갔다. 지나간 80 평생이 파노
라마처럼 뇌리를 스쳐간다. 큰애는 통신공사 간부직에서 명예
퇴직을 하여 임대업을 하고 있고 둘째는 마취통증 전문의로 효
성병원 부원장으로 있으며 셋째 딸애는 울산시청 사무관인 남
편을 도와 가정주부로 알뜰히 살아가고 있으니 너무 고맙고 감
사하다. 아내는 나보다 세 살 아래인데 고혈압에 협심증으로 날
로 초췌해지고 있으나 그래도 대봉교회 권사로 교회도 열심히
나가고 집안 살림을 챙기고 있으니 고맙고 감사하다. 나는 2년
전부터 밥맛도 떨어지고 기력도 쇠퇴해서 그렇게 즐겨 치던 탁

구도 놓은 지 두 해가 지났다. 귀도 잘 들리지 않는다. 생로병사의 자연의 섭리를 우리 내왼들 어찌 피할 수 있겠는가. 그러나 우리 부부가 이때까지 고생은 많았지만 팔순의 중턱을 넘고 연금으로 아이들에게 폐 끼치지 않고 살고 있으니 감사할 뿐이다. 수상록 책도 내었고 사전 의료의향서에 자녀들에게 남기고 싶은 말까지 다 해 놓았으니 언제 소천의 그날이 와도 당황하지 않고 삶이 완성되는 마지막 순간까지 감사한 마음으로 즐겁게 살기로 기도하며 다짐을 하고 있다. 오늘 이 뜻깊은 날을 맞이하여 아내에게 "여보, 오늘은 특별한 날이니 우리 함께 외식이나 할까? 그동안 도와준 내조의 공 너무 고마워." 이 글로 대신한다. 오늘 60주 回婚을 위해 파이팅!!!

2017년 음 9월 24일(양 11월 12일)

대명동 내 집으로 돌아옴

2007년 12월 16일 자로 대곡역 래미안 아파트 109동 큰애 집 도우미로 갔다가 아들 내외가 명예퇴직을 하고 손자도 제가 차린 점포 옆에 빌라 원룸을 전세 얻어 따로 나가게 되었으니 더 이상 내 집 놔두고 있을 필요가 없게 되어 지난 3월 28일, 7년 3개월 만에 대명동 내 집으로 돌아왔다. 갈 때는 몸만 갔는데 이삿짐이 한차였다. 큰애가 재혼 전에 살던 살림살이를 우리 내외가 그대로 물려받아 16층에서 살고, 큰애는 같은 라인 6층에 새 살림을 차려 살았으니 16층 우리 내외가 살던 살림살이는 내가 처리해야 할 판이라. 버릴 것은 버리고 대충 정리를 했으나 그래도 이삿짐센터에 의뢰, 이사비 180만원까지 주고 싣고 왔는데 둘 곳이 없어 돈을 주고 또 버려야만 했다. 노년에 이사는 금기라 했다. 이사가 아니고 내 집으로 돌아 왔지만 그래도

7년 넘게 편리한 아파트에서 생활하다 다시 단독 주택으로 돌아오고 보니 호텔 생활에서 민박으로 격하된 기분으로 불편한 점이 없지 않으나 이내 적응을 하고 있다. 내가 직영으로 지어 38년간 살아온 집이라 쉽게 길이 들고 있다. 도보로 5분 거리에 대덕복지관이 있고 15분 거리에 앞산공원과 남부도서관이 있으며 현충로 지하철역이 5분 거리다. 38년 살아온 곳이라 이제 여기서 내 삶을 마무리할 생각이다. 일기에 적은 7.5조 4행시를 다음과 같이 옮겼다.

1. 이사(2015/ 3/ 28)
　큰애 집 함께 산 지 7년 3개월
　갈 때는 몸만 가서 이삿짐 한차
　이것저것 버린 것 모두 아깝다.
　그러나 어찌하랴 갈 때는 빈손

2. 버리기(2015/ 3/ 28)
　이사하며 버린 것 넘 많았는데
　그중에 책 두 상자 함께 버렸다.
　언제나 돌아갈 때 빈손뿐이니
　손때 묻은 책갈피 아쉬움 짙네.

3. 못 버린 책 상자(2015/ 3/ 28)

두 상자나 버리고 남은 책 상자
둘째가 맡겨놓은 醫學原書다
수시로 필요할 때 와서 보겠다고
그대로 둬라 해서 못 버린 상자.

※ 둘째가 현재 대구 효성병원 마취과장 겸 부원장으로 근무
한다. 원장이 경대 의대 선배로 함께하자는 뜻에 따라 3년 개업
을 접고 함께한 지가 10년째다. 잡생각 말고 말뚝 박으라고 올
때마다 당부한다. 개업은 환자가 많아도 고되고 적어도 걱정이
니…. 4년제 대학도 내 형편에 버거운데 그에 2년 더한 6년에다
수련의 1년, 전공의 4년. 전공의 똥은 개도 안 먹는다고 하는데
고된 그 과정, 어찌 말로 다 하랴. 박봉에 그 뒷바라지 하느라 친
구하고 막걸리 한 잔에도 인색했던 지난날들이 눈물겹다. 그 흔
적 남은 게 내게 맡겨놓은 의학 원서 몇 상자. 책 상자가 아니고
돈 덩이 골병 상자다. 그것을 어찌 버릴 수 있겠는가.

위 7.5조 4행시의 풀이다.

2015년 4월 28일

내 집으로 돌아온 지 한 달 만에

내 집으로 돌아온 후의 일상

　　대곡 큰애 집 7년 3개월의 도우미 생활에서 대명동 내 집으로 돌아온 지가 벌써 두해 반이 지났다. 이곳 대명동 집은 38년 전에 8군 정문 앞 대봉동 집을 팔아 1979년 봄에 헌집을 사서 헐고 건축을 하는 친구의 후견으로 대지 58평(골목 4평 포함)에 1층 24평, 2층 12평의 건평 36평 양옥으로 설계, 기공을 했는데 이웃집의 일조권 침해 진정으로 2층을 쪽방으로 줄여 반 양옥으로 설계 변경을 하여 짓는 바람에 설계비 등 손해를 많이 봤다. 올해로 만 38년이 지난 셈이다. 그때 심은 3년생 자목련과 모과나무, 그리고 향나무가 2층에서도 쳐다볼 정도로 훌쩍 자라 41년의 수령을 과시하고 있다. 이 집에서 2남 1녀 아이들 고등학교와 대학을 마쳤고 필혼까지 시켰으니 우리가족 애환의 보금자리다. 주위의 집들도 거의 빌라로 다시 지어 우리 집과 주위 몇 집만 단독주택으로 남아있다. 그동안 큰애 내외의 직장생활로 도우미 생활을 함께 하면서 대곡 도원아파트 4년, 대곡역 삼성 래미안 아파트 7년 등 10여 년을 큰애와 함께 살았다. 대명동 집은 방 한 칸을 세를 놓아 집을 돌보게 하면서 주말 별장처럼 나들이를 해왔다. 아파트 생활과 단독주택 생활을 모두 해봤는데 단독주택은 겨울에 외풍이 세고 또 주차난과 도난의 우려도 있으며 난방비도 많이 들고 관리하는 데 소소하게 잔손이 많이 드는 단점이 있다. 반면에 이웃 간 소통하기 좋고 세월이 흘러도 땅은 그대로 가지고 있고 단독 주거라 안정성이 있고 내 집이라는 소유권이 충족되는 장점이 있다. 아파트는 그와 반대로 단독주택의 단점을 보완할 수 있어 좋은 반면 비둘기 집처럼 총총 붙어 이웃과의 소통 단절로 인정미가 없고 폐쇄적인 데다 화재나 지진 등 천재지변이 났을 때 단독주택보다 더 위험성이 높으며 아파트의 건물 구조상 한 사람의 잘못이나 실수로 여러 사람이 함께 화를 입는 경우도 있게 된다. 이와 같이 상호 장단점이 있으나 살아 보니 나이 많을수록 아파트 쪽으로 무게가 기운다. 그러나 이제 내가 손수 지은 내 집으로 돌아왔으니 여기서 여생을 마치기로 작정하고 있다. 15분 거리에 앞산공원과 남부도서관이 있고 5분 거리에 대덕복지관과 지하철 현충로역이 있어 여러 가지로 편리하다. 겨울 혹한기는 낮 시간 산책을 하고 그 외는 매일 새벽 시간대(5시~7시)에 앞산공원을 한 바퀴 돌며 요가를 겸하고 있는데 공기도 맑고 주위환경도 마음에 든다. 그리고 지난 9월 8일부터 새벽산책 시 비닐봉지와 집게를 휴대하고 산책 시 길에 떨어진 쓰레기를 줍고 있다. 쓰레기 줍기는 내가 이곳으로 돌아오기 전, 대곡역 삼성 래미안 아파트에 살 때 새벽산책으로 진천천 둔덕을 돌면서 7년간 계속 쓰레기 줍기를 해서 주민의 제보로 달성군수의 모범군민상을 받은 바 있는데 2년 전 이곳 내 집으로 돌아온 후 다시 시작을 했다. 이 나이에 이제 할 일이란 이것밖에 없다. 1일1선주의로 쓰레기 하나라도 줍고 나면 충족감에 마음이 편안해진다. 처음에는 부끄럽기도 하고 쑥스럽기도 했으나 계속하니 당당해졌다. 이상한 눈으로 보는 사람도 있고 고개를 끄덕이며 눈인사를 하는 사람도 있어 이제는 누가 보든 안 보든 상관없이 하루라도 안 줍게 되면 섭섭해진다. 처음에는 쓰레기를 버리는 사람이 얄밉기도 하고 원망을 했으나 이제는 쓰레기를 보면 반갑고 나에게 착한 일을 하게 했으니 오히려 고맙다는 생각에 버린 사람에 대한 원망이 사라지고 쓰레기를 많이 주울 때는 더 흐뭇하고 감사하다. 그리고 산책 길에서 돌아와 내 집 앞 골목과 대문간 화단 청소를 말끔히 하고 온욕으로 샤워를 한 후 아침식사를 하면서 KBS 다큐멘터리 인간극장(7시 50분~8시 20분)을 시청하는 시간이 하루 중 가장 행복한 시간대다. 이어 배달된 신문을 읽으면서 메모와 스크랩으로 전날의 일기를 적는다. 나의 일기는 1952년 22세부터 시작해서 65년째 계속되고 있다. 그때의 일기가 나의 일기장 1호로 나에게는 소중한 추억의 보배다. 일기가 주기가 되고 주기가 월기가 되기도 했으나 1985년 공직에서 정년퇴직한 이후는 거의 빠짐없이 적고 있다. 현재 다이어리 일기장 46권째이다. 이 일기장은 그날의 생활 기록에다 비망록, 메모장, 신문 스크랩 등을 겸해 수필의 소재 등 다양하게 활용하고 있다. 귀는 어두우나 아직 눈은 밝고 기억력은 있어 독서와 수필 쓰기 연습을 하면서 하루해가 언제 갔는지 지루함을 모른다.

평균수명을 넘어 부부해로하고 있으며 반액인 20년 연금이지만 국가유공자 보훈수당까지 받고 있으니 너무 행복하고 감사하다. 누구나 피할 수 없는 돌아가는 길을 생각한다면 인생이 무상하기도 하고 순간순간 우울해질 때도 있으나 누가 그 길을 피할 수 있으랴. 죽음은 신이 만든 최고의 발명품이며 죽음 없는 인간 세상은 죽음보다 더 무섭다고 했다. 삶이 완성되는 마지막 순간까지 억지로라도 즐겁고 행복한 마음으로 수시로 밀려오는 허탈한 심사를 달래기를 다짐한다. 추석과 한로가 지나고 서리가 내린다는 상강이 열흘 앞으로 다가오고 있다. 창밖에는 가을 찬비가 촉촉이 내리고 있다.

2017년 10월 12일 오후

형수님의 16주기를 추모하며

　　　　　　　오늘 형수님의 16주기를 맞아 삼가 명복을 빌면서 이 글을 올립니다.

올해로 형님이 돌아가신 지가 38년이고 형수님은 16년이 되었습니다.

저의 부끄러운 나이가 구순을 맞게 되었습니다.

오는 음 10월 7일 구순 생일을 맞아 구순기념집을 발간하기로 했습니다. 5년 전 수상록에 이어 두 번째 책입니다. 그동안 많은 세월이 흘러갔습니다.

영호는 대학 교수직에서 정년퇴직하여 飜譯業으로 學究를 계속하고 있고 성호는 법무사를 생업으로 계속하고 있습니다. 새로운 소식으로 영호의 딸애 유진이가 대형비행기 조종사로, 남자도 어려울 정도로 힘든, 하늘을 나는 여조종사가 되었답니다. 그것도 대형비행기를 말입니다. 그리고 성호의 딸애 예지는 대학 졸업과 동시에 초등학교 교원 임용고시에 합격하여 발령 대기 중입니다. 저도 증손녀를 보게 되어 돌 지난 지가 8개월이 되어 귀염둥이로 재롱을 부리고 있습니다. 셋 모두 딸애지만 이제는 딸이 아들보다 오히려 낫다는 세상이 되었습니다.

딸 넷에 끝으로 영호 성호 두 아들을 늦게 얻게 되어 기뻐하시던 두 분의 모습이 눈에 어른거립니다. 늦게 얻은 영호가 경북 중고등을 졸업, 서울 공대 기계과에 입학, 집의 도움 없이 입주 아르바이트로 학업을 마치고 졸업과 동시에 삼성의 장학금으로 한국과학원 기계공학과에 입학, 석사과정을 마치고 이어 한국 과학 기술원 생산공학과에서 공학 박사학위를 받은 후 삼성중공업 3년 의무 근무를 마친 다음 건국 대학 전임 강사로 전직, 조교수, 정교수로 승진, 근무하면서 천문학 관계 역법 제정과 조선의 회회역법도입 등 역저를 냈습니다. 3년 전 정년퇴임 후 지금은 천문학 원저 번역에 전념하며 귀한 시간을 값지게 보내고 있답니다. 영호는 우리 집안의 자랑일 뿐 아니라 나라의 보배입니다. 개천에서 용이 났지요. 집의 도움 없이 아르바이트와 장학금으로 제 힘으로 그 어려운 공부를 했으니 너무 자랑스럽고 대견합니다. 나도 내 살기가 바빠서 도움을 주지 못했습니다. 경북중학 입학했을 때 직장에서 배급된 제복 기지로 교복을 맞추어 준 기억이 납니다. 얼마 전 신문에 권재진 전 법무부 장관(노태우대통령 때)의 경력을 본 바 있습니다. 영호와 경고 동문으로 文科로 서울법대를 나왔지요. 영호는 理科로 서울 공대를 나와 대학교수가 되었으니 명문 경북고교의 雙璧의 秀才로 자랑이기도 합니다.

성호는 검찰 사무관으로 명예 퇴직하여 대구 송현동에서 법무사 개업을 계속하고 있습니다. 지난 가을 형님의 생신 102주년을 추모키 위해 서울에서 영호 내외가 내려와 성호 내외를 대동, 고향 산천재 영모당에 모신 형님 내외분의 靈位을 참배하고 재실 대청에서 영호 조카의 주도로 추모예배를 올렸습니다. 저도 큰애 진호와 함께 참례를 했습니다. 추모예배를 드린 후 산천재 맞은편 식당에서 오식을 나누며 여러 가지 얘기를 나누었습니다. 나도 국가 유공자로 영천 호국원에 가게 되어 있으나 내가 주도해서 지은 산천재 영모당에 형님 내외분의 유골함 옆으로 내외가 가기로 아이들에게 당부를 해 놓았습니다.

그리고 며칠 전 영호가 성호와 같이 팥밭골 부모님 산소를 벌초했다는 문자 메시지를 받았습니다. 코로나로 찾아뵙지 못한 인사와 함께 보낸 메시지의 성의가 놀라왔습니다. 망근장 자부(진호 댁)의 벌초도 지난해부터 벌초 대행 업소에 의뢰(15만 원)했다면서 올해도 그렇게 하겠다고 합니다. 제가 젊을 때 도시락을 사가지고 가서 낫으로 부모님 산소 벌초한 기억이 떠오릅니다. 세상이 많이 달라졌습니다. 코로나로 인해 출입이 극도로 제한된 이때에 서울에서 여기까지 내려와 벌초 성묘를 하고 간 장손 영호에 대해 先靈께서 얼마나 흐뭇하셨겠습니까. 형님, 형수님, 오늘 형수님의 16주 기일을 맞아 삼가 명복을 빌며 이 글을 올립니다.

2020년 9월 13일(음 7월 26일)

이승의 용유 드림

위 글을 영호, 성호, 진호, 석호에게 메일로 보내면서 서로 멀리 떨어져 살지만 추모와 명복을 드리는 근신의 날을 갖자고 일렀습니다.

추억의 일기

(2015년 5월 23일 자 일기)

오늘은 5월 23일 토요일, 내일은 일요일, 모레는 석가 탄신일로 황금연휴 첫날이다. 새벽산책으로 앞산공원 서편 자락 길을 한 바퀴 돌아 집에 들어서는데 Y님으로부터 전화가 왔다. 지난 4월 22일 L님과 셋이 비슬산 참꽃축제 구경 갔다 온 후 첫 연락이다. 꼭 한 달만의 소식이다. 반가웠다. 오늘 오후 2시에 L님과 주말 나들이 간다면서 함께 가자 하는데 내 귀가 어두워 행선지가 어디인지 알아듣지 못했다. 집 단장을 하고 있어 못 간다고 하고 칠하기가 끝나면 전화하겠다면서 함께 못가 미안하다고 했다. 오후 2시경 L님으로부터 또 전화가 왔었다. Y님으로부터 전화 받은 사실을 얘기하고 함께 못 가서 미안하다고 얘기를 했다. Y님과 L님은 달성복지관 다닐 때 L님이 상처로 외롭게 지내는 것을 역시 싱글맘인 Y님과 연을 맺게 해서 제2의

짝을 내가 맺어주었다. 중매를 세 번 하면 죽어 좋은 데 간다는 데 내가 중매를 딱 한 번 한 바 있어 이번에는 제2의 짝 맺기를 해서 두 번을 한 셈인데 이번 중매는 특별해서 두 몫의 값어치가 되니 3번 한 셈으로 치면 저승길 천당행은 따 놓은 당상이라. 웃음이 나왔다.

외손녀 혜윤이는 연휴 3일을 이용해 울산 제집으로 갔다. 지난 3월 1일 입학식을 했으니 내 집에 기식한 지가 3개월이 다 되어간다. 기숙사에 기식하기로 침구까지 가지고 와서 기숙비까지 내고 며칠 있어보니 4명이 한 방을 쓰고 있는데 여러 가지 불편하다면서 내 집에 묵으면서 다니고 있다. 식사, 빨래 등 뒷바라지에 80 넘은 제 할미의 고생을 아는지 모르는지. 밤늦게 학교에서 돌아올 때는 내가 안 자고 기다렸다가 지하철역까지 마중을 나가야 할 때도 있다. 7년 넘게 대곡 큰애 집 돌봄이에서 풀려나 이곳 대명동 내 집으로 올 때는 손자 영민이 독립해 나가며 강아지도 함께 가고 이제 우리 부부가 해방이 되는 줄 알았더니 전세 든 원룸 주인이 강아지 입주를 극히 반대를 해서 이사 가던 다음 날 내 집으로 안고 왔다. 내가 반대를 하면서 남에게 주겠다고 했더니 손주 놈이 전세 계약기간 1년만 맡아 달라고 애원을 해서 울며 겨자 먹기로 할 수 없이 받아들일 수밖에 없었다. 대소변을 가리기는 하나 화장실에 가서 용변을 볼 수 있도록 밤에는 불을 켜놓고 문을 열어 놔야 하며 여간 신경이 쓰인다. 특히 날씨가 추운 겨울에는 방 온기 누설로 난방 문제도 신경을 쓰게 한다. 거기에 외손녀까지 겹치게 되어 짐을 덜기는커녕 더 무거워졌다. 외손녀 혜윤이는 연년생으로 동생 형호와 한 살 차이라 18년 전, 돌 전에 내 집인 이곳에 데리고 와서 1년 넘게 키우면서 계단에서 넘어져 턱에 절창을 입어 병원에 가서 봉합수술을 한 바 있고, 감기로 인한 고열로 경기 발작을 해서 영대 병원에 입원, 척수액 검사를 위해 그 굵은 주사바늘을 척추에 꽂을 때 울부짖는 소리의 애처로움에 어쩔 줄 몰라 했었다. 그로 인해 일주일간 입원 치료를 받았고 그 후 또 입안이 헐어(구내염) 역시 영대 병원에 10일간 입원 치료를 하면서 아무것도 안 먹고 밤에는 울어 같은 병실 환자들의 안면방해로 아내가 업고 나는 링거 병이 달린 수액대를 밀고 울음이 멈출 때까지 병실 복도를 돌다가 내가 깜박 조는 바람에 수액대가 넘어져 링거 병이 파손되어 간호사가 뛰어와서 급히 수습을 하는 등 소동을 벌인 일이 아직도 기억에 삼삼하다. 그 후 울산 제집으로 돌아가서 다섯 살 때 또 몸이 아파 울산 병원에서 입원 치료를 받을 때 우리 내외가 함께 가서 내가 입원실에 밤샘 간호를 한 기억도 난다. 그때 1999년 양력 그믐을 병원에서 보내고 새해를 병실에서 맞이했다는 일기가 내 눈을 새삼스럽게 했다. 그러던 것이 지금 간호대학에 들어가서 그 어려운 과정을 공부하고 있으니 한편 놀랍기도 하고 대견하기도 하다. 4살 위인 제 언니는 서울 차병원에 3년 차 간호사로 근무하고 있다. 간호사 근무가 박봉에 고되기는 하지만 요사이같이 취직이 어려운 때에 졸업만 하면 거의 취직보장이 된다면서 둘 다 간호사로 지망을 해서 제 애비의 짐을 덜어 주고 제 갈 길을 잡은 것만도 고맙다. 외손녀는 방아코*라 했는데 어릴 때 데리고 있으며 고생을 했는데 또 이와 같이 짐을 맡게 되었으니 운명인지 전생의 업보인지 연분치고는 너무하다. 앞으로 졸업 때까지 4년을 골몰해야 한다고 여기니 아득하다. 그러나 다시 마음을 긍정적으로 돌리기로 했다. 외손녀와 강아지를 맡아 돌 볼 수 있게 우리 부부에게 건강을 주신 하느님께 감사를 드리고 애완견 마니의 재롱에 시름을 달래며 지난 20일 성년의 날에는 성년이 되었다고 선배로부터 장미꽃 한 송이를 받았다며 내 앞에 내밀며 애교를 피우는 외손녀의 예쁜 얼굴에 또 속고 말았다.

2000년 양력 설날 울산병원 입원 중인 혜윤이를 간호하면서 쓴 일기를 여기에 옮겨본다.

1999년 12월 31일 양력 그믐날 울산병원에 가서 혈액검사, 엑스레이 복부 및 흉부 촬영을 한 결과 장염과 기관지염으로 판명되어 소아과 312호실에 입원시켰다. 31일 밤에는 아내와 나 둘이가 간호를 했다. 나는 병상에 기대어 토끼잠이라도 조금씩 잤으나 아내는 한숨도 못 잤다. (중략) 8개 병상이 꽉 찬 병실에는 어린 환자의 울음소리가 끊이지 않는다. 전국적으로 유행하고 있는 독감은 면역성이 약한 어린이에게 더욱 번지고 있다. 기침 소리, 울음소리에 병실은 소란스러웠다. (중략) 제야의 밤을 병실에서 보내기는 내 평생 처음이다. 이튿날인 양력 설날 병실 창밖으로 흐린 동쪽 하늘을 바라보다 배가 아프다며 기침을 콜록거리다 잠이 든 혜윤의 핼쑥한 얼굴을 내려다보면서 먼 훗날 혜윤이가 성년이 되었을 때 이 할아비의 지금 심중을 알긴 하겠는가. 아내의 깊이 파인 주름살에 반백의 머리가 고된 삶을 엿보게 한다.

지난 일기장에 적힌 글을 읽고 여기에 옮겼다.

그가 벌써 이렇게 성년이 되었다고 꽃송이를 내미니 세월이 참 빠르다. 이걸 모두 거절할 수 없는 운명으로 돌리기에는 야릇한 느낌이다.

2015년 12월 15일 지난날의 일기에서(내 나이 85세)

* 방아코 : 방아깨비를 나타내는 경상도 사투리입니다. 옛말에 외손주를 귀여워하느니 방아깨비를 귀여워한다는 말이 있는데, 그것은 외손주는 예뻐해 줘도 장성했을 때 친손주에 비해 할머니를 방문하는 횟수도 적고 큰 보람을 느끼지 못할 일이기 때문에 차라리 방아깨비를 가지고 장난을 노는 것이 더 낫다고 하는 뜻의 말입니다.

2019년 2월 1일(음력 12월 27일)

새해 들어 벌써 한 달이 후딱 가버렸다. 어제는 눈비가 내리더니 오늘은 영하 7도까지 깜짝 추위라는 일기예보다. 새벽 4시에 잠이 깨어 발끝치기와 상념에 뒤척이다가 일어났다. 모과나무 전지를 위해 인터넷 검색을 하다가 그만두고 수필알집을 열었다. 위 글 추억의 일기를 클릭해 펼쳐 읽었다. 외손녀 혜윤에 대한 일기다. 오는 2월 수성간호대학 4년째, 졸업을 앞두고 취직 시험을 쳤는데 울산 동강병원과 대구 파티마병원, 대구 동산병원, 대구 가톨릭병원 네 군데 최종 합격통보를 받았다. 네 군데 중 가장 규모가 큰 대구 동산병원으로 가기로 작정하고 있다.

우리 집에 기식하면서 통학한 지 벌써 4년이 되어 졸업을 하게 되고 취직 시험까지 네 군데나 되었으니 기특하고 감회가 깊다.

2020년 9월 21일 5시 30분(음 8월 5일)

위 일기에 동산병원으로 가기로 했는데 대구 가톨릭대학 부속 병원으로 선택, 근무한 지가 1년이 지났다. 내 집에서 다니라고 권했으나 더 이상 신세를 지지 않고 독립하겠다면서 병원 근처 원룸을 보증금 500만 원에 월세 35만 원으로 입주한 지 9월 14일이 1년으로 연장 갱신을 했다 한다. 야근으로 고되기는 하나 수당을 더 받게 되어 서울 차병원 7년 차 근무하는 제 언니보다 월급이 많다면서 차를 사기 위해 적금을 넣고 있다고 자랑을 했다.

며칠 전 코로나로 인해 올해 들어 집콕 신세가 된 나에게 잣죽을 사들고 찾아와서 제가 근무하는 가톨릭병원은 대학 부속병원이라 교직원 연금혜택을 받을 수 있다면서 천직으로 삼고 대학원 석사과정에 도전하겠다고 했다. 활기 넘치는 당찬 모습이 귀여웠다. 지난 일기를 읽으며, 방아코가 아닌 나의 사랑하는 외손녀 혜윤이 파이팅!!!

4부
동곡산 바라보며

벌초를 하고 돌아와서

　　　　　　어제 토요일 고향 팥밭골 부모님 산소 벌초를
하고 왔다. 예초기가 고장이 나서 진호와 성호 셋이서 낫으로 했
는데 9시 반부터 시작해서 벌초를 마치고 나니 12시 반이었다.
가지고 간 김밥에 막걸리를 반주로 점심을 먹고 백부모님 산소
와 조부모님 산소를 성묘하고 입향조님 이장 산소와 파조님 산
소 그리고 망근장 3대 선조님(6대 조비 광주 안씨, 5대 조고비
휘 泰成, 고조고비 휘 命玧)산소를 한 바퀴 돌면서 이장 경위와
비문 내용 등을 성호와 진호에게 설명을 했다.
　이장 후 둘 다 처음이라 했다. 그런데 입향조님 산소와 율산
파조님 산소의 잔디는 손을 자주 봐서 그런지 잡풀이 없고 참잔
디가 뿌리를 내려 퍼져가고 있는데 우리 후산 파조님 산소는 지
난번 임원회 때 잡풀을 뽑고 손을 보기로 윤근 유사에게 시켰는

데 이번에 가보니 예초기로 벌초는 했으나 잡초 뿌리가 그대로 있고 잔디도 큰 산소와 율산 파조 산소처럼 참잔디가 아닌 데다 잡풀에 눌려 제대로 착근도 못 하고 죽어가고 있었다. 유사에게 다시 연락해서 지난번 제초작업을 했는지, 했다면 잡초뿌리가 왜 그대로 있는지 확인을 해야겠다.

두 번이나 잔디를 다시 입혔는데 제대로 안 되었으니 유사가 업자인 권 씨에게 연락을 해서 현장을 확인시키고 다시 잔디를 입히게 하는데 이번에는 참잔디로 하도록 당부해야겠다. 그리고 잔디가 완전하게 착근, 번식할 때까지 자주 손을 봐야겠다고 생각했다. 후산 동등 산소도 잔디가 탈모 현상으로 여러 군데 말라죽어 약을 치기로 했는데 추석 벌초는 했으나 잔디 재생은 내년 봄이라야 알 수 있을는지, 보기가 흉했다.

냉지로 넘어가는 산등에 비석이 서있고 묘역이 잘 다듬어져 눈에 확 띄는 산소가 보여 알아봤더니 달성 서씨 입향조 산소라 했다. 정씨네 산을 사서 이장을 했는데 곁에 가보지는 못하고 건너다보니 새로 비석을 세우고 멀리서 봐도 눈에 석 들어오게 잔디도 파랗게 살려 묘역을 잘 조성해 놓아 보기 좋았다.

풍수지리로 본다면 묘 터로 쓸 만한 자리도 아닌데 비석을 커다랗게 세우고 잘 해놓고 보니 명당이 따로 있는 게 아니고 보존 관리하는 데 있다고 여겼다. 말매못도 거의 다 메워져 가고 있고 녹지로 남겨놓은 샛강양지와 달불 만등도 산허리까지 메워지고 있었다. 덕고개로부터 산천재 아래 남쪽 경계 배수구 작업이 앞 종산 밑까지 되어있고 후산 아래쪽 경계 배수구 작업으로 산자락을 파는 굴착기 소리가 요란했다. 부지(敷地) 복판을 훑어 내리는 하수구 공사가 마무리되어 정지작업도 막바지 피치를 올리고 있었다.

까맣게 쳐다보던 동산고개도 눈높이로 낮아지고 덕고개 성황당 돌무덤도, 내가 자란 집터마저 어딘지 찾기 어려웠다. 망근장자부 산소 벌초를 마치고 나니 오후 5시인데 뜨래 박 같다는 가을 해가 서산에 기울고 산 그림자가 길게 눕기 시작했다. 산등을 타고 내려오면서 마을 자취마저 찾기 어려운 골을 내려다보며 실향의 애소를 뇌었다.

산천재 앞뜰에 아름드리 통나무가 아래위로 목침에 받쳐져 길게 누워있었다. 자세히 보니 전에 큰 산소 아래 그네 매어 뛰던 왕소나무 같았다. 내 생각이 맞는지 산천재 유사에게 전화로 물었더니 그네 뛰던 왕소나무가 맞다면서 건축업을 하는 성근 일족이 재목이 아까워서 유용하게 쓰기 위해 품을 사서 재단 후 옮겨 놓았다는 것이다.

그래서 나의 의견인데 성근 일족에게 응분의 값을 치러주고 큰 산소 유적 기념물로 보존하면 어떻겠느냐고 했더니 그렇게 상의를 해보겠다는 답변을 받았다. 역시 건업을 하는 사람의 눈이 다르구나 하는 생각을 하면서 지난번 移葬記를 쓰면서 왕소나무에게 "곧 베어져 없어질 자신의 운명을 아는지 모르는지 무심한 솔바람에 솔가지만 일렁인다."라고까지 해 놓고 이를 생각

못 했으니 자신의 우둔함을 자책했다. 노을에 물들고 있는 서쪽 하늘을 하염없이 바라보면서.

2006년 10월 1일 추석맞이 벌초를 하고 돌아와서

할아버님의 81週忌 追慕

　　　　　　　　오늘은 음력 섣달 스무나흘, 81년 전 돌아가
신 할아버님의(諱 益俊) 祭祀 날입니다. 할아버님은 딸만 둘 두
고 38세의 젊은 연세에 돌아가신 증조부님의 遺腹子로 태어나
시어 슬하에 3남 1녀에 8명의 손자와 4명의 손녀에 1명의 증손
자까지 보고 82세까지 장수하시다가 큰집 사랑 옆방에서 모든
자녀들이 지켜보는 가운데 둘째인 아버님의 품에 안겨 자는 듯
이 평안한 모습으로 돌아가셨는데 그 모습을 나의 어린 눈으로
본 것이 아직도 기억 속에 남아 있습니다. 그때 내 나이 일곱 살
이었으니 오늘 음력 12월 24일이 81週忌가 됩니다. 그때 돌아가
신 할아버지의 편안하고 엄숙한 모습이 눈에 선합니다. 할아버
님이 거처하신 큰아들 집을 중심으로 위쪽 기축만등(古墳嶝) 밭
에 둘째(아버지)의 살림집을, 아래깍단 건너 양지 산자락에 셋째

(작은 아버지) 살림집을 지어 삶의 터전을 잡아주고 백발이 성성한 모습으로 아래위를 오르내리면서 아들 손자의 살아가는 모습을 살피며 긴 담뱃대를 물고 우리 집에 들렀던 모습이 가물가물합니다. 유복자로 태어나시어 증조모님의 각별한 사랑이 오죽했겠습니까? 지극하신 효심으로 편모를 섬기면서 아들 3형제에게 각각 살림집 한 채와 양도가 될 논밭을 물려줬으니 대단한 어른으로 할아버님이란 祖孫의 血緣 이상 존경합니다. 22세 때 한 살 아래인 동래 정씨 첫 할머니를 사별하고 63세 때 세 아들 중 가장 총명했던 첫아들을 불의의 병(작은 아버지 살림집 지을 때 재목을 마련하다가 입은 상처에 파상풍 감염)으로 32세의 젊은 나이에 夭折 후 두 달 뒤에 두 살 아래인 영일 정씨 할머니가 61세로 돌아갔었으니 겹친 가화에 그 한탄 오죽했으리…. 이와 같은 비운을 겪으면서도 19년을 喪配의 孤獨을 克服하시면서 집안을 다독거려 오늘의 우리를 있게 했으니 그 은혜 하늘땅에 비하리까! 택지 조성으로 내가 나서 자란 생가도 그리고 큰집, 작은집도 아니, 고향마을 전체가 아파트 숲으로 변하고 말았습니다. 산천재 재실과 팥밭골, 새밭골 선영만 남았습니다. 저의 부끄러운 나이 올해 여든 아홉으로 九旬을 넘보고 있으니 세월의 무상을 절감케 합니다. 종사를 위해 아무런 공헌도 없는 저에게 나이와 行列에 밀려 6년 전 동지 종회 때 門長으로 추대되어 歲儀를 받고 보니 송구함을 금할 수 없으며 오늘 할아버님의 기일을 맞아 岡極의 追慕 恪別합니다. 후손들이 모두 각처에 흩어져 살아, 오

늘 할아버님의 추모를 함께 올리지 못하는 못난 저희들을 용서
해 주옵소서.

이 글로 삼가 추모를 올리며 삼가 명복을 빕니다.

2019년 1월 29일 음력 戊戌年 12월 24일

할아버님의 81주기를 맞아(1856년 丙辰~1937년 丁丑)

불초 손자 용유 삼가 명복을 비옵니다.

처 외조부님을 기일을 맞아

어제 밤 10시 20분에 취침 尿意로 잠이 깨어 시계를 보니 밤 12시 자정이었다. 다시 누워 1시 45분에 잠이 깨어 소피를 보고 잠자리에 들었으나 잠이 안 와 이런저런 생각에 돌아가신 처 외조부모님이 떠올랐다. 뒤척이다가 일어나 시계를 보니 밤 2시가 지나고 있었다. 두 번의 배뇨로 잠잔 시간은 3시간이었고 소변 2번에 15분을 뒤척인 셈이다. 컴퓨터를 켜고 류태영 님으로부터 온 5통의 메일을 읽었다. 지난 추석 새로 맞이한 손부와 진호, 석호와 함께 고향 보모님 산소와 입향조, 파조, 자부 산소와 산천재 영모당을 성묘 참배하고 돌아왔는데 인흥에 처 외조부모님 산소 참배를 안 한 것이 마음에 걸렸다. 지난 추석 날 석호가 새로 산 새 차로 오는 우리 내외 생일 때 드라이브를 했으면 하는 말을 했다가 대화의 오해로 말을 안 한 것보다 못하게 되어 아직까지 후회감이 남아있다. 왜 외할아버지 성묘 생각을 못 했던가. 나에게 많은 은덕을 베풀어주신 할아버지 할머니를 어찌 잊을 수 있겠는가. 아내와 의논을 해서 석호 차나 진호 차로 우리 내외와 경산 도서 방 이모,

일이 처제, 모두 5명이 성묘를 하고 와야겠다는 생각이 들었다. 내왕 경비는 내가 대기로 하고….

2018년 10월 5일

위 글을 쓴지 13일이 지났다. 위 건은 아내가 주동이 되어야 하는데 심장질환으로 버스를 탈 수도 없고 현장에 들어가는 길이 험해서 올라갈 자신이 없다고 했다. 왜 그런 험지에 자리 잡았느냐고 했더니 용덕이가 제 마음대로 하고 의논도 없이 대금을 지불했다는 것이다. 나는 아내를 나무랐다. 모두가 돈에만 혈안이 되어 할아버지 묘소에 대해서는 관심이 없었음을 질타했다. 나는 애당초 산소 이전뿐 아니라 산 매매에 대해서도 일체 관여하지 않았다. 고향 사동처럼 택지 개발로 인해 자연적으로 될 때까지 그대로 두기로 마음먹고 있었는데 뜻밖에 산이 매매가 되어 산소를 이전하게 되었다. 분담금에 대해서도 일체 관여하지 않았다.

지난 12일 석호 차로 드라이브 할 때 가보고 싶었으나 너무 멀고 산소까지 차가 못 들어간다 하기에 나 혼자 날을 잡아 버스로

다녀오기로 작정하고 있다. 지난 11월 12일 석호 차를 타고 아내, 진호와 함께 산전 개구리봉 현장 답사를 하고 오면서 할아버지 산소 성묘를 못 한 것이 마음에 걸렸다.

2018년 11월 18일

오늘은 음력 11월 18일, 처 외조부님의 忌日(제삿날)이다.

날씨가 춥지 않았으면 나 혼자 버스를 타고 산소 참배를 가려고 예정했었는데 최저 영하 5도이고 낮 기온도 바람이 불고 추워 안 가기로 했다.

저녁에 집에서 아내와 둘이 다음과 같이 기도를 하며 명복을 빌었다. 할머니의 기일은 음 1월 18일로 한 달 후다.

2018년 12월 24일(음11월 18일)

추모의 글

할아버지 할머님 우리 내외 함께 오늘 할아버지 기일을 맞아 삼가 명복을 비는 기도를 올립니다. 할아버지 할머님 돌아가신 지가 오래되었으나 생전에 저희들에게 베풀어 주신 은혜를 잊을 수 없습니다. 저희들이 한 푼 물려받은 재산 없이 적수공권으로 한푼 두푼 근검절약으로 어렵게 신접살이를 할 때 물심양면으로 보살펴 주시고 도와주셔서 삶의 기틀을 잡게 해주신 것을 잊을 수 없습니다. 그 은혜에 만분의 일도 보답지 못해 항상 죄송합니다.

삼가 할아버지 할머님 명복을 빌면서 삼가 기도 드립니다.

음 동짓달 열여덟 날 외손녀 송자와 외손서 용유

할아버지 기일을 맞아(기도문)

※ 추기追記

오늘은 2019년 2월 22일 음력 1월 18일 처 외조모님의 기일입니다. 할머니 삼가 명복을 빕니다. 이장한 산소 참배를 계획했었는데 이루지 못해 죄송합니다.

아내와 함께 추모의 기도 드립니다. 부족한 저희들을 용서하시고 보살펴 주옵소서.

외손서 용유

入鄉祖 直長公 遺基에 對한 考察

입향조 직장공의 휘는 珦이요, 자는 東玉, 호는 鼓峰으로서 이조 명종 12년 서기 1557년 성주 雲谷 冠岩洞에서 출생, 인조 5년 서기 1627년 12월 28일 경산시 상방동에서 卒하였으니 壽 71세를 누리셨다.

공은 시조 蘭 위양공으로부터 17世로서 11世 휘 理 충간공이 6대 祖考이며 14世 휘 萬孫 절도사공이 공의 증조고이시다.

공은 어릴 적부터 재질이 특이하였고 몸가짐이 淳實하고 거짓이 없었다. 공이 36세 되던 임진년(1592년) 왜란이 일어나던 해 2월과 4월에 부형의 兩喪을 당해서 앙천통곡하며 家禍國變이 한꺼번에 닥치니 이 무슨 변고인고 하시며 비록 兵火中이나 초상 범례에 어긋남이 없었다. 부모 양위를 잃고 天涯 고아가 된 8

세 조카와 6세의 질녀 두 남매와 같은 또래의 아들 둘(10세, 8세) 그리고 공의 내외 모두 6식구가 男負女戴 피란길에 나서 남으로 내려오다가 아무 연고 없는 長鼓山下 上方里에 피란의 適地로 삼고 정착하셨다. 전란의 와중에서도 선비의 지조를 지키시면서 장고산 아래 數間茅屋을 지어 讀書 靜養所로 삼으니 그 이름을 鼓蜂草堂이라 하였다.

조정에서 효행과 숨은덕이 있는 사람에게 벼슬을 내리는 詔書가 있었고 마침 당시 호조판서이며 오도 도원수이신 문익공(한준겸 인조 반정 후 인조비 仁烈王后의 生父)께서 지방 순시차 來縣 했을 때(1599년 공이 43세 때) 당시 縣宰 趙亨道의 보고로 군자감 직장직에 천거하였으나 효행한 바 없다고 사양하셨고 그 뒤 조정에서 憲職(사헌부) 채용이 거론되었으나 천주인 문익공이 광해 昏朝 母 王后 西宮 幽閉와 영창대군 流配蒸殺 사건에 반대하다가 광해 9년에서 10년(1617~1618년) 유배를 당함으로써 憲職 채용이 좌절되고 말았다. 공께서는 광해주 패륜 때 부동 兇論한 한찬남에게 시로써 譏評하기를 동성 중에 저 같은 類가 있으니 부끄럽도다 하며 그 아들 희(司諫院 獻納 正五品)에게 國祿이 산같이 중한데 三綱을 헌 신짝 버리듯 하느냐 가련타 너희들 명을 쫓아 다투지 말라 하였다. 당시 한찬남은 도승지 겸 형방승지로서(비서실장 겸 법무비서) 영의정 정인홍과 같이 광해주를 보필하는 實勢였으니 이를 그냥 둘 이 없었다. 관청에 잡혀 들어가 국문을 받고 감옥에 갇혀도 조금도 뜻을 굽히지 않았고 그 뒤 정승의 구호로 석방되었으나 다행함을 느끼지 않으며 이로부터 더욱 世道에 뜻이 없어 琴書로 樂을 삼았다.

공께서 지으신 고봉초당 七言絶句와 흉론을 규탄한 五言絶句 漢詩 두 首를 옮겨본다.

鼓峰草堂詩

才疎志拙守茅堂 : 재주도 없고 뜻 또한 졸하나 초당을 지키니

幸有溪山趣味長 : 다행히 시내와 산이 있어 취미에 맞구나.

分外浮榮何足慕 : 분에 없는 뜬 영화 어찌 생각하리

葛宜掩身藿宜腸 : 칡으로 몸을 가리고 콩잎으로 배를 채워도 족하다.

이 얼마나 淸貧과 志操가 넘치는 自慰自足의 詩句가 아닌가!

譏評詩

寵祿如山重 : 국록이 산같이 중한데

綱常脫屣輕 : 삼강을 헌신짝 버리듯 하느냐

可憐今孝子 : 가련타 지금 효자이나

從命不知爭 : 명을 쫓음이 다툼이 됨을 모르는구나.

이 詩로 인해 구속을 당했다. 遺稿로서는 위 두 시만 남아있다.

공은 명종 대 10년, 선조 대 41년, 光海主 代 14년, 仁祖 代 5년, 4대의 王朝 70년의 生涯 중 국가적으로는 7년간의 倭亂과 胡亂으로 국토는 초토화되는 戰亂期를 겪었고 가정적으로는 전란 중에 부형 양상을 한꺼번에 당하고 정처 없는 피란길에 나서게 되고 筆禍사건으로 구속까지 당했으며 또한 55세에 큰 자부를, 66세에 둘째 자부를 잃었고 노경에 할머니마저 15년 앞서 사별의 슬픔을 겪어야만 했다.

더욱이 글만 읽은 선비로서 6식구의 호구를 어떻게 감당하였는지, 그 참상을 상상하고도 남음이 있다. 그러나 이와 같은 역경 속에서도 선비의 지조를 지키면서 時兌을 譏評하며 의리에 살았으며 두 아들을 고명한 학자인 鄭寒岡 선생의 문하에서 수학하여 훌륭히 양육시켰다. 공이 떠나신 지 금년이 꼭 378년이 되고 입향하신 지 413년이 흘러갔다. 그 후 자손들이 貧弱으로 가문을 빛낸 인물은 없었으나 그래도 약 500가구에 2000여 명의 후손들이 끊임없이 遺德을 이어가고 있음은 이 모두가 공을 비롯한 역대 선조님의 끈질긴 생활력과 백절불굴의 의지 덕분임을 감복한다.

필자가 만약 문학을 전공했더라면 당쟁과 사화, 그로 인한 국력의 쇠퇴, 7년대란 탐관오리의 착취, 이와 같은 역사적인 소용돌이 속에 그 희생의 몫은 고스란히 불쌍한 죄 없는 백성에게 돌아간 그 시대의 참상과 선비의 지조를 지키며 의리에 살려고 애쓰는 가운데 딸린 식구들은 초근목피로 연명을 해야 할 고달팠던 삶을 한 권의 소설로 만들어 봤으면 하는 마음 간절하나 그리 못함이 안타까울 뿐이다.

2005년 仲夏 10代孫 用愈 拙撰

參考文獻

1. 右議政 韓興一 撰 軍資直長公 遺基碑文

2. 弘文館 副校理 撰 鼓峰草堂 遺墟記

3. 族譜

秋季 先賢 遺跡地 見學記

　　　　　　지난 10월 19일 아침 7시 반 향교에 집결, 관광버스 3대에 분승, 추계 先賢遺蹟地見學次 떠났다. 내가 탄 2호차에는 이동희 교수님과 학생처장 그리고 명륜 4기 학생장이 동승을 했고, 전직 퇴직동료 7명이 같이 탔다. 7시 50분에 출발, 신천대로로 진입해 칠곡 가산에 이르니 안개가 자욱이 끼기 시작, 주위가 잘 보이지 않았다. 善山을 거쳐 상주 擎天臺에 도착하니 오전 10시 20분, 안개도 걷히고 파란 하늘에는 늦가을 햇볕이 따사롭게 내리쬐고 있었다.

　　경천대의 행정구역은 상주군 사벌면 삼덕리 산12-3이었다. 관광지로 개발되어 위락시설이 고루 갖추어져 있었다. 자연석으로 쌓아올린 인공폭포를 시작으로 雩潭 蔡得沂公의 遺囑碑를 살피고 雩潭公이 은거하며 학문을 닦던 무우정을 돌아 擎天臺에 이르렀다. 하늘을 떠받든다는 뜻에서 경천대라 불렀다는데 깎아지른 절벽, 굽이쳐 흐르는 강물, 울창한 노송 숲으로 형성되어 바위가 3층으로 대를 구성하고 말구유, 擎天臺碑(大明天地 崇禎日月)가 있으며 낙동강 1300리 물길 중 경관이 아름다운 곳으로 이름이 있다는 것이다.

天柱峰을 휘감고 낙동강물이 부딪치는 이곳 경천대는 천혜의 절경이며, 바로 아래 鄭起龍 장군의 龍馬가 솟아올랐다는 전설의 龍沼가 보였다. 10시 20분부터 11시까지 경천대 관람을 마치고 2km 거리에 있는 沙伐王陵을 참관했다. 신라 54대 경명왕의 제2자로서 경명왕 2년(서기 917년)에 沙伐大君으로 봉해져 사벌주의 防禦將으로서 여러 번의 적침을 물리쳐 공을 세웠고 11년 후 후백제군에 패망했다 한다.

王陵 앞에서 기념촬영을 하고 1km 떨어져 있는 忠毅寺를 찾았다. 충의사는 조선조 선조 때 무장으로 임진왜란에 큰 공을 세운 정기룡 장군의 위패를 모신 사당으로서 장군은 1586년 무과에 급제한 후 훈련원 봉사, 상주목사 등 여러 관직을 역임했으며 왜란이 일어나자 명장으로 영호남에서 백전백승하였고 그 후 경상도 병마절도사, 삼도 수군통제사에 올라 국방을 위해 일생을 바쳤다. 1622년, 광해 14년 2월 28일 경남 통영 진중에서 61세의 나이로 순직했다고 적혀 있었다. 유언에 따라 상주군 사벌면 금흔리에 안장했다 한다.

상주의 선현 유적지 견학을 마치고 나니 낮 12시였다. 오식은 문경 새재 계곡에 가서 하기로 하고 차머리를 북으로 돌렸다. 함 창 예천, 점촌을 거쳐 목적지에 도착하니 오후 1시, 향교에서 준 비해 간 도시락으로 끼리끼리 둘러앉아 소주를 반주로 맛있게 먹었다.

식사를 마치고 오후 4시까지 점심 식사한 자리로 돌아오기로 하고 각각 도보로 문경 제1관문과 제2관문의 관람 길에 나섰다. 일행 7명과 같이 鳥嶺主屹山 제1관문을 거쳐 제2관문까지 가기 로 하고 주위의 경관을 구경하면서 걸어갔다. 얼마간 올라가니 우측 언덕에 1996년 開道 100주년 기념과 400년 뒤 후손에 전승 키로 하고 세운 타임 캡슐장이 보였다. 안내판에 지하 6m에 매 설한 직경 1m, 높이 1.5m의 캡슐 속에 475종 물품을 담아 보존, 400년 후인 서기 2396년 10월 22일 개봉한다고 적혀 있었다. 다 시 길을 따라 제2관문을 향해 걸어가는데 목조로 신축한 팔각 정자가 있고 안내판에 이 정자에서 新舊 監司가 交禮를 했다 해 서 交龜亭이라 지었다 하며 佔畢齋 金宗直公(1431~1492)이 지 은 한시가 적혀 있었다. 하도 유명한 분이 지은 시라 적어보았 다.

交龜亭

交龜亭上俯乾坤 : 교귀정에 올라 앉아 하늘땅을 굽어보니

不覺霜華点鬢白 : 문득 깨달으니 귀밑머리 흰빛 돈다.

一水宮商風白激 : 한 가닥 흐르는 물은 바람과 함께 흐르고

千岩圖畵日將昏 : 뭇 바위는 그림 같건만 날은 점점 저물어간다.

詩因寫景窮飛鳥 : 내가 시로써 경치를 읊으며 날 새는 보금자리 찾아 헤매고

淚爲傷懷讓斷猿 : 나의 눈물은 회포를 되씹으며 잔나비마저 그 울음을 멈추도다.

南地已銷雙雙堠 : 남쪽 길 두 이정표는 이미 어두워 그 모양 사라져만 가는데

月明今夜宿何處 : 아~ 달도 밝은 오늘밤을 어디에서 머물 것인고?

위 시를 수첩에 적고 나서 돌아보니 일행은 벌써 올라가 버리고 없었다.

몇 걸음 떨어진 길 건너 계곡에서 우렁찬 물소리가 들리는데 그 앞에 다가가니 龍湫라는 안내판이 나타났다. 살펴보니 퇴계 이황선생이 지었다는 용추시가 적혀있어 아예 제2관문행을 포기하고 적기 시작했다.

龍湫

巨石磊磊雲溶溶 : 큰 바위 힘이 넘치고 구름은 도도히 흐르는데

山中之水走白虹 : 산속의 물 내달아 흰 무지개 이루었네.

怒從崖口落成湫 : 성난 듯 낭떠러지 입구따라 떨어져 웅덩이 되니

其下萬古藏咬龍 : 그 아래 먼 옛적부터 이무기 숨어 있다네.

蒼蒼老木蔽天日 : 푸르고 푸른 노목들 하늘의 해 가리었고

行人六月踏氷雪 : 나그네는 여름에도 얼음과 눈을 밟았네.

湫邊官道走國郭 : 깊은 웅덩이 곁에는 국도가 서울로 달리고 있어

日月輪蹄未不絶 : 날마다 수레며 말굽이 끊이지 않은데

幾成歡樂箴悽苦 : 즐거웠던 일 그 몇 번이며 괴로웠던 일 또 몇 번이었던가.

笑撫乾坤睨今古 : 하늘과 땅 웃고 어루만지며 예와 오늘 곁눈질하네.

大字淋漓寫岩石 : 큰 글자 무르녹듯 바위에 쓰여 있으니

後夜應作風和雨 : 다음 날 밤에는 응당 바람 비 내려지겠지

이어 綿谷 魚變甲作 五言節詩(1381~1435) 태종 조 殿試(임금 앞에서 치르는 과거시험) 1위 집현전 문학사 10인 중 한 사람

龍動盤潛折 : 용이 꿈틀거리며 소용돌이치니

潛天明日新 : 잠긴 하늘 밝은 해 새롭다.

晴雷白虹瀉 : 갠 날 우레 소리에 흰 무지개 뻗치니

恍惚孰窮坤 : 황홀하구나 그 누가 신비를 알리

위 시를 다 적고 나서 交龜亭에 올라가서 주위 경치 바라보며 詩想에 잠기는데 깎아지른 절벽에는 붉은 단풍이 물들어 있고

건너편 깊은 계곡에 흐르는 물소리가 나의 귀를 울렸다. 물소리 따라 계곡에 내려가서 바위에 앉아 쏟아져 내리는 폭포가 떨어지면서 용추를 휘몰아 소용돌이치며 흘러가는 신비스러운 장관에 정신이 빠져있는데 부르는 소리가 나서 고개를 돌리니 일행이 벌써 제2관문까지 갔다가 돌아오는 길이었다. 아쉬움을 남긴 채 일행을 따라 귀로에 나섰다. 점필제공의 교귀정시와 퇴계선생의 용추시를 吟詠하면서 다음과 같이 졸작을 적어본다.

交龜亭
교귀정 올라서서 사방을 둘러보니 서쪽 산 절벽에는 단풍이 무르익고

건너편 계곡에는 물소리 요란하다. 점필제공 지은 시를 다시 보고 음미하니

月明今夜宿何處라 落鄕길이 아니던가? 王道政治 實現코자 무척 애를 썼건마는

勳舊派의 弄奸으로 雄志를 펴지 못해 벼슬을 사양하고 林泉에 隱居하며

嶺南士林 師宗으로 명성이 높았는데 후일의 戊午士禍 짐작이나 했겠는가.

龍湫
천고의 물결에 부딪치고 닳아져서 파이고 다듬어진 옥 같은

물홈 따라

쏟아지는 폭포 속에 물보라가 눈부시다. 해는 산에 가려 무지
개 볼 수 없고

그 아래 깊은 웅덩이에 이무기 숨었다기에 들여다보았으나 보
이지 않는구나.

바위 밑에 숨었는지? 成龍登天 하였는지?

쉬지 않고 흐르는 물소리만 예와 지금 다름없네.

원위치에 돌아오니 오후 4시 5분 전이었다. 15분 후에 귀로에
나섰다. 낙동강 휴게소에서 잠깐 쉬었다가 돌아오는 차 속에서
동기생 김준갑 씨의 세련된 사회로 돌아가면서 자기소개와 노
래를 부르며 흥겹게 노는 사이 어느덧 대구 향교에 도착하였다.
시계를 보니 저녁 7시 30분 예정대로 무사히 값진 견학을 하게
되어 즐거웠다.

끝으로 향교 측의 세심한 배려와 교무처장님을 비롯하여 주선
하신 여러분에게 감사의 말씀 드리면서 흔히들 관광을 다니다
보면 찬조금을 은근히 요구하는 경우를 종종 겪어 왔는데 전연
그런 일도 없었고, 또한 모두가 눈살 찌푸리는 일 없이 즐겁게
다녀오게 되어 역시 예를 존중하는 향교가 다르구나 하는 생각
을 하게 되었다. 거듭 감사를 드리며 見學記를 맺는다.

1999년 10월 19일

乙未年 星州先塋寒食祭

　　지난 4월 6일 한식날에 연례행사인 성주 선영 한식제에 참례하기 위해 집에서 8시 40분에 출발을 했다. 빗방울이 뿌려 우산을 받쳐 들고 나섰다. 동아백화점 앞에 도착하니 9시였다. 9시 40분에 대절한 45인승 관광버스가 와서 함께 타고 출발하여 성주 벽진면 가암리 운곡 선영에 도착하니 11시 40분이었다.

　　참석인원은 모두 13명인데 성주에서 한 분이 합쳐 인원수는 제관이 14명에 부인 6명으로 모두 20명이었다. 우리 후산에서는 종락과 나 둘이었고 각파 소개가 없어 파별 인원은 확인 못 했으나 백파 참례자가 가장 많은 것 같았다. 회장도 무릎 관절통으로 못 오고 유근 부회장, 강락 감사 소현 사무국장도 매년 빠짐없이 참례를 했는데 각각 일이 생겨 참례 못 해 섭섭했다.

나도 아침에 자고 일어나니 어질어질한 것이 가뜩 식욕부진인데다 속이 좋지 않아 두유 한 컵으로 아침을 때우고 지난번 영광 지참건도 있고 해서 일찌감치 집을 나섰다. 조감도 책 받기 얘기가 없었다면 못 갈 뻔했다.

현장 참배는 비도 뿌리고 해서 모두 절도사공 산소 앞에 도열을 해서 묵념 참배로 대신하고 산소를 둘러본 후 敬慕齋 재실로 갔다. 우천 관계로 재실을 이용하기로 사전 연락이 된 모양인데 우리가 가서 마루를 쓸고 자리를 펴고 재실에 보관중인 병풍을 빌려 제수를 차려 제를 올렸다.

절도사공 양위분을 위시 현령공 諱 曒(東麓), 참의공 諱 國柱, 諱 瑋 처사공(北麓) 순으로 지방을 갈아 붙이며 헌배를 올렸다. 다 마치고 마루에서 제수로 음복을 하면서 경모재의 내력에 대해 내가 아는 대로 설명을 했다.

대들보에 보니 1999년으로 되어 있으니 상량한 지 16년이 되는 셈인데 그때 맏집 경력공(절도사공 큰아들 諱 暉) 산 한 등을 4억 원에 팔고 각파의 헌금으로 상옥 회장이 주동이 되어 지었으며 봉분을 높이고 비를 새로 세웠다면서 우리 현령공파에서 일백만 원을 헌금한 사실도 얘기 했다.

신도비와 사적비, 헌금비, 그대로 보존되어 있는 구 재실을 둘러보고 신도비는 2품 이상의 품계가 있어야 세울 수 있다는 말도 했다. 오후 1시경 출발, 강정보 밑 경산 식당에서 메기 매운탕으로 오식을 하면서 내가 프린트해 간 '일기'와 '영광선영 답사 참배기'를 배포했다. 오식을 마치고 강정보 산책을 한 후 오후 3시경 출발, 대곡 집에 도착하니 오후 4시 20분이었다. 날씨도 비가 오고 그래서 그런지 예년에 비해 참례인원이 적었다. 평균 20명 내외였는데 부인까지 해도 차 좌석 반을 못 채웠다. 빈자리가 허전했다.

돌아오는 길에 청장년회 춘헌 총무가 성주묘사를 갈라 지내는 사유를 물어 확실한 것을 알아 다음 기회에 알려주겠다고 했다. 내가 알기로는 종재관계로 맏집 경력공(暉派)과 현령공(暾派) 간에 분쟁이 일어나 소송 단계까지 악화되어 경산 暾派에서 묘사까지 함께 할 수 없다고 하며 탈퇴, 4월 한식날에 별도로 성묘 제례를 올리기로 했다는 것까지는 아는데 더 상세한 것은 알아봐야겠다. 내가 상옥 일족에게 몇 번 화해무드를 조성키로 건의했으나 끝내 이루지 못해 유감이었다. 일족 간에 불미스러운 수치이다. 종재문제는 이미 소송으로 판결이 났으니 승복한 것이나 절도사공 묘사는 함께 올려야 할 텐데 너무 늦어진 것 같다. 한 번 받아야 할 묘제를 두 번 받으니 "절도공 할아버지는 좋겠네."라고 비꼬는 말에 쓴웃음이 나왔다. 상옥 일족이(倉泉) 나보다 한 살 위인데(庚午生) 소식 모른 지가 십수 년이 넘어 生死마저도 모르고 있다.

끝으로 한 가지 덧붙일 것은 태락 조카가 紙榜에 顯13代祖考 嘉善大夫 節度使公府君 之靈이라고 프린트한 之墓 紙榜을 고쳐

적은 것을 내가 잘못 봤는지 초헌을 한 후 언뜻 보니 그렇게 보여 나도 자신이 없어 돌아올 때까지 말을 못 하고 의심이 나서 한국 전교를 펴보니 之靈은 자식의 경우로 되어 있다. 만약 절도공 할아버지에게 神位를 써야 할 것을 之靈으로 初獻讀祝을 했다면 웃음거리 이전에 큰 不敬을 저지른 셈이다. 자식으로 대했으니…. 이에 대해 확실한 것을 알아봐 주기를 메일을 읽는 분에게 부탁드립니다. 내가 초헌을 올리는데 상의도 안 한 것을 볼 때 확신하에 한 것이겠지만 내 명의로 한다면 물어보는 것이 예의가 아닌가?

내가 귀가 어두워 또 실수했다.
유사의 발언 중에 발언했으니
돌아오는 차에서 사과했지만
똑똑하고 아는 척 내가 했던가.

나이 많고 항렬 높아 문장이라고
문장 값도 제대로 못 하는 愚聾
그 누가 말했던가 말을 했던가
나이 많아 늙게 되면 죽으라 했지.

위 7.5조 율시는 카페 이호걸 님 鵲巢日記를 읽고 모방한 것입니다.

제례를 마치고 마루에 둘러앉아 음복을 하며 笑談을 나누면서 경모재에 대한 내력을 얘기하고 싶었는데 기회가 없어 기다리다 못해 백파 유사의 말이 시작된 줄 모르고 말을 시작해서 무안을 당해 즉석에서 사과를 했고 돌아오는 차중에서 앞자리에 다가가서 미안하다고 거듭 사과했는데 유사의 항언이 귀에 남는다. 똑똑하고 아는 척 내가 했던가? 寒食에 대한 意味, 月建法에 대한 상식, 世와 代에 대한 이야기 등으로 차중의 무료를 풀어볼까 했으나 똑똑한 척, 아는 척한다고 할까 싶어 그만두었다.

2015년 4월 6일 節度使公 13世孫 用愈 記

무술년 산천재 묘제

　　고향 산천재 입향조를 위시한 墓祭 참석을 위해 대명동 집에서 7시 40분에 나섰다. 7시 50분에 649 버스를 타고 남부주차장에 도착하니 8시 20분이었다. 8시 40분에 939번 버스에 환승, 산천재 재실에 도착하니 9시 15분이었다. 염모당 참배를 하고 전기온돌로 알맞게 데워진 재실 큰방에 자리 잡고 모여드는 일족과 인사를 나누면서 환담을 나누었다.

　서울 구현 종군이 지난 9월 말 새로 맞이한 자부 내외를 데리고 와서 일족에게 인사를 시켰다. 훤칠한 신랑과 개명한 신부가 한 쌍의 원앙을 방불케 했다. 입향조 할아버지의 16대 종손이고 종부로 듬직하고 대견했다. 426년 전 임란 때 왜군의 京侵 길목인 성주에서 國變의 禍亂 중에 부형 양상의 家禍까지 겹쳐 천애 고아가 된, 이 갈 나이의 조카 남매와 같은 또래의 두 아들을 대동, 남부여대 정처 없는 피란길에 나설 때의 참상이 내 머리를 스쳤다.

風餐露宿 이곳 백양골 척박한 산골에 피란 보따리를 풀 때 그 처참하고 곤궁의 참상을 어찌 필설로 옮기겠는가. 큰길에서 倭兵의 눈에 띄지 않은 이곳 골짜기에 터 잡을 때 400년 후 오늘의 발전을 예견하셨는지? 입향조님 塋前에 俯伏하여 봉축을 올리면서 만감이 교차했다. 5백여 세대에 2천여 명의 후손이 번성하였고(1987년 11월 8일 종사관계 자료집에 의하면 직장공 직계 7개 파 413세대에 백파 127세대 합치면 540세대로 되어 있음) 오늘 16대의 종손 永權 내외의 의젓하고 아름다운 新婚 모습을 굽어보시면서 얼마나 흡족하고 기뻐하시겠냐고. 참배 제관이 약 50명으로 추정되었다. 초헌에 구현 종군, 아헌에 서면파의 유근 일족, 종헌에 작지파 덕근 일족이 각각 헌작과 일동의 합동 참배로 모두 마쳤다.

제수를 차리는 사이에 입향조님 산소 둘레석의 벌어진 틈새를 카메라에 담으며 함께 훼손, 변형된 봉분의 보수 여부를 살폈다. 이장한 지 13년이 되었다.(2005년 6월 26일 이장) 오늘날 시속의 변화로 제례문화가 많이 변하고 있다. 그러나 입향조님과 각 파 조님 등 先塋은 문화유산으로 영구히 보존, 관리하면서 종족의 뿌리 탐구에 本이 되어야 할 것이다.

입향조님 산소 참례를 마치고 시계를 보니 11시가 지나고 있었다. 각 파별로 묘사 절차가 나누어지면서 우리 후산파는 후산 동등 파조님 산소묘제와 망근장 선조님 산소를 성묘하고 재실로 돌아와 영모당에 안치된 17위의 선조님의 위패함을 열고 내가 초헌, 강락 삼종이 아헌, 탁근 일족이 종헌으로 모두 마치고 음복을 하면서 정담을 나누다가 오후 2시 강락 조카 차를 함께 타고 집에 도착하니 오후 3시 10분이었다.

2018년 11월 3일 입향조 10대손 용유 記

동곡산 바라보며 追記 10

　　동곡산 바라보며 추기 9를 쓴 지가 3년이 지났고 처음 쓴 글이 1997년도이니까 23년의 세월이 흘러갔습니다. 1997년 7월 26일 수필 「동곡산 바라보며」를 쓰고 동년 8월 20일 추기 1을, 이듬해인 1998년 6월 7일에 추기 2를, 동년 10월 26일 추기 3을, 동년 12월 22일 동지에 추기 4를, 6년 후인 2004년 8월 9일 추기 5를, 2005년 4월에 추기 6, 2005년 12월 22일 추기 7, 2010년 1월 17일 추기 8, 7년 후인 2017년 2월 5일 추기 9에 이어 아래와 같이 追記 10을 적습니다. 추기 9까지의 내용은 양이 많아 나의 USB에 저장해 놓았습니다.

　　이제 부동산 종재의 양성화를 완료하였고 상가 운영의 好調로 종사운영이 본 軌道에 올라 순조롭게 진행되고 있어 흐뭇합니다. 그리고 경산시에서 진행 중인 동산 일대의 근린공원(19만 평) 조성에 우리 종산(백천동 산 1-1)이 편입되어(3,642평) 현재 보상지가를 감정 중이라 합니다. 근린공원에 편입되는 종산은 428년 전(1592년) 임란 때 입향조님이 3대로 이어 살던 성주 冠洞에서 亂中에 부형양상을 당하고 고아가 된 조카 남매를 데리고 男負女戴 정처 없이 피난길에 올라 왜병의 길목을 피해 장고 산기슭에 고봉초당을 지어놓고 琴書로 隱居 정착한 곳입니다. 그 후 先塋을 모셔온 곳으로 일명 長鼓嶝(장고듬이)라 불리기도 했습니다. 산 모양이 장고같이 생겨 지어진 이름 같습니다. 잘록한 동산 고개를 중심으로 양쪽 봉우리가 長鼓의 양 북같이 미묘하게 생겼습니다. 그래서 이 산 기슭에 입향조님께서 지은 거처를 鼓峰草堂이라 命名한 것으로 압니다.

2009년도 도로편입 補償地價가 평당 253,000원으로 계산하면 921,426,000원이 되고 선바듸(후산 동편 舊 洞山) 낙찰가 평당 169만원으로 계산하면 61억 5천여만 원이 나옵니다. 올해 6월경 지가보상이 끝나면 착공하게 된다고 하는데 앞으로 근린공원이 조성되고 골프장이 구축되면 앞뒤 종상이 要地로 부상할 전망이 짙습니다. 경산의 四大 明堂(牙山蔣氏, 草溪鄭氏, 達城徐氏, 淸州韓氏 각 입향조 묘소) 중 택지개발로 편입되고 우리 입향조 산소를 모신 종산만 남았습니다.

앞으로 종산 입묘는 사설 묘지법 위법일 뿐 아니라 주택지로부터 500미터 이내 혐오 시설은 금지되어 있어 영모당 이용을 적극 권고합니다. 현재 영모당은 건립한 지 15년이 지났는데도 입당률이 18%에 불과합니다. 그 18%도 택지개발에 들어간 묘소와 합동묘제를 위해 산재되어 있는 묘소를 납골한 것으로 일반 이용은 미미합니다. 일반 납골당에 가려면 최하 5백만 원에서 최고 1천만 원이며 연 관리비가 5만 원이고 10년 限 갱신이랍니다.(팔공납골당 조회) 종중 영모당은 30만 원으로 15년이 지나면 갱신하게 되어 있습니다.(영모당 운영규정 2조 3항) 관리비도 없습니다. 나는 국가유공자로 영천 호국묘지에 갈 수 있으나 茶毘 후 영모당에 가기로 했습니다.

장학금의 기금을 마련하게 된 동기에 창천 조카의 공이 컸음을 치하합니다. 섬바듸 골프장 건에 대해서 여러 사연을 거치며 오늘에 이르게 된 것은 임원진 모두의 흔들림 없는 대처 덕분이며 특히 저당권 설정은 창전 감사의 機智가 아니면 허망한 寸劇에 불과했을 것입니다. 그들의 과욕에 휘말리지 않고 우리의 本位를 지키면서 장학의 기금을 마련했으니 이를 계기로 장학의 기금을 잘 살려 이어나간다면 역사적인 所得이 될 것이라 믿습니다.

섬바듸 장학기부금 5억에 백천동 종산 보상금 최저 9억 2천에서 최고 61억 5천의 중간치 35억 원이 나온다고 예상한다면 거액입니다. 이 돈에서 약 5억 원을 장학금에 보태어 10억 원 정도의 장학기금을 마련했으면 좋겠다는 생각을 해봤습니다. 그리고 장학기금과 영모당 기금은 특별 회계로 일반회계와 분리 운영하고 종사 운영비는 상가 수입금 범위 내에서 수지 예산을 편성, 운영키로 했으면 좋지 않을까 생각합니다.

참고로 7교 대동보 부록 편에 올려 있는 중앙종친회 장학제도를 보면 1990년 10월 29일에 기금 3억 원으로 재단법인 장학재단으로 설립(7교 대동보 부록 286쪽)하여 2017년 5월 현재 29억 5천만 원이 적립되었고 장학금으로 930여 명에게 17회에 걸쳐 9억 4천여만 원을 지불했다고 되어있습니다. 목표액 35억 원으로 매년 1억 원 이상의 장학금 지불 예산을 편성했습니다. 2018년 2월 21일 현재 토지 13억 5천3백6만 6천원에 건물 6억 3천3백만 원으로 부동산이 시가가 약 84억이라 적혀 있습니다.(홈페이지 장학회 정관 재산현황 참조) 설립한 지 30년 만에 장학목적을 수행하고도 기금증식을 이룩한 글을 봤습니다. 장학의 목적은 국가와 사회발전에 큰 역할을 할 수 있는 성적이 우수한 高, 大, 대학원생을 선발 기준으로 한다고 되어있습니다. 우리 산천재도 이를 기준 삼아 定款을 제정해서 운영을 하게 되면 이번 섬바듸 장학금 기부는 뜻밖의 종잣돈으로 종사에 큰 획을 끌게 된 역사적인 동기가 되었다고 생각합니다.

대은산 줄기 下端 人形山 生殖穴에 입향조님 유택을 모심으로 써 산소 아래 골짝에 삶의 터전을 잡기 시작, 집성촌을 이루어 살아왔습니다. 2005년 택지개발로 대대로 내려 살던 마을과 종 산 일부가 편입되어 后山中腹으로 이장을 했습니다. 원래 입향 조님 산소를 쓸 때 富者가 많이 난다는 현 이장 터와 자손이 많 이 난다는 이장 전 生殖穴 두 터 중 자손이 많이 난다는 이장 전 터를 결정, 오늘날 500여 세대에 2천여 명의 후손이 번성했습니 다. 이제 택지개발로 부자가 많이 난다는 배꼽 부위에 이장했으 므로 財運이 겹쳐 더욱 번성하리라 믿습니다.

나는 어릴 때 들도 좁고 물도 귀한 척박한 곳에 자리를 잡게 된 것을 불평했습니다. 그리고 동산고개를 넘나들면서 이 고개 만 없었다면 경산읍과 하나가 되어 10리 길이 넘는 압량학교까 지 안 가도 될 것을 하며 어린 마음에 원망도 했습니다. 그리고 척박한 곳에서 가난으로 고생을 안 해도 될 것이란 생각도 했습 니다. 또한 동산이란 이름이 경산 邑의 동쪽에 위치한 산이라서 붙여진 이름으로 여태껏 알았습니다. 그리고 마을 서편인데 왜 東山이라 하는가도 의문이었습니다. 그런데 이번 동산일대가 근 린공원으로 조성 결정된 후 공원의 뜻을 사전으로 찾아봤습니 다. 사전의 뜻은 공중의 보건, 후생, 오락을 위하여 만들어 놓은 '큰 동산'이라 했습니다. 그렇다면 이때까지 내가 생각했던 고 을 동쪽 東山이 아니라 공원 뜻을 품은 동산이라 생각을 하니 동 산의 語源에 묘한 신비를 느꼈습니다.

却說하고 우리 입향조님을 모신 유택이 백두산을 기점으로 백두대간이 한반도의 등뼈로 훑어 내려오다가 태백산에서 소백산맥으로 틀어져 대은산에 點指 우백호 坪山에 좌청룡 柏子山을 끼고 人形山에 穴을 잡아 멀리 팔공산 동봉을 案山으로 바라보며 바로 아래 아파트 숲과 望月山 嶝을 감싸 안고 왼편으로 20만 평의 동산의 近隣公園을 품게 되었으니 風水地理的으로 明堂의 吉地가 되었음을 自讚하고 싶습니다. 앞 종산 기슭에 상가가 조성되어 황금 알을 낳고 있으니 이 또한 金鷄抱卵의 吉地임이 분명합니다. 갈헌 선생의 巴谷田舍에 蜀의 파투와 巴陵의 現代版 名勝地가 되리라 믿습니다. 여기에 유계부군 산소를 모신 오동나무에 봉황이 깃든다는 금곡 동곡산과 개구리봉을 향해 龍蛇의 쟁탈을 노려보는 삼성의 獨山 무민공 산소 또한 우리 문중의 瑞氣 어린 先塋임을 더 높이고 싶습니다. 우리 후손들은 선조님께서 터 잡아 물려준 이 명당과 길지를 잘 보존, 관리하여 더욱 빛을 보는 聖地가 되기를 힘써야겠습니다. 아무리 좋은 터와 재산을 물려줘도 그 후손이 잘 보존하고 관리를 못 하면 허사가 되기 때문입니다. 덧붙여 2009년도 세 번째로 옮겨 세워놓은 國道邊 고봉초당유허비가 편입됨에 당국과 협의하여 공원 들머리 가장 눈에 잘 띄는 곳에 옮겨 세웠으면 좋겠습니다.

위 「동곡산 바라보며 追記 10」을 마무리하면서 되돌아봤습니다. 불미스러운 일이 있었으나 制度的인 未備로 인한 成長痛의

過程이라 自慰하고 싶습니다. 寬容하되 결코 잊어서는 안 될 교
훈이 되어야 할 것입니다. 뉘우침 없는 忘却은 再發의 因子가 됨
을 알아야 합니다. 이를 계기로 회칙제정과 운영위원회 구성으
로 투명성 있는 운영을 하게 되었습니다. 영모당 건립은 택지개
발로 편입된 선영과 散在되어 있는 선영을 한곳에 봉안케 했으
며 입향조님을 위시 각 파조님의 위패를 함께 모시고 수시로 拜
禮할 수 있게 했습니다. 유계문집 국역으로 유계부군의 憂國衷
情을 追慕하고 인터넷 족보 구축으로 流失과 毁損을 방지하고

입향조님 고봉초당 詩 와
유계부군의 南漢下城 詩의 액자 사진

개인적으로도 수시로 보완할 수 있으며 각자의 이름만 입력하면 언제 어디서나 열람할 수 있게 했습니다. 상가조성은 황금알을 낳는 吉地를 만들었습니다. 부동산의 양성화로 종재의 소유권을 온전히 확보했습니다. 청년회 新設은 종사운영에 활력을 불어넣었습니다. 여기에 장학재단을 설립하게 되면 바야흐로 탄탄한 기틀을 잡게 됩니다. 장학 기금의 활용으로 많은 인재가 배출되어 국가와 사회에 이바지하여 가문을 빛내게 되면 錦上添花가 될 것입니다. 두서없는 글을 맺습니다.

2020년 5월 초순 입향조 10代孫 學彦 用愈 씀

星州先塋寒食墓祭

　　　　　　　　지난 4일부터 꽃샘 비바람이 내리기 시작, 오늘 오전까지 3일간 뿌렸다.

　연례 종중 時祭 행사인 성주선영 한식묘제 참례하기 위해 집에서 8시 10분에 나섰다. 바람이 불고 날씨가 추웠다. 벗었던 내의를 겹쳐 입었는데도 추위를 느끼게 했다. 우산을 받쳐 들고 나섰다. 동아 쇼핑 앞 도착하니 8시 30분이었다. 9시 20분에 일행을 태운 관광버스가 도착, 예정시간보다 20분 늦게 도착했다. 연녹색 나뭇잎이 봄비에 촉촉이 젖으며 비안개 속에서 숨바꼭질을 했다. 성주 敬慕齋 재실 앞에 도착하니 오전 10시 20분. 대구에서 1시간이 걸렸다. 비가 와서 재실에서 합동제례를 올렸다. 참석인원은 남 祭官이 21명, 부인이 6명, 모두 27명이었다. 우천으로 재실에서 제례를 올리기는 이번까지 더해서 내가 경험한 바는 3번째다. 먼저 절도사공 양위의 제수를 진설하고 내가 초헌, 효근 회장이 아헌, 유근 부회장이 종헌으로 봉축 제례를 마치고 이어 15세 현령공 양위, 16세 참의공 양위, 17세 백파조 처사공 양위, 6위의 신위 지방을 전면 병풍에 부치고 합동제례를 올렸다. 모두 마치고 둘러앉아 음복을 하면서 담소를 나누었다. 경모재는 1999년에 구 재실이 오래되어 좁고 낡아 그대로 두고 옆에 새로 신축을 했으니 19년이 되는 셈이다. 맏집의 (暉의 璡派) 선산 한등을 판 돈과(4억 5천만 원) 찬조금으로 재실을 신축하고 長燈 산소 묘역 정비 및 수비 등을 한 것으로 기억된다. 그때 우리 직장공 종중에서 1백만 원을 찬조했다. 19년 전 준공식에 참석한 희미한 기억이 되살아난다. 강산이 두 번 변하는 세월이 흘러갔다. 神道碑와 재실경관을 둘러보고 東麓 현령공 산소와 北麓 참의공, 백파조 처사공 등 6위의 새로 단장한 산소를 둘러보고 나니 오후 1시가 지나고 있었다. 산소 보수 뒷마무리를 빨리 서둘러야겠다는 생각이 들었다. 묘역 확장으로 어질러진 벌목 더미 등이 혹시나 티가 될지 모르니.

상식 유사 말로는 묘사 떡에 애들이 불만을 품고 상석을 훼손했다는 어처구니없는 말을 들었다. 참의공 봉분 위에 틈샘 줄이 뻗쳐 있었다.

현장답사와 성묘를 마치고 돌아오는 길에 강창 경산식당에서 메기탕으로 오식을 하고 상식 유사로부터 선영 보수에 대한 설명을 듣고 병구 유사로부터 성주 선영 9필지의 등기사항 증명서와 경산 평산의 토지대장 등본 및 지적도 등기사항 증명서를 받았다. 오후 날씨는 활짝 개어 겹쳐 입은 옷이 짐이 되었다. 집에 돌아오니 오후 3시였다. 다시 내년 한식날 성묘를 할 수 있을는지?

오늘 하루 일정에 억지 행복을 자찬하며 일기에 적은 글을 옮겼다.

2018년 4월 6일

후산파 홍의종중 정기총회 나들이

지금 시간 2018년 2월 26일 4시 15분,

어제 후산파 정기총회 나들이로 울산대공원 장미축제와 경주 양북면 문무대왕암 관광을 다녀왔다. 4시 50분에 일어나 온수샤워를 하고 미역국에 간단한 아침식사를 한 후 집에서 7시 20분에 나섰다. 현충로 버스정류장에서 7시 30분에 649번 버스를 타고 남부주차장에 도착하니 8시 5분, 만촌2동 주민센터 앞에 이르니 8시 10분이었다. 서울에 종제 내외가 벌써 와서 기다리고 있었다. 버스정류소 벤치에 앉아 반가운 정담을 나누었다. 어제 내려와 도 서방네 집에서 자고 왔다고 했다. 8시 30분에 경산에서 출발한 관광버스가 도착하여 합승, 가다가 도 서방네를 태우고 평사리 휴게소를 거쳐(9시 20분) 가는 차중에서 (9시 30분 ~10시) 윤근 유사의 사회로 총회를 시작했다. 참석인원은 모두

27명으로

딸 내가 3명이었다. 회장 인사에 이어 내가 격려사를 했다.(별
첨) 그리고 행사안내와 2017년 종무보고, 결산보고, 감사보고,
2018년 종사운영계획으로 파조님 묘역 정비를 하기로 했다. 이
어 임원개선으로 회장에 윤근, 부회장에 성호, 총무에 양근을 선
임했다. 강락 회장이 14년간 회장을 역임하면서 공로가 너무 많
았다. 새로 선임된 임원진을 돕기 위해 익숙할 때까지 감사를 맡
아 후견 겸 돌보기를 自任함으로써 종사를 위한 처신이 더욱 돋
보였다. 울산대공원에 도착하니 11시 20분이었다. 예정시간보
다 50분이 늦은 셈이다. 12시 30분까지 1시간 10분 동안 장미축
제 공원을 돌면서 관람을 했다. 안내장 소개에 265종 5만 7천여
본이라 소개된 장미 군락은 개화율이 80~90%로 관람의 적기로
환상적인 풍경이었다. 아름다운 장미를 카메라에 담으며 끼리
끼리 기념사진도 찍고 꽃마다 다른 모양과 향기를 함빡 들이마
시며 그 향기를 담아 올 수 없음이 아쉬웠다. 울산 대공원은 SK
에서 조성해 (1,118,000평) 울산에 무상기부했다는 신문기사를
봤다. 그 방대한 공원조성은 입을 벌리게 했다. 장미공원은 그
공원 내 일부로 13,600평이란다. 한 바퀴 돌아보는 중에 어느덧
정한 시간이 되어 아쉬움을 남기고 돌아와 버스를 타고 12시 40
분에 출발, 울산 정자동 횟집에 도착하니 오후 1시 30분이었다.
식당까지 50분간 눈부시게 발전한 울산시가지와 풍경을 차창으
로 바라보며 드라이브를 즐겼다. 주위에 해산물 도매시장이 있

고 바로 맞은편에 정자항이 있어 횟집 군락으로 적지였다. 각 층마다 손님들로 붐볐다. 자리를 잡고 3~4가지 생회를 접시 가득 시켰는데 한 식탁에 4인분, 한 접시에 6만원이라 했다. 나는 회를 좋아해서 얼마나 맛있게 먹었는지 얼큰한 매운탕과 밥이 들어갈 틈이 없어 몇 술만 들고 말았다. 오식을 마치고 시계를 보니 오후 2시가 지나고 있었다. 맞은편 정자항을 배경삼아 기념사진을 찍고 경주 양북면 앞바다 문무대왕릉을 향해 달렸다. 대왕릉에 모여든 갈매기의 群舞와 밀려오는 파도에 천여 년 호국의 전설이 담긴 대왕암을 카메라 조리개를 조정하면서 관망을 했다. 신라 30대 문무대왕이 삼국통일 후 외침을 막기 위해 자신을 화장, 앞바다에 뿌려주면 용이 되어 나라를 지키겠다는 유언에 따라 그 자리에 큰 배같이 길쭉하게 생긴 바위를 대왕바위로 이름 짓게 되었다는 歷傳이다. 밀려왔다 밀려가는 파도 속에 億劫의 세월을 연상하면서 바닷물에 발을 적시며 해변을 걷기도 하고 조약돌도 만지고 모래알을 헤며 자갈밭에 둘러 앉아 소주잔을 주고받는 여유의 閑寂에 젖기도 했다. 어느덧 시간은 흘러 시계바늘이 오후 4시를 훌쩍 넘어 서둘러 돌아가는 버스에 몸을 실었다. 새로 부회장으로 선임된 성호 조카의 유머와 재치 있는 사회로 돌아오는 차중도 즐거웠다. 돌아가며 간단한 자기 소개도 하고 신임 윤근 회장의 권에 노래 한 곡을 부르기도 했다. 나에게 소주잔을 권하면서 "기대에 어긋나지 않게 열심히 하겠습니다."라는 그의 충심이 새삼 미더웠다. 경산휴게소에서 남은 음식으로 정담을 나누는 자리를 만들어 오늘 하루 우리 후산파 나들이 피날레를 울리고 남부 주차장에서 649번을 타고 집에 도착하니 저녁 8시 40분이었다. 건강상 단체 행사에 累가 될까 봐 자제를 했었는데 회장의 권에 나의 마지막 종사 나들이로 생각하고 용기를 내어 참가를 했는데 참 잘 했다고 여기게 했다. 평소 고랑고랑하던 몸의 컨디션이 오늘따라 생기가 돌아 즐거운 하루가 된 것은 파조님과 선조님의 보살핌이라고 감사하게 생각하며 일기에 적은 글을 옮겨 실었다. 그리고 집행부에서 정성 들여 푸짐하게 준비했는데 참가인원이 적어 한차 가득 채우지 못했음이 아쉬웠다. 지금 시간 새벽 7시 반. 3시간 반 동안 초고에 매달리고 나니 눈이 침침하다. 아내의 아침식사 재촉에 창을 닫았다.

2018년 5월 26일 파조님 7대손 **學彦 用愈 記**

癸巳年 星州先塋墓祭

　　　　　　　오늘은 천명 한식에 식목일로서 연례행사인
성주 선영 한식 성묘 겸 묘제에 참례하기 위해 집에서 7시 40분
에 출발을 했다. 동아백화점 앞에 도착하니 8시 40분이었다. 9시
10분에 대절한 봉고차가 와서 함께 타고 출발하여 성주 벽진면
가암리 운곡 선영에 도착하니 10시 10분이었다.

　　참석인원은 모두 21명(백파 9명, 종파 1명, 후산파 5명, 율산
파 3명, 노곡파 1명, 서면파 2명)이었다. 지난해는 19명으로 예
년에 비해 참석률이 좋았다. 14대 병마절도사공 양위 상석에 제
수 진설을 하고 10시 30분부터 묘제가 시작되었다.

　　내가 연장자라고 권해 초헌을 했다. 참배를 마치고 산신제를
지내고 건너편 동록 15대 현령공 산소로 갔다. 3년 전인 2010년
도 무단 남벌로 다시 심은 잣나무 100본 중 5본이 고사되어 있었

다. 그리고 아래쪽 기슭에 황토 흙 파간 자리를 발견했다. 지난 해 지적을 하고 경고 팻말을 세우도록 양 유사에게 당부를 했는데 그대로였다. 백파 유사에게 현장을 가보라고 확인을 시키고 꼭 경고문을 세우도록 촉구했다. 지난해도 그랬고 올해도 내가 직접 가서 발견을 하고 유사에게 당부를 했으나 누구 하나 관심도 없었고 유사마저 내가 얘기 안 했으면 그대로 넘어 갈 뻔했다. 성묘 묘제를 뭐 하려고 하는지 안타까웠다.

현령공 양위분의 참배를 마치고 절도공 큰 산소 北麓 16대 형조참의 諱 國柱 양위 합조 참배에 이어 바로 아래 傍祖 17대 諱 瑋 백파 파조님의 상하 양위 묘 참배를 끝으로 모두 마치고 묘전에 둘러앉아 음복과 종사에 대한 얘기를 나누다가 하산해서 가암리 475 종답 참외 비닐하우스를 둘러봤다. 약 1,300평으로 오래 전에는 여기에서 받는 수입금으로 종비를 충당했었는데 지금은 관리인이 그냥 부치고 산소 벌초와 제수 차리는 것이 고작이라 했다.

오후 1시 30분에 출발, 돌아오는 길에 강정보 아래 경산식당에서 메기탕으로 오식을 하고 오후 3시에 출발, 집에 돌아오니 오후 4시 반이었다. 그리고 한 가지 덧붙일 것은 절도사공 배위 京山李氏의 품계가 파보에는 淑夫人으로 되어 있는데 병마절도사는 종2품으로 배위는 貞夫人이어야 하고(비문과 묘비에는 정부인으로 되어 있음) 또한 15대 현령공 배위가 파보와 인터넷 족보에 淑人으로 되어 있는데 현령은 종 5품으로 배위는 恭人이어

야 하는데 파보의 오식임을 알게 되었다. 이번 대동보 책자 발간
에 바로 올려야 하겠으며 인터넷 족보도 함께 수정했으면 좋겠
습니다.

2013년 4월 한식날

종중 이사회 회의록을 읽고

　　　　　　　　　　며칠 전 태락 대구 경북 종친회장으로부터 메일로 온 12世 청성군 종중(諱 承舜)의 이사회 동영상과 회의록을 보고 느낀 바 소감을 아래와 같이 적어봤습니다.

　회의록에 청성군 종중의 운영 관리에 定款도 會則도 없이 안양공파에서 임의 운영해 왔음이 드러난 것으로 되어있네요. 연간 수입이 3천만 원 보증금에 월 26만원(공장), 1천만 원 보증금에 월 25만원, 그리고 대지 월 25만원으로 현금이 월 76만원(연 912만 원), 곡수 임대 쌀이 연 20 가마니에 모역 등 임야가 15,560평이며 그 외 위토답 등이 청성군 종중 종재로 등재되어 있음을 처음 알았습니다. 그런데 이번 이사회에서 논쟁 끝에 기존의 안양공파에서 양보를 하여 절제공파 珏求 일족이 회장으로 선임되어 임원진이 일신된 것 같습니다. 이때까지 관리해온 데 대한 사례는 못할망정 분란이 일어났다니 이해가 안 갑니다. 制度的 無裝置로 雜墳化된 桐谷先山이 겹칩니다. 그리고 理事가 19명 고문 원로가 9명, 모두 28명으로 운영 理事陣을 구성한 것으로 되어 있군요.

임원진 구성 전에 정관이나 회칙부터 먼저 정비하고(있었다면 재정비) 그 정관 또는 회칙에 의한 임원진 개편이 순서가 아닌가 생각 듭니다. 메일에 보면 회의 진행이 엉망진창이 되고 결국 안양공파에서 양보를 하여 절제공파 珏求(충북도의회의장?) 일족이 회장을 맡게 되었다고 했습니다. 그리고 청성군 산하에는 瑞龍, 瑞鳳, 瑞龜 삼형제가 있는데 이사진 명단을 보니 瑞龍 부군 산하 5개 파에서 13명(찬성공 3명, 안양공파 3명, 절제공 6명, 절도공 1명, (태락) 正郞公派(諱 瑞鳳) 6명으로 되어있네요. 僉知公派(千孫)와 襄夷公(瑞龜) 派는 理事가 없네요? 원로 회장단 등 9명으로 모두 28명의 이사진을 구성했네요.

나는 이 메일을 보고 안양공파에 대하여 인터넷 족보 검색을 해봤습니다. 우리 한문이 가장 융성했던 때가 14세의 충성공(명회)파 시대이고 우리 충간공파에서는 12세 청성군, 13대 서룡 부군, 그 아래 5형제 登科에 그 5형제 중 안양공파에서 韓末, 고종 때 29世 圭稷 어영대장, 圭崙 참정대신의 형제가 최근 우리 한문의 마지막 영달이 아닌가 여깁니다. 그래서 그 후손으로 34世까지 이어감을 봤으며 아흔 아홉 칸의

규설 대신 저택이 문화재로 보존되고 있음도 동영상으로 봤습

니다. 29세 圭尙 대신은 을사보호조약 때 辭職으로 한사 반대를 했고 일제가 주는 작위도 거절한 우리 한문의 자랑일 뿐 아니라 역사적 인물입니다.

아마 그 그늘로 종사를 오랫동안 장악 안 했나 생각도 해봅니다. 그리고 안양군 묘소가 청성군 묘역에 있어 벌초 시제 등 관리를 주도하게 된 영향도 있지 않았나 생각 됩니다. 아무튼 새로운 임원진이 구성되었으니 종파나 개인의 이해관계를 떠나서 진심으로 선조님을 받드는 계기가 되었으면 좋겠습니다.

아래 사진은 2017년 4월 1일 파주 청성군 묘소 참배 시 찍은 사진입니다.

淸城府君과 吏判府君(瑞龍)의 墓域 補修를 하고 세운 비석인데 5개 종파에서 세웠다고 새겨져 있네요. 그런데 그 아래 지운 흔적이 보이지요. 특정파의 개인 명의를 銘記한 것을 지운 것이 아닌가 짐작이 되는데 그 때부터 종사운영에 알력이 있지 않았나 짐작이 갑니다. 참고 바랍니다.

2019년 10월28일 淸城府君의 15代孫 用愈 拙見

2017년 직장공 종중 정기총회를 다녀와서

　　　　　　　　어제 2월 24일 2017년도 산천재 정기총회에 다녀온 소감을 아래와 같이 적어봅니다. 산천재 총회는 선대로 부터 줄곧 당해 동짓날로 시행해 왔는데 회계연도, 혹한기, 참가 인원의 편의, 새해 상견례(세배) 등 이유로 재작년부터 음력 설 연휴 다음 토요일로 회칙을 개정하여 올해 세 번째 참가를 하게 되었습니다. 10시 정각에 구현 종군이 獻酌으로 재실, 대청에서 일동이 영모당에 배례를 올린 후 함께 세배교례를 했습니다. 구 현 종군이 서울에서 올해도 빠짐없이 참석해 주어서 감사했습 니다. 소현 사무국장의 사회로 회의를 시작했습니다. 회순에 의 하여 회장인사와 백파의 상식 유사의 현령공(15世 曍) 종중 수 입 및 지출결산보고가 있었고(총재산 20,038,261원) 현령공 산 소 보수비 견적에 대한 토의에 이어 직장공 종중의 2017년도 종무보고, 산천재 양성화 완료보고, 결산에 대한 감사보고, 심의 안건으로 2017년도 수입지출 결산보고 및 승인, 2018년도 수입지출 예산안의 심의 등을 거쳐 청년회의 결산보고가 있었고 임원개선으로 현 임원진을 유임키로 했습니다. 기타 토의사항으로 제가 갈헌문집 번역에 대한 발의를 다음과 같이 한 후 폐회를 했습니다.

葛軒漢詩選과 葛軒文集 原本 독후감을 각각 28부씩 프린트한 것을 참석한 회원에게 배포하고 갈헌문집 원본 번역을 탁근 長孫이 계획하고 있는데 협조하자는 얘기를 했습니다. 갈헌문집 원본은 3권으로 되어있는데 몇 번이나 읽어도 해득하기가 너무 어려워 모두가 쉽게 알 수 있도록 번역을 해야겠다는 생각을 절실히 느껴 제가 發議를 하게 된 것입니다. 유계집이 원본 59쪽에 번역료가 4백만 원(이중 양 박사 번역료 700만 원 제외)에 인쇄비 600만 원으로 1천만 원이 들었는데 갈헌문집 원본은 3권으로 모두 212쪽이 됩니다. 유계집의 약 3.6배가 되니 번역료나 인쇄비가 상당하리라 짐작됩니다. 탁근 일족이 자기 힘으로 하겠다고 하지만 이 문집은 탁근 개인의 家寶인 동시에 우리문중이 보존해야 될 寶册입니다. 모두가 읽고 본받아야 할 귀한 책이기에 관심을 가지고 함께 협찬했으면 좋겠다는 얘기를 했습니다. 갈헌선생의 哲學과 詩經 등 古典을 인용한 深奧한 글에다가 日帝의 査察 筆禍 등을 參酌한 隱喩的인 語彙는 단순한 字句 풀이로는 전체 文脈을 해득하는 데 어려움이 많아 번역에 힘이 들 것입니다.

　현재 직장공 종중의 부동산(대지, 답, 임야, 상가 등)이 공시지가 상승으로 66억 2백여만 원이며 상가조성 등 고정수입이 8천여만 원에 지난해는 지출이 파보대금, 산천재 전출금 등 제외한 고정지출이 약 6천2백만 원(산천재 3천1백여만 원+상가임대 3천1백여만 원)으로(산천재양성화 6백만 원 포함) 현재 은행 예금액이 4천칠십만 원이란 결산을 봤습니다. 금년도 예산안 고정지출이 약 6천만 원(예비비, 기타 포함)인데 올해부터는 특별한 이변이 없는 한 약 3천만 원 내외의 흑자를 낼 수 있지 않겠나? 라고 나름대로 계산해 봤습니다.

　이외에 전출해야 할 돈 영모당 기금이 6천2백여만 원이 있는데 주머닛돈, 쌈짓돈이라지만 영모당은 1,046기로 2억 1천5백만 원(본 공사비 1억 6천만 원, 옹벽공사비 4천5백만 원, 1천만 원)을 들여 2004년 12월에 건립했는데 현재 187기가 입당되어 입당비율이 17.7%에 불과합니다. 영모당 회계는 산천재 회계와 분리 관리하기로 회칙개정을 했습니다. 부득이한 사정으로 전용했다면 자금 사정이 풀리면 원상 복귀해야 할 것으로 생각합니다. 영모당 분리 회계는 제가 주장을 해서 개정한 것입니다. 처음에 영모당을 건립할 때 여러 가지 논란이 있었습니다.

嫌惡施設이란 이유로 반대하는 사람이 있었고 심지어는 이전을 주장하는 분도 있었습니다. 이장 장소, 건립비 등을 생각해 보고 하는 소리인지 무조건 嫌惡시설로 대책 없는 반대를 했습니다. 안타까웠습니다. 그리고 自讚이 될지 모르지만 제가 수상록 100권 기증 격려금으로 받은 100만 원을 영모당 기금으로 기부를 했습니다. 그래서 영모당에 더 애착을 가지게 되었습니다.(별지 영모당 건립기 및 건립경위 참조)

영모당 기금 회계를 독립채산으로 하자는 것은 당초 계획한 건립비를 넘게 된 투입 금(당초 건립 예산액 1억 6천만 원)을 뽑자는 것입니다. 현재 기당 30만 원이면 717기만 입당하게 되면 (68%) 투입금을 건지게 됩니다. 지금 인터넷으로 검색해 보면 일반 납골당 입당비가 팔공 도림사 기준 기당 최저 200만 원에서 최고 600만 원까지입니다. 그 외 관리비가 5년마다 25만 원이라 하니 종중 행사 때마다 참배를 올리고 종중의 성역으로 모시는데 앞으로 이용자가 많아질 것이며 또한 입당을 원하는 자가 더 해질 것으로 짐작합니다. 저도 참전 국가 유공자로서再豎碑費립 호국원에 갈 수 있지만 이곳 영모당으로 해달라고 아이들에게 미리 얘기해 놓았습니다. 그래서 영모당 회계를 분리 채산으로 예견의 타당성 여부를 점검하고자 하는 것입니다.

거듭되는 중언이지만 처음 상가 조성 시 여러 가지 우려도 없지 않았으나 10여억 원을 투자하여 현재 3개동으로부터 연 수입이 7천2백만 원이니 임대비 징수에 다소 애로가 있으나 저금리 시대에 은행이자보다 4배 넘는 이득을 보고 있어 앞으로 계속 운영이 잘될 경우 자산 가치 상승을 빼고도 적절한 투자였다고 거듭 생각했습니다. 참석인원은 34명으로(지난해 36명) 회의를 마치고 임대상가 콩누리 식당으로 가서 닭고기탕으로 오식을 나누며 환담을 한 후 돌아왔습니다.

제가 종사에 참여한 지가 그럭저럭 약 30여 년이 지난 것 같습니다.

은퇴 후 그동안 직장생활로 소홀했던 종사에 미력이나마 봉사하기 위해 10여 년간 후산파 회장을 맡아보면서 명의신탁을 악용, 종산 사유권을 주장하는 일족으로부터 민사소송으로 종산 확인 승소를 받았으며 그 과정에 형사사건으로 피소되어 수모를 당한 바도 있고 Y씨의 종전 사취에 대한 형사고소로 대구지검에 불려가 대질신문까지 받기도 했습니다. 한편 영모당 건립, 인터넷족보 구축, 유계부군 문집번역 등에도 함께하게 되어 보람을 느끼기도 했습니다. 특히 이제 종사 일선에서 물러나 고문으로서 문장으로 추대되어 세의까지 받으니 무엇보다 영광이며 행복합니다.

이번 총회에도 지난해와 같이 정밀한 총회책자를 받아보고 역시 잘하고 있구나 하는 생각에 흡족했습니다. 이제 회칙제정, 산천재 양성화 부동산 종중명의 등기 등 누가 맡아도 일목요연하게 잘 정비되어 종사운영의 기틀을 확립하게 되어 그동안 수고하신 회장을 비롯하여 특히 사무국장과 강락감사에게 다시 한번 진심으로 치하합니다. "나이는 숫자에 불과하다"라는 말도 있고 "가는 세월에 장사 없다"는 속담도 있는데 이제 귀도 어둡고 날로 총기도 둔해져 숙연해집니다. 자연의 섭리로 긍정적으로 받아들이며 삶이 완성되는 마지막 순간까지 감사하게 살기를 다짐합니다.

여러분 새해 복 많이 받으시고 더욱 건강하시기를 빕니다. 감사합니다.

2018년 2월 25일 입향조 10대손 용유 씀

※ 위 글 중에서 제가 잘못 알고 있는 것이나 誤記가 있으면 수정과 질정을 바랍니다. 특히 회계 관계는 추정이므로 틀린 것이 있으리라 생각합니다.

인터넷족보 편찬 수단작업을 마치고

       청주 한씨 제7교 인터넷 한글 대동족보 구축 사업이 2004년 4월 17일 중앙 종친회에서 발의 시작되어 1차 개통이 2005년 2월 7일 되었고 이번 6월 30일자로 마감된 11차 구축에 우리 산천재 문중이 참여하게 되어 9월경 개통된다고 합니다. 시작한 지 6년이 흘러 그동안 대부분의 파에서는 완성을 하였고 우리 문중에서도 구상을 했으나 차일피일 기회를 잡지 못하고 미루어 오던 중 지난해 산천재 동지 총회 때 발의되어 절도 공파 전체 참여는 못 하더라도 백파를 제외한 우리 산천재 입향조 직장공 산하만이라도 구축에 참여키로 결의되어 지난 2월 11일 운영위원회서 각 7개 파별로 추진 위원회를 편성, 제가 추진 위원장을 맡게 되어 작업을 시작하게 되었습니다. 다행히 강락 감사가 세무회계사로서 전산 업무에 밝고 소현 사무국장이 컴퓨터를 다루는 데 익숙하며 저 또한 관심이 많아서 쉽게 의기투합되어 회장 이하 각파 운영위원의 적극적인 협조로 계획한 기한 내인 지난 6월 말 각파에서 수합한 수단자료를 추진본부에서 교열 점검하고 우선 전체 수단비 17,830,000원을 중앙종친회에 송금 접수시키고 수단 자료는 일괄 추진본부에서 다시 교열 점검하여 추후 송달을 했습니다. 추진위원장을 맡았지만 실무에 도움을 주지 못했고 각파 수단위원이 수고 많았으며 특히 강락 감사와 소현 사무국장의 노고가 많았습니다. 그나마 마무리 교열 작업을 함께 거들게 되어 체면유지가 되었는지 모르겠습니다.

돌이켜보건대 인터넷 족보 수단 자료 수집에 여러 가지 어려운 고비와 애로가 많았습니다. 지난 3월 15일 효근 회장과 소현 사무국장, 병수위원, 구현 종군, 저 5명이 서울 중앙종친회를 방문, 규화 도유사와 갑수 회장을 면담하고 인터넷 족보구축에 대한 여러 가지 질의를 했습니다. 20世 이하 이미 6교 대동보에 등재되어 있고 변동사항이 없는 것까지도 수단비를 부담해야 된다는 데 대해 이의를 제기했으나 중앙 종친회에서 직접 하는 것이 아니고 전문 업자에게 위탁처리하기 때문에 중앙종친회의 재정상 20世 이하는 변동 유무를 막론하고 수단비를 신청자가 부담해야 한다며 다른 파 에서는 이미 중앙종친회 방침에 따르고 있어 실행여부에 대해 갈등이 많았으나 모처럼의 대사 발의를 무산할 수 없어 강행키로 했습니다.

　다행히 선조님의 은혜로 종산 편입 보상금 등 각파에 기금이
있어 19世 이상 입향조님까지의 변동사항 11건의 수단비
110,000원만 산천재 종비로 하고 20世 이하는 각 파별로 수익자
부담원칙에 따라 개별 수단비는 각자 부담하고 그 외는 각파 종
비로 부담키로 했습니다. 그리하여 종파가 503건에 5,036,000
원, 서면파 17건에 170,000원, 작지파 37건에 370,000원, 율산파
706건에 7,060,000원, 후산파 482건에 4,820,000원, 노곡파 27건
에 270,000원으로 산천재 11건에 110,000원까지 합해서 모두
1,783건에 17,830,000원을 집계, 중앙 종친회에 6월 28일 송금해
서 우선 접수 신청을 하고 수단 자료는 다시 정밀 교열을 거쳐
후송을 했습니다.

　이번 인터넷 족보 수단작업에 직장공 산하 7개 파 중 동호파
가 빠져 일족 모두 참여 못 한 것이 아쉬웠습니다. 그리고 서면
파에서는 개별적으로 신청한 것이 있어 인원 비례 신청이 적었
습니다. 일부에서는 개인정보 유출 등으로 거부반응이 있었고
한편 인터넷 문화의 소원(疏遠), 다문화 시대의 혈족관념의 희
박 등으로 냉소적인 시각으로 비협조적인 분도 있어 수단 자료
수집, 작성에 많은 애로가 있었습니다마는 처음 계획한 대로 마
감 기한 내에 마무리하게 되어 추진위원 여러분의 노고에 致謝

를 드리며 중앙종친회의 마지막 기한을 놓치지 않게 된 것을 다행으로 생각합니다.

마무리 교열을 하면서 전산처리로 말끔하게 처리한 파도 있었으나 육필로 한 것은 보완 수정의 흔적으로 매끄럽지 못한 곳이 있었으며 또 학력은 대졸 이상, 공직은 사무관 이상, 기업체는 이사 이상으로 본인의 원에 따라 기재키로 했는데 그냥 대졸이라고만 쓰고 학교명과 전공을 기재하지 않은 것도 있고 경력사항도 과장(誇張), 과소(過小) 또는 누락된 것이 있었고 자기 직계의 묘소 坐向 移葬 날짜 등을 몰라 족보를 뒤적이고 일일이 전화로 문의, 확인하는 데 힘이 들기도 했습니다. 홍보 부족 탓인지 인터넷 족보가 무엇인지 모르는 분이 대다수였습니다. 그래서 전화를 걸어 설명하느라 애를 먹기도 했습니다.

내가 어릴 때 先考께서 책자로 된 보책(譜冊) 외에 콩기름에 절인 휴대용 가첩(家牒)을 의관(衣冠)보관함에 넣어 놓고 유사시 지출 1호로 소중히 보관한 것을 눈여겨본 바 있으며 족보가 없으면 동성이라도 일족으로 인정을 받지 못했습니다. 그만치 소중했던 족보 관념이 시대의 변천에 따라 시각이 많이 달라졌으나 개도 명견(名犬)은 족보가 있는데 하물며 만물의 영장인 인간이 그 뿌리를 모른대서야 말이 되겠습니까. 더욱이 삼한 갑족으로 자랑하는 가문의 후손으로서 말입니다. 우리는 선조의 홀

류했던 유덕을 이어받아 후손에게 부끄럽지 않은 삶을 살아야 겠다는 각성을 했습니다.

얼마 전 저의 큰애 고등학교 친구가 모 대학 교수로 있다면서 같은 韓家로 종씨인데 일사 후퇴 시 솔군 월남하여 부친은 돌아 가시고 이제 자기의 뿌리를 찾고 싶은데 족보가 없으니 어떻게 하면 좋겠느냐고 나에게 물었으나 중앙종친회에 알아보라고만 대답하고 시원한 답변을 못 한 것이 아쉬웠습니다. 또 한 가지는 한병희라는 일족이 중조부 때인 일제 시대 경산군 남산면 연하 동에 살다가 중국으로 이민을 가서 중국에서 출생하여 다시 고 국으로 돌아와 현재 경기도 안산에서 사는데 족보는 잃어버렸 고 뿌리를 찾고 싶다고 제적등본과 호적등본을 첨부, 중앙종친 회에 청원을 했으나 중앙종친회에서도 찾을 수 없었습니다. 이 민 전 거주지가 이곳 경산이라 도움을 주라는 중앙종친회 도유 사의 이첩에 의하여 그의 중조부의 족보 명이 應良(호적명 而 錫)이라 제적등본에 기재되어 있어 파보를 몇 번이나 뒤적이고 인터넷으로 찾아보았으나 결국 찾지 못한 사실이 있었습니다.

위 두 가지 예를 들었습니다마는 자손이 못나고 또 어렵게 살 다 보면 족보고 뭐고 무슨 소용이 있느냐고 自暴自棄 할는지 모 르지만 興亡이 有數라 후손 중 위와 같이 뿌리를 찾겠다고 할 때 족보가 없어 애타는 경우를 생각한다면 종비를 보태면서 수단

신청서까지 작성해주는데도 비협조적이고 심지어는 거부까지 하는 일족에 환멸을 느끼기도 했습니다. 종교, 다문화 등 이질적인 면을 떠나서 생명체의 본성인 자신의 뿌리를 앎으로써 삶의 존재가치가 있음을 인터넷 족보 수단 자료 수집을 마무리하면서 거듭 깨닫게 되었으며 때늦은 감은 있으나 그래도 지식정보화 시대에 적응할 수 있는 전산문화에 동참해 알기 쉽고 언제 어디서나 자기 이름만 입력하면(동명이인이 있을 경우는 아버지 이름 삽입) 파를 몰라도 계보와 자신의 가족 狀況 그리고 선대의 산소와 내력을 검색할 수 있어 분실 도난의 우려도 없는 편리한 새 시대의 한글 인터넷 족보 구축에 참여하게 된 것을 다행으로 생각했으며 미력이나마 후손에게 보람된 일을 했다는 자부심에 가슴 뿌듯한 희열을 느꼈습니다. 협조해 주신 여러 분에게 거듭 감사드리면서 경과보고를 드립니다. 감사합니다.

2010년 7월 5일

청주 한씨 절도공파 직장공 종중

제7교 인터넷족보 구축 추진위원장 用愈 씀

時享에 대한 鄕愁와 종사의 이모저모

내 어릴 때 묘샷날은 설, 추석 명절 다음으로 기다려지는 즐거운 날이기도 했다. 묘답을 부치는 집에서는 며칠 전부터 묘사 떡과 제수를 장만하느라 분주했다. 내가 나고 자란 집이 큰산소와 파조님 산소 바로 밑에 있어서 묘샷날은 아침 일찍부터 아버님 따라 산소를 오르기도 하고 묘사를 마치고 나면 유사가 각처에서 들어온 제수를 점검하고 참례 못 한 어른들에게 드릴 봉개를 먼저 만들고 나머지 제수는 세분해서 참석 제관에게 돌리고 묘사 떡 얻으려 모인 아이들에게 골고루 나눠주었다. 한 몫이라도 더 얻기 위해 어린애를 업고 온 아이도 있었다. 이런 낭만적인 어린 시절의 풍습은 없어진 지 오래다. 이제 묘사 떡을 줘도 아이들은 햄버거나 치킨에 눈을 돌리고 반기지 않는다.

군에서 제대한 후 이어 직장생활로 객지를 전전하다 보니 묘사 참례도 제대로 못 했었다. 군대 생활 3년, 공직 30년, 약품상사 3년, 건설회사 8년 등 40여 년의 긴 여정을 마치고 돌아온 탕아처럼 늦게야 종사에 대한 관심을 갖게 되었다. 택지개발로 고향 마을과 큰산소 그리고 파조님 산소 등 종산일부가 택지 조성에 들어가게 되었고 이로 인한 명의신탁자의 소유권 주장으로 일가 간 소송 끝에 종산임을 확증받기도 했다. 불법 매도한 금곡 종산의 원상회복, 입향조님 및 파조님의 산소 이장, 영모당 건립, 유계문집 발간, 인터넷 족보구축 등 늦게나마 종사에 참여하게 될 기회를 얻게 되어 많은 것을 배우고 익혔다.

은퇴 후 산천재 큰산소를 비롯한 묘사는 물론 이튿날 금곡 유계부군 산소 외 선영 참배, 3일째로 독산 무민 부군 및 선영까지 참례를 했었는데 근래는 3일째 독산 참례는 못 하고 있다. 금곡 유계부군 산소는 올라가는 데 힘이 든다고 많은 돈을 들여 산림을 훼손하고 산허리를 잘라 차도까지 만들어 놓고 이제는 현장 참배까지 생략하고 영모당에서 합동 제례하자 하니 유계 부군께서 고얀 놈들이라 노하지 않을까 두렵다. 폭우가 쏟아지든지 큰비가 내리게 되면 산사태의 우려마저 없지 않다. 내가 극구 반대했으나 기어코 하고 말았다. 종산 마루터기에서 내 걸음으로 올라가는 데 10분, 내려오는 데 5분이 걸렸다. 下馬碑도 보지 못했는가. 설사 찻길이 있다 할지라도 10분쯤 걸어서 올라가는 것이 선영에 대한 禮가 아니던가.

　올해는 금곡 유계부군 시향 참례자가 15명이었다. 지난해 봉분 왼쪽 뒤편에 멧돼지가 흙을 뒤진 흔적이 그대로 남아있고 오른편 뒤쪽에는 더 크게 뒤진 흔적이 새로 생겨 있었다. 벌초 때 왜 복구하지 않았는지? 크게 힘들 것 없이 야전삽 한 자루면 해결될 일인데. 형식적인 벌초가 안타까웠다. 그리고 東麓 광주 이씨 할머니(유계부군 배위) 산소도 2년 전에 사토 봉분한 것이 잔디 착근이 잘 안 되고 봉분 중간쯤 벌어져 있었다. 이런 것도 묘삿날 아니면 발견할 수 없는 것 아닌가. 일찍 손을 보면 큰 힘 안 들이고 보수할 수 있다고 본다. 그렇다면 참배자의 감소, 제수운반 등 어려운 점이 있다 하더라도 유계부군 산소와 무민부군 산소의 현장 시향은 영모당에서 올리는 것을 나로서는 찬성할 수 없다. 일부러 체력단련을 위해 등산까지 하면서 1년에 한 번 있는 묘사에도 이런저런 이유로 불참한다면 아무리 시대가 변하고 숭조정신이 흐려졌다 하지만 자신이 어디서 왔는지 한 번쯤은 뿌리를 찾아보는 뜻있는 날이 되었으면 하는 바람이다.

　청년회에 연간 2백만 원을 지원하고 있다. 봄, 가을 선영을 살피면서 성묘도 하고 참배도 한다면 체력 단련도 되고 1石 3鳥가 되지 않나. 사업계획에 넣고 나에게도 연락하면 동참할 용의가 있다. 특히 유계부군은 입향조님의 아드님이시고 산천재를

처음 건립한 어른이며 입향조이신 아버님이 돌아가신 후 상주로서 하루도 빠짐없이 성묘를 하여

배곡한 곳에 풀이 나지 않았다고 유계문집에 실려 있다. 聞丁丑南漢下城의 통한의 시를 남긴 어른으로 우리 후손뿐 아니라 국민 모두의 귀감이 되는 분이다. 우리 후손은 이 묘역을 時享 때뿐 아니라 수시로 성묘하고 그 정신을 본을 받아 이어나가야 할 줄 안다. 나는 내 私費로 유계부군의 한시를 유명 서예가의 錄筆을 받아 액자를 만들어 동강재와 산천재에 각각 걸어 놓았다.

아래와 같이 유계부군의 율시와 나의 次韻 시를 함께 올린다.

柳溪文集 中 府君의 丁丑聞南漢下誠 七言律詩와 필자의 次韻 拙詩를 공부하기 위해 아래와 같이 함께 올렸습니다. 유계부군께서 丁丑 胡亂 때 南漢山城 降盟 消息을 듣고 지은 憂國衷情의 痛恨 詩입니다. 山泉齋와 桐岡齋에 懸垂해 놓았습니다.

丁丑聞南漢下城 : 丁丑年 南漢山城 降盟 소식 듣고
忽地腥風捲海東 : 졸지에 피비린내 해동에 몰려오니
君臣痛哭一城中 : 군신이 성 안에서 통곡을 하네.
尊周大義蒼蒼國 : 주나라를 존중하는 대의가 창창한데
忍見盟盤馬血紅 : 盟盤의 붉은 馬血 차마 보기 민망하다.
文物已歸左袵鄕 : 문물은 이미 오랑캐를 닮았고

窮山掩戶淚淋浪 : 궁한 나라 백성들 문 닫고 우네.

布衣欲死惟無所 : 布衣의 이 몸 죽을 곳도 없으니

獨保心中日月光 : 홀로 가슴깊이 충성심만 보존하네.

丁丑聞南漢下城 次韻 拙詩

胡地朔風襲海東 : 오랑캐 땅의 북풍 해동을 엄습하니

將卒放劍哭城中 : 장졸이 칼을 놓고 통곡을 하네.

事明盟義滄滄國 : 明나라와의 血盟 아직도 滄滄한데

忍辱降盃牛血紅 : 降盃엔 忍辱의 牛血만 붉었구나.

文物已變夷俗傾 : 문물은 이미 오랑캐 풍속으로 기우니

亡氓閉戶泣淚瀧 : 나라 잃은 백성 문 닫고 눈물 비 오듯 하네.

此身投命無死所 : 이 목숨 던지려 하나 죽을 바 없으니

獨保忠心如日光 : 홀로 충성심만 해와 같이 간직 하노라.

柳溪府君의 丁丑聞南漢下城 七言律詩의 韻(東, 中, 紅, 浪, 光)을 따서 習作을 했습니다. 6行의 韻字 浪을 瀧으로 고쳐 一韻到底 '東'의 平韻을 맞춰 봤습니다. 浪字는 漾의 去聲韻임.

2011년 2월 3일 辛卯 元旦 柳溪府君 九代孫 用愈 謹識

2019년 2월 24일 입향조 10代孫 用愈

303

산천재 임원회에 다녀와서

　　　　　　　어제 산천재 임원회에 다녀온 소감을 아래와
같이 적어본다. 소현 사무국장으로부터 메일로 통보를 받고 8일
대구 집에서 8시 반에 출발했다. 649번 버스를 타고 남부주차장
에서 939번으로 환승한 후 산천재 재실 앞에 도착하니 10시 5분
전이었다. 회의 시간이 1시간쯤 남아 팔밭골 부모님 산소를 성
묘했다. 지난해 묘사 때 참배하고 처음이다. 잡초가 무성했다.
묵념을 올리고 재실로 돌아와 영모당 참배를 한 후 11시부터 회
의를 시작했다. 효근 회장의 인사에 이어 소현 사무국장이 양성
화된 부동산의 유인물을 배포하고 내역을 설명했다. 대지 2필
지, 전 13필지, 답 5필지, 임야 6필지, 도로 1필지, 총 27필지에
대한 분할 측량, 등록전환, 합필 후 그동안 무허가 건물이었던
재실을 종교용지로 등록하고 답2, 전7, 임야1, 총 10필지로 합필

또는 지목 변경으로 등기를 하여 양성화작업을 완료한 것을 확인했다. 총경비가 1억 5천4백여만 원이 들었다. 2015년 11월 동지총회의 결의에 의하여 1년 6개월 만에 소기의 목적을 완수했다. 그동안 회장 이하 임원의 협조 아래 특히 소현 사무국장의 노고가 엄청 많았음을 모두가 치하했다.

그동안 양성화의 필요성을 느끼면서도 많은 경비와 복잡한 수속절차로 미뤄 왔었는데 용단을 내어 마무리를 하고 나니 흡족했다. 아무리 하고파도 첫째 소요경비 자금이 있어야 하고 또한 이를 맡아 처리할 열정을 가진 능력자가 있어야 하는데 다행히 두 가지의 요건을 모두 갖추게 되어 이제 누가 종사를 맡아도 수월하게 되었다. 식당으로 자리를 옮겨 오식을 나누고 조감도 카페에 가서 조감도 이호걸 님의 『카페 확성기』 1, 2권을 소현 사무국장 편으로 받았다. 2권 말미에 이 대표님과 메일로 교환한 내 글이 실려 있어 더욱 정감을 느꼈다. 이 대표님은 40대 중반의 시인이며 수필가다. 이 대표님의 저서 『커피향 노트』, 『가배도록』, 이번의 『카페 확성기』 1, 2권까지 4권째 받아 읽게 되는데 내가 부러워하는 프로 작가이다. 나는 글 읽는 취미가 있어 젊을 때는 책 만들면 시간 가는 줄 모를 정도로 좋아했는데 그때는 먹고 살기 위한 직장생활로 시간이 없어 양서 한 권 제대로 못 읽었다. 이제 은퇴 후 시간이 무한정 많고 좋은 책도 많지만 욕심은 가득하나 얼마 안 읽어 피로를 느낀다. 나이 탓으로 돌리자니 너무 아쉽다. 일기라도 제대로 쓰기 위해 글쓰기 흉내를 내고 있는 아마추어에 불과하다. 이 대표님의 작소일기를 인터넷을 통해 읽으면서 나의 일기 쓰기에 참고로 하는데 글쓰기 하나만도 버거운 일인데 어찌 그 복잡한 카페를 경영하면서도 빠짐없이 일기를 쓰며 많은 책까지 낼 수 있는지? 천부적인 소질임을 느끼면서 매일 수십 통씩 오는 메일과 신문 읽기에도 급급한 나의 일상이 초라했다. 화기애애한 분위기 속에 소담을 나누면서 귀가 어두워 동문서답하는 노추를 더 이상 보이기 전에 문장 자리를 내려놓겠다고 했더니 문장은 임기가 없는 명예직이라면서 월권이라고 핀잔을 들었다. 떠나야 할 때 물러남이 아름다움이라 했는데. 공무원 연금지 6월 호에 응모한 사진이 당첨되어 받은 상금 자랑을 했기에 커피값은 내가 내었다.

끝으로 다음과 같이 勸學詩를 모방해서 때늦은 한탄을 적어본다.

어릴 때는 가난으로 책 사보기 어려웠고/ 젊어서는 직장 매여 책 읽을 시간 없었는데/ 늙은 후엔 무한시간 만권서적 가득하나 / 눈멀고 귀 어두워 때 늦음을 한탄한다.

2017년 6월 9일 어리석은 먹구 愚瞽

수상록기증(산천재 말복종회)

새벽부터 비가 내렸다. 5시에 일어나 5시 반에 새벽 산책길에 나섰다.

일기 예보에 오늘 비 소식이더니 밤부터 간간이 뿌린 흔적이 남아있었다. 우산을 받쳐 들고 앞산 큰골 산책길에 나섰다. 내가 좋아하는 비가 부슬부슬 시원하게 내렸다. 가뭄에다 36도를 오르내리는 찜통더위와 열대야의 연속 끝에 내리는 비라 너무 시원하고 상쾌했다. 또한 우중산책은 나만이 즐기는 고독의 명상길이라 큰골 숲길의 공기가 더욱 신선했다. 돌아오는 길에 빗줄기가 차차 굵어지고 있었다. 샤워를 하고 인간극장 "풍차 아지매 정명열 씨의 망향가"를 시청하면서 잣죽으로 아침식사를 했다.

오늘은 고향 산천재 종중 말복 연례행사가 있는 날이라 강락 조카가 차를 몰고 11시에 우리 집까지 와서 수상록 100권을 싣고 아내와 같이 11시 10분에 출발했다. 200권을 가져갈 작정을 했는데 비가 와서 100권만 실었다. 고향 산천재에 도착하니 11시 50분이었다. 우중인데도 약 40여 명이 돼 보였다. 인사를 나누고 백파 유사의 사회로 종사에 대한 토론에 이어 상호 간 교례와 환담으로 다과를 나누었다. 가지고 간 책을 소개 유인물과 함께 돌렸다. 약 40여 권을 돌리고 나머지는 서고에 보관했다가 다음해 연초 총회 때 못 받은 분에게 배포키로 했다.

그런데 효근 회장이 나에게 봉투를 내밀며 출간을 축하한다 해서 열어보니 일백만원의 돈이 들어있어 의외의 호의에 당황했다. 여러 종원의 박수에 거절치 못하고 받기는 했으나 내가 과연 이 돈을 받아야 하는지 뜻밖의 일이라서 난감했다. 그래서 일단 받았으니 감사하다고 인사를 하고 그 돈을 영모당 기금으로 기부하기로 했다. 모두들 내 뜻을 받아줘서 감사했다.

종회를 마치고 나동 식당으로 옮겨 오식을 하면서 말복 드림을 했다. 모두 마치고 나니 오후 2시가 지나고 있었다. 강락 조카가 집까지 태워다 줘서 너무 고마웠다. 강락 조카의 수고로 책운반도 잘 했고 부부가 우중드라이브를 즐겼으며 모두에게 책을 나눠주고 거기에 출간 축의금까지 받았으니 정말 감사한 하루였다. 그리고 공들여 세운 영모당이 입향조님과 각 파조님 그리고 돌아가신 선조님과 일족님의 영원한 안식처로 자리 잡아 추모의 성역으로 이루어가고 있음을 감사하며 뜻밖의 축의금에 고마웠고 그 돈이 영모당의 기금에 보탬이 되었으니 흐뭇한 분위기에 모두들 표정 밝아 정말 잘했다고 자부하고 싶다. 저녁 뉴스에 대구의 강우량이 30mm라 했다. 흡족하지는 않으나 더위와 해갈에 큰 도움을 준 단비였다. 입추, 말복도 지나고 오는 23일이 처서이니 더위도 이제 물러갈 때가 되었다.

2015년 말복날 대종중 종회

칠성판

　　　　　얼마 전 신문에 국정농단으로 탄핵되어 서울
구치소에 수감 중인 박 전 대통령의 침대문제 처리에 대한 기사
를 보고 새삼 세상인심의 변태를 절감했다. 보도 기사에 의하면
박 전 대통령이 탄핵소추를 받고 자택으로 떠날 때 두고 간 침대
3개가 국가 예산으로 구입한 것이기 때문에 두고 간 것인데 그
처리 때문에 애물단지가 되고 있다는 것이다.

　이 기사가 나가고 얼마 뒤 공화당 신동욱 총재(박 전 대통령의
제부)가 가족인 동생에게 달라고 제안했다는 것이다. 놔둘 수도
버릴 수도 팔 수도 없다면 저에게 준다면 시골집 침대로 사용하
겠다고 했다 한다. 예산으로 샀으니 내용연수가 9년이라 했다.
박 전 대통령 재임 시 사용한 것으로 쓰기도 팔기도 부적절해서
골칫덩어리라고 한다. 그래서 관저 접견실 옆 대기실에 임시 보

관 중인데 전시용으로 활용할 예정이라 한다.

　나는 이 보도를 보고 오래전에 읽었던 한말숙 작가의 「행복」이라는 단편소설이 떠올랐다.(한국 단편문집 4권 325쪽) 그 내용을 요약하면 83세의 할아버지와 86세의 할머니가 偕老를 하다가 할아버지가 노환으로 먼저 별세를 했는데 할머니에게는 충격을 받을까 봐 비밀로 했으며 슬하에 아들 손자 증손까지 보고 友愛 있고 행복하게 살아 오복을 갖춘 집안이라 마을사람 모두가 好喪이라고 부러워하고 초상집이 잔칫집처럼 웅성거린, 옛날 내 어린 시절 유교식 장례문화의 시대감각을 예리한 필치로 그렸다. 그때는 병원에서 임종이 임박하면 집으로 퇴원해서 장례를 치렀다. 지금은 집에서 사망해도 장례식장으로 옮겨 치르며 그때는 병원에서 사망하면 객사라고 꺼렸다. 할아버지의 시체 밑에 깔았던 칠성판을 남 먼저 가져가겠다고 신청하는 마을 노파가 있었다는 것이다. 입관하고 나면 칠성판은 필요 없게 되니 남이 가져가기 전에 미리 부탁을 한다는 것이다. 옛날에는 好喪집 칠성판을 보관하면 복을 받는다는 말이 떠도는 시대였다.

　나는 이 소설의 칠성판과 박 전 대통령의 침대가 자꾸 오버랩되며 내 머리를 맴돌았다. 일국의 대통령이 사용했던 침대가 죽은 사람 시체 밑에 깔았던 칠성판보다 더 천하게 된 奈落의 운명이 안타까웠다. 먼 훗날 그 침대가 기념관에 보관되어 역사의 考證으로 哀歡의 역사적 자료가 된다면 하는 아쉬운 생각마저 갖게 한다. 그리고 작가의 주제인 행복과 榮枯盛衰에 따라 변하는

인심의 變態, 99%의 개돼지와 레밍처럼 영혼 없는 인간의 世態,
어떻게 사는 것이 진정한 행복인지?

　다음과 같이 졸시 「퍼스트 펫」과 부세의 시 「저 산 너머」를 옮겨본다.

퍼스트 펫

홍은동에서 함께
했던 마루와 토리, 찡찡이
주인 따라 청와대로 이사했단다.
퍼스트 펫이 된 도그와 캣, 그들은
주인 잘 만나 얻게 된 영화. 먼젓번
주인 따라 청와대로 들어간 새롬이와
희망은 지금 어디 있는지? 3.2평 독방에
영어의 몸이 된 주인의 처지를 알고나
있을까? 제행무상이라. 주인의
운명 따라 변하는
펫의 처지

5월 15일 주인 따라 청와대로 들어갔다는

문 대통령의 애완견의 뉴스를 보고

저 산 너머

부세

산 너머
저 산 너머 먼 하늘에
행복이 있다고 사람들은
말하네. 아~ 나도 남 따라
찾아갔다가 눈물만 머금고
돌아왔다네. 산 넘어 고개
넘어 더욱 더 멀리 행복이
있다고 사람들은
말하네.

2017년 7월 28일 우롱

313

5부
살구꽃 향수

평산대작 平床對酌

8년 장으로 내가 먼저 대접해야 도리인데
막걸리 한잔 하자 하기에 염치불구 따라갔다.
이슬비 간간히 뿌리는 길가 가게 앞 평상에서
불로주 한 병에 새우깡 한 봉지
소반도 수저도 없이
서로 부어주며 대작을 했다.
도서관 노인실에서 책 읽다가
통성명 인사한 후
한 달도 안 되었고 세 번밖에 안 만났는데
십년지기(知己)같이 대화가 오고 갔다.
80 노구에 자전거 타고 다니는
검소하고 소박한 건강한 삶

수필가이며 시인이신 은퇴 교수의 老 文士
친근감 넘치는 소박한 대화 속에
문학의 예지(叡智)가 언뜻언뜻 엿보였다.
반 시간 남짓 대화에 내 얕은 밑천 드러날까 봐
아쉽게 먼저 자리에서 일어섰다.
빗방울이 뿌리는 구름사이로
노을빛이 손짓했다.

平床對酌細雨中 : 평상에 걸터앉아 서로 잔 주고받으며
一杯一杯不一杯 : 한 잔 두 잔 또 한 잔을 더했다.
面識日淺意相通 : 면식은 일천한데 뜻은 서로 통케 되어
適雨衣濕不覺矣 : 빗방울에 옷 젖는 줄도 몰랐다.
濁酒一瓶果壹封 : 막걸리 한 병에 새우깡 한 봉지
美酒佳肴何未及 : 좋은 술안주보다 어찌 못하리!
儉素素朴老文士 : 검소하고 소박한 노문사의
文學叡智有覓見 : 문학의 예지를 엿볼 수 있었다.

위 글은 약 10년 전 남부도서관 노인실에서 알게 된 수필가이
며 시인으로서 한학에도 조예가 깊고 전문대학 일어 교수를 하
다가 은퇴한 K라는 분으로 언제부터인가 보이지 않기에 전화를
했더니 위 수술로 입원했다는 부인의 얘기를 들은 후 병원도 알
려 주지 않아 문병도 못 가고 그 후 소식이 끊어지고 말았는데

어느 날 지하철역에 지팡이를 짚고 들어서는 초라한 모습의 노인이 그분 같았으나 너무 몰라보게 변한 궁색한 모습에 차마 아는 체를 할 수 없어 인사 못 한 것이 늘 마음에 걸렸다.

책장정리를 하다가 발견한 메모지 글을 타이핑해서 올렸다.

2009년 8월 25일 대곡에서

제야 탄사 除夜 嘆辭

경진년 한 해를 마지막 보내는 제야의 밤에 여러 가지 상념에 잠기면서 다음과 같이 송년 탄사를 적는다.

送年 歎辭

칠십 평생 살아오며 큰 허물 없었는데
종사로
가리 늦게 죄인 취급 당하였다.

남부서 조사관의 일방적인 진술조서
딱딱한 나무의자 3시간의 피의신문

가등기 말소로 손해를 입었다고
2,500만 원 변상에다 형사고소 당하였다.

명의 신탁한 종산을 등기명의 악용하여
상속했다 매수했다 온갖 억지 다 하더니

윗대부터 곡수 받아 묘사제수 차렸는데
가등기를 빌미삼아 지분 몫을 주장하니

아무리 온 세상이 물욕으로 혼탁한들
어찌 이런 일이 있을 수 있겠는가?!

보상금 수령 위해 가등기 말소장에
인감도장 무인까지 스스로 찍어 놓고

4년 넘게 지난 지금 위조라고 고소하니
가소롭기 짝이 없고 하늘 보기 부끄럽다.

300개의 종인 눈총 어떻게 감당하며
조상님의 업보를 무엇으로 면할 건가?

이에 부동하여 양심을 속이면서

지분권에 탐욕하는 간교한 무리에다

이해타산 따져보고 뒤로 살짝 빠지고서
오불관언 나 몰라라 비굴한 자 누구인가!

진실과 시비곡절 가리기 위해
끝까지 매진할 것을 여기에 다짐한다.

2000년 12월 31일 후산파 회장 용유 탄사

장맛비 그친 맑은 아침

지난밤 내린 비로 계곡에 남아있던
낙엽 쓰레기를 말끔히 씻어 내리고
맑은 물이 소리 내며 흘러 앞산
연못을 채우고 넘쳐 흘러갑니다.

어미 잃은 연못 청둥오리와
동트는 햇살에 초록빛 산 위로
솜털 같은 구름이 너무 맑고
시원스러워 내 마음 빨려드네요.

행복을 여는 하룻길
일기가 변하듯 삶의 현실이

아름다움으로 변하여 연못의
줄지은 청둥오리

내 마음 청정함을 합류해서
동동 뜨네요.
오늘의 아침 햇살이!!
유난히도 맑고 시원합니다.

自招 禍胎 : (스스로 부른 화근)

自作招殃禍 : 스스로 재앙을 만들어 부르니

誰能不挽留 : 누구도 능히 말릴 수 없구나.

負油投火焰 : 기름 지고 불에 뛰어드니

猶愕避燈蛾 : 오히려 불나비가 깜짝 놀라 등불 피하더라.

螳螂沒窺蟬 : 버마재비 매미 엿보느라

不知耽黃雀 : 참새가 노리고 있음을 모르고

蜉蛾惑爛燈 : 불나비 등불에 홀려

不覺自焚死 : 스스로 타 죽게 됨을 깨닫지 못하는구나!

2001년 2월 13일 雪松 拙作

위 五言律詩는 후산과 종산의 명의신탁을 악용, 사유권을 주장한 선동 주모자에 대한 나의 풍자시다. 결국 민사소송으로 승소하여 종산임을 판결받았음.

윤 님의 사십구재를 올리며

내가 가장 사랑했던 윤 후배님!
오랜 병고에 고생이 너무 많았습니다.
윤 님의 끈질긴 투병의지와 최신 의학에
가족들의 극진한 간병도 윤 님의 가는 길을
막을 수가 없었으니 천명이라 자위해야 할지.
누구나 일찍 가고 늦게 가는 차이일 뿐
피할 수 없이 가야 할 그 길이지만
이 시간 애절한 마음 달랠 길 없군요.
지금 님의 영전에서 사십구재를 올리며
탈상을 하는 유족님들의 슬픔 그리고
이 선배의 아픈 마음 무엇으로 달래리까.
이승에서는 내가 선배였지만 저승에서는

윤 님이 선배가 되었으니 머지않아 나 또한
그곳으로 가거들랑 함께 회포를 달랩시다.
이제 육신의 고통과 시름을 모두 털어버리고
슬픔도 괴로움도 없는 극락세계에서
이승에서 못다 한 명복을 누리시고
극락왕생하시기를 합장기도 드립니다.

2017년 3월 25일 사십구재 영전에 한용유 올림

아, 증조모님

다섯 살 위인 남편에게 시집와서
서른 셋 청상(靑孀)에 남편 여의고
나 어린 딸 둘과 유복의 아들 하나
척박한 산골에 가난한 살림살이
향년 70세 돌아가실 그날까지
37년을 가장 없는 외롭고 고된 삶
삼 남매 기르느라 그 고생 얼마였으리.

맏딸은 연일 정씨 둘째 딸은 나주 임씨
유복자는 연일 정씨 시집 장가보내어
손자 셋 손녀 하나 외손 셋 얻었도다.
그 아래 증손자가 여덟 고손자가 열넷

5대손 열둘 6대손까지 열여섯 가구에
30여 명의 자손이 번성하였느니라.

올해로 돌아가신 지 113년
팥밭골 선영에 유택을 모셨다가
택지개발 조성에 들어가게 되어
멀리 영남 공원묘지에
임시 안치중이라 들었으나
時祭마저 참배 못 한 不肖孫
罪過의 業報 어찌 하리까.

西紀 2006年 丙戌 晩夏 曾孫 用愈 嘆吟(派譜 參照)

지난번 토지공사로부터 이장비가 나왔을 때
팥밭골 조부모님 산소가 있는 쪽으로 이장을 하든가 산천재
뒤편 영모당에 안치를 하고 나머지 돈과 숙모님 이장비(상석표
시로 합장을 신청)를 합해서 팥밭골 조부모님 산소가 엉겅퀴와
잡초가 무성하고 잔디가 죽어버리고 봉분도 낮아져서 너무 초라
해 다시 봉분을 높이고 잔디를 입혀 보수를 할까 생각했는데 태
근이가 이장문제에 관여하지 말라면서 제 마음대로 멀리 영남공
원묘지 납골당으로 임시 안치한 거로 알고 있으나 묘사 때 참배
도 못 하고 있다. 그리고 증조부모님과 조부모님 묘사 제수비도

마련을 해야 하는데 기금이 없으니 딱하다.

내 기억으로 셋집 앞으로 묘답이 있어 내산 형님이 부친 것으로 아는데 묘답이 어떻게 되었는지 모르고 있다. 지금 와서 어른들의 불찰을 따져봐야 소용도 없겠지만 팔밭골 산은 4대 봉제사 등을 위해 맏집인 큰아버지 앞으로 상속했다 하더라도 증조부모님을 모신 산등은 셋집 공동으로 등기를 해야 하는데 작은아버지께서 서로 믿기로 하고 큰집 형님(坐愈) 앞으로 하게 된 것이 이렇게 되고 말았다. 등기가 제 앞으로 되어 있어 보상금을 받았다면 증조부모님의 안치문제와 묘사 제수비 등은 책임져야 하지 않을까. 저는 5대 종손이지만 손위 증손자가 둘이나 있는데 한마디 의논도 없이 이장문제에 일체 관여를 말라면서 제 마음대로 처리하고 말았다.

유골을 어디에 모셨는지도 앞으로 묘사 참배는 어떻게 해야 할지도 진지한 논의가 있어야 하지 않을까? 종손이라고 해서 다 같은 자손이 있는데, 그것도 바로 할아버지와 가장 가까운 증손인 손위가 있는데 어찌 이럴 수가 있는가. 또한 종손으로서 물질적인 상속을 받았다면 그에 대한 의무를 다해야 도리가 아닐까. 통탄할 일이 아닐 수 없다. 이 업보를 어떻게 감당하려는지? 돈만이 다가 아님을 깨달아야 한다. 떳떳하지 못한 돈은 오히려 화가 된다는 것을 알아야 한다.

호주제가 폐지되어 남계위주의 족보기록과 제례문화에 많은 변화가 있을 것으로 예상되나 그럴수록 뿌리를 찾는 기록보존과 숭조정신을 더 중시해야 될 줄 안다. 호주제 폐지는 남계위주의 남존여비와 남호사상의 폐단을 없애자는 것이지 숭조사상의 미풍양속을 배척하는 것이 아닌 줄 안다. 여자도 족보에 올려 대를 이을 수 있게 종중운영의 제도적 보완이 필요할 것으로 안다.

개도 명견(名犬)은 족보가 있는데 하물며 인간이 자신을 있게 한 조상을 모른대서야 어찌 만물의 영장이라 할 수 있겠는가. 위 헌시(獻詩)처럼 증조모님께서 증조부님의 요절로 증조부님이 돌아가신 해에 유복자인 할아버지를 낳아 풍전등화 같은 가계를 오늘날 16 가구에 30여 명의 후손을 있게 하였으니 그 음덕을 어찌 기리지 않을 수 있겠는가. 113년 전에 돌아가신 할머님의 혼백이 있고 없고 간에 우리의 마음과 피 속에는 그 거룩한 유지가 흐르고 있음을 알아야 하며 자손 된 최소한의 도리라도 지켜야 하지 않을까.

태근이가 종손이라고 관여하지 말라니 의논이 안 되면 위패라도 영모당에 안치를 해서 묘사는 물론 재실에 모임이 있을 때마다 참배함이 좋지 않을까 생각한다. 영모당은 종중의 聖域으로 입향조 및 각 파조님 위패를 함께 모시고 있어 종중 행사 때 마다 儀禮的인 참배를 하고 있고 수시로 참배할 수 있기 때문이다.

2006년 9월 5일 증손자 용유

증조부님 諱 錫簡 字 行甫 1819년에 나시어 1856년 음 6월 5일 卒(향년 38세)

증조모님 碧珍李氏 東實女 1824년에 나시어 1893년 음 2월 22일 卒(향년 70세) 1남 2녀

조부님 諱 益俊 字 敬三 1856년에 나시어 1937년 음 12월 24일 卒(향년 82세)

조모님 東萊鄭氏 恭源女 1857년에 나시어 1877년 음 5월 9일 卒(향년 27세) 无後

조모님 延日鄭氏 煥義女 1858년에 나시어 1918년 음 12월 15일 卒(향년 61세) 3남 1녀

백부님 諱 始穆 字 乃文 1887년에 나시어 1918년 음 10월 8일 卒(향년 32세)

백모님 金海金氏 基烈女 1885년에 나시어 1972년 음 9월 27일 卒(향년 88세) 3남 1녀

종형님 諱 岱愈 字 宗彦 1903년에 나시어 1970년 음 12월 3일 졸(향년 68세)

종형수 草溪鄭氏 馹燮女 1905년에 나시어 1984년 음 8월 10일 졸(향년 80세) 2남

2007년 6월 10일 팥발골 산등에 위 9상구 합분

詩心에 雜念을 헹구고

　　　　새벽 다섯 시 반에 잠이 깼다. 계속 복용 중인
전립선 비대 예방약이 떨어져 새벽 산행 대신 달서구 도원동에
있는 보훈병원에 약 처방을 받기 위해 일찌감치 집을 나섰다. 6
시에 보훈청 앞에서 버스를 타고 보훈병원에 도착하여 접수순
번기에서 7번을 뽑아 시계를 보니 7시였다. 8시 반 수진 접수 시
간까지 한 시간 반이나 시간이 있어 그동안 보훈병원 맞은편에
있는 桃園池 남동쪽에 접해 있는 반달형으로 造成된 月光水邊
公園을 산책했다. 선 요가체조를 한 후 박태준 노래비를 돌아 남
쪽 출입구 쪽으로 돌아가는데 전에 안 보였던 큰 삼각형 돌로 된
詩碑가 세워져 있어 다가가서 보니 李雪舟 詩碑라고 陰刻되어
있었다.

　수첩을 꺼내어 옮겨 적었다.

내 고향은 저승

누임요
아부님 어무님 모시고
동생하고 누부캉 모도
무궁한 일월을 한데 모여 살구로
고향 저승으로 구만 나도 갈랍니더
살다가 와 그래 가고 싶노 몰라
할마이는 지가 먼저 갔어예 빙싱이 메츠로

이승에서 찾아 헤맨 지난날
속절없는 구름의 마음은 벗고
솔향기 은은한 깊은 숲속으로
이분에야 말로 꼭 와서 우리
아부지 엄마 그늘 따시한 집에서
호롱불이라도 하나 서드리고
잊었뿌린 효도 한분 할라칸다 누부야

跋文
영원의 동산에 꽃 피운 詩心
달구벌 옛 선비로 한평생 사시면서

世事에 초연하고 문단마저 外面하며
오로지 詩 二千여 편 남기시고 가셨네

고고한 삶이언만 인정이 자상하여
피난살이 문인들의 사랑방이 되어 주고
그 전란 어려움 속에서 합동 시집 펴내셨네.

이승서 가꾸어 놓은 詩心의 그 꽃들이
영원의 동산 속에 찬란하게 피었거니
저승서 안식과 복락 서슴없이 누리시리.

2002년 4월 20일

暈城　具常　짓고
東涯　蘇孝永　쓰고
李雪舟 詩碑 建立 委員會 세움
908년　4월　12일　출생
2001년　4월　20일　별세

望百을 넘긴 長壽로 故終命의 壽福을 누리셨고 투박하고 꾸밈
없는 구수한 사투리에 魅了되어 몇 번이나 되풀이 읽었다. 이승
을 나그네의 旅程으로 마무리하고 저승을 고향 삼아 죽음을 優

雅하게 맞아들이면서 멋있게 살다가 저녁노을 사라지듯 아름답게 돌아가신 生面不知 故人을 欽慕하면서 詩心에 雜念을 헹구고 深呼吸을 하고 나니 상쾌했다.

　주홍색 철쭉꽃이 눈부시게 만발하고 청룡산 굽이쳐 내린 공원 둘레 산등성의 연녹색 신록이 도원지 맑은 물에 投影되어 한 폭의 그림 같다. 시꺼먼 구름이 모여들기 시작 하더니 빗방울이 후드득 떨어지기 시작했다. 봄 가뭄을 해갈시킬 단비가 흡족하게 내리기를 바라면서 서둘러 병원으로 발길을 돌렸다. (2002년 4월 15일 일기에서)

　　　　　　　　　　2002년 4월 23일 남부도서관 도노회 한용유

소양호 昭陽湖

소양호 푸른 물은 만수가 되어있고
주변 산 붉은 단풍 호수면에 일렁인다.

쪽빛 하늘 가을 햇빛 옷깃에 스며들고
뱃전에 물보라 무지갯빛 점멸한다.

급한 듯 느린 듯 뻗어 내린 산줄기는
높고 낮은 봉우리로 호수를 감싸 안고

소양강 처녀 노래 흥취를 돋우는데
반 시간 뱃길이 너무나 아쉬웠다.

1999년 10월 하순 설악산 관광 (향교교지에 실린 글)

살구꽃 향수

내 고향 들입에 향나무 샘
그 둘레 살구나무 환하게 피고 지고

뻐꾹새 울음 따라 보리이삭 누러지면
보리피리 꺾어 불며 소몰이하던

그 우물 향나무도 살구나무도
택지개발에 흔적 없이 사라지고

달맞이 산기슭의 망향비만 외로이
실향의 애달픔을 호소케 하네.

내 고향 건넛산 달맞이 산등만 녹지대로 남아있다.

살구꽃 피는 마을은
어디나 고향 같다.
만나는 사람마다
등이라도 치고 지고
뉘 집을 들어서면
반겨 아니 맞으리.

- 이호우의 「살구꽃 피는 마을」

2019년 3월 23일

百日紅 배롱나무

萬花好暖春三月인데, : 모든 꽃 다투어 봄을 좋아하는데,

百日安炎夏暑烘이라. : 너는 어찌 땡볕 여름 즐겨 피었는고.

花無十日不過開인데, : 열흘 넘게 피는 꽃이 없다고 했는데,

汝唯百日歷連紅이라. : 너만은 백날을 또렷하게 붉었구나.

百日紅花若又盡이면, : 너마저 머잖아 지고 나면은,

寒來暑往霜降楓이라. : 더위 가고 서리 내려 단풍 들겠지.

七八炎天克暑志는, : 땡볕 더위 이겨낸 굳은 의지는,

傲霜秋菊何不同이라. : 서리 이긴 가을 국화 못지않으리.

2000년 7월 15일

백담사百潭寺

백담계곡 새벽 산길 안개 속에 묻혔는데
발길을 재촉하여 절 입구에 다다랐다.

修心橋 돌다리 아래 돌탑이 산재하고
百潭寺 현판 글자 나의 눈길 끌게 한다.

千餘年前 新羅時代 한계령에 터 잡아서
이곳 옮긴 지가 500년이 넘었구나.

百年前 萬海스님 동학혁명 가담으로
오세암에 피신한 게 입사동기 되었다네.

기미년 3.1운동 33인 대표로서
3년간 옥고에도 지조를 지켰도다.

유물관 들어가서 유적을 살핀 후에
그의 시집 한 권 사고 추모 합장 올리었다.

극락실전 뒤편 언덕 전나무 울창하고
法華室 華嚴室이 서로 마주 보고 있다.

화엄실 木造五間 방 3間 달렸는데
그 방 입구 계단의 가로놓인 나무판에

12대 全統內外 起居한 곳이라고
커다랗게 쓴 글씨에 발걸음 멈추었다.

그때 입던 장삼이 가지런히 걸려있고
벽에는 短杖이 외로이 매달렸다.

權不 3年 勢不 10年 속세의 무상함을
3년간 은거로써 깨우침 얼마였는지?

백담사 뒤로하고 修心橋 건너면서

어떻게 사는 것이 값진 삶인지를?

두 분 행적 되새기며 冥想에 잠기는데
雲霧 깔린 깊은 산골 아침 햇살 스며든다.

1999년 10월 하순 雪松

백담계곡 百潭溪谷

천고의 물결에 부딪치고 다듬어진
돌 바위 모양마다 기이하고 절묘하다.

느린 듯 퍼지다가 급한 듯 쏟아지며
깊은 潭 이루면서 쉼 없이 흘러가네.

潭이 많다 하여 백담이라 지었는가?
대청봉 原流되어 수렴암 구비 돌아

永矢庵 백담사를 감싸고 흘러내려
50리 기암계곡 용대리로 이었구나.

계곡 양쪽 산벼랑엔 단풍이 무르익고
수정같이 맑은 물이 거울처럼 비쳐준다.

1999년 10월 하순 2박 3일의 나들이

내 나이 69세 때 동호인 3인과 함께 2박 3일 설악산 단풍구경 갔을 때 백담사에서 永矢庵까지 백담계곡을 따라 왕래하며 주변 풍광을 읊은 즉흥시다. 백담계곡 입구 용대리 에서 민박을 했다. 그중 3명 모두 고인이 되었고 나 혼자 남았다.

18년 전이다. 아~ 옛날이여!

2017년 10월 29일

未轉向囚의 非命

理念이 뭐길래?
오순도순 서로 돕고 잘 사는 게 바람인데
三變江山 지난 일을 어떻게 기억하나.
내 양심 속이면서 허위진술하란 말인가.

물에 빠진 자 건져 놓으니
내 보따리 한다더니
살리려고 온갖 수단 최선을 다했으나
限死斷食 自招非命 누구를 원망하랴.

누구의 잘못인지 임자는 알 것이니
더 이상의 악순환을 되풀이 말자꾸나.

목구멍이 포도청이라 그것이 죄이라면
歸田園居 陶潛 氣魄 못 따른 게 恨스럽다.

나 또한 그곳으로 머지않아 갈 것인데
황천에는 주막이 없다고 한다지만
만나면은 한잔 술로 懷恨을 풀어보리.

2002년 5월 31일 疑問死眞相糾明委員會

세 번째 참고인 조사를 받고 돌아오는 車중에서

松雪 嘆吟

나의 행복메이커

'나를 행복하게 만드는 것'은 무얼까.
얼마 전 신문에 난 행복메이커란 글을 읽고
나의 행복메이커를 생각해 봤다.

대중 속의 고독이란 말이 있다.
수많은 사람과 상종하면서 진정 간담상조할
사람은 몇이나 되는가.

대인관계가 넓고 사교적인 지인의 말이 떠오른다.
많은 사람들과 사귀고 교제를 해 왔지만 숨김없이
속내를 털어놓고 얘기를 나눌 사람을 아직 갖지 못했다고.

이 세상에 살면서 생사고락을 함께할 진정한 친구가 있다면
그 사람은 참으로 행복하다는 글을 본 바 있다.
그렇다면 나는? 자신을 돌아봤다.

나에게는 생사를 함께할 친구는 없어도 코드가 맞는
사랑하는 후배가 있고 매일같이 이메일로 좋은 글을
보내주는 지기의 멜 친지가 있으니 나는 행복하다.

앞으로 상종하는 모든 사람은 물론 삼라만상을 나의 행복메이
커로 삼고자 마음을 고쳐먹으니 모든 것이 아름답게 보여 편하
고 즐겁다. 거기에 마음 맞는 후배에 지기의 멜 친지가 있으니
금상첨화의 행복메이커가 아닌가.

2007년 10월 11일 愚聾

俞女史님 靈前에

3년 전 늦가을 단풍이 무르익었을 때
소양호, 백담사, 오세암, 소금강.
2년 전엔 거제도, 오동도, 한려수도.
同好人과 어울려 명승지 유람할 때
잽싸고 야무지며 인정이 넘쳤는데
언제부터인가 건강이 좋지 않아
병원에 드나든다는 말은 들었지만
올 늦여름 포항에 갔을 때와
그리고 달포 전 범물 골짝 法衣山에 올라
울긋불긋 물들어진 단풍구경 할 때만도
불편한 몸 무릅쓰고 동행을 했었는데
이렇게 갑작스레 떠날 줄은 몰랐구나!

나와는 동갑이며 생일이 나보다 빨라
누나라고 농담으로 허물없이 지냈는데
고희를 넘었으나 더 오래 살 나인데도
무엇이 그리 급해 홀로 먼저 떠나가나!
한 번 왔다 한 번 감은 인생의 숙명이며
먼저 가고 나중 가는 차만 있을 뿐이지
누구도 피할 수 없는 그 길임을 알면서도
이 순간 영별의 슬픔 달랠 길 가히 없다.
이제 속세의 미련일랑 훌훌 벗어던지고
꽃 피고 새 우는 아름다운 천국에서
영생을 누리소서! 삼가 명복 비나이다.

2002년 12월 5일 한용유 哀悼

351

5.18 민주화 운동 22주년

非命 冤魂의 恨 맺힌 눈물인지?
초여름 비바람이 스산하게 흩뿌린다.
강산이 두 번 변할 세월이 흘러갔네.
5.6공 軍事政權 文民政府 國民政府
네 분의 대통령이 자리를 바꾸었다.

당시의 暴徒, 이제는 民主烈士!
鎭壓將兵 勳錄에다 무엇으로 고쳐 쓸까?
鎭壓將兵 功勳金에 민주열사 補償金을
국민血稅 거두어서 이래주고 저래주니
국민의 호주머니 먼지가 나겠구나!

엄청난 認識差異 가치관의 혼란 속에
군사 정권 두 대통령 중형으로 복역다가
판결문의 잉크도 마르기 전에 사면되어
수천억의 추징금 꼬리표 달려 있고

王權時代 禁府都事 大逆罪人 잡아가듯
두 전직 잡아 가둔 문민정부 대통령은
한 푼 돈 안 받는다 수없이 공언하고
칼국수 먹으면서 자칭 청렴했는데도
학생신분 둘째 아들 수천억을 주무르다
非理嫌疑 덮어쓰고 구속될 줄 몰랐던가.
그 이름 賢哲이라 어질고 밝았는데
국민 돈 무서운 줄 미처 알지 못했구나.

주막강아지에 골목강아지로 攻駁하고
후계자 잘못 세운 자칭 色盲 후회하니
그 이름 泰愚라 크게 어리석었도다.

사형선고 복역에다 현해탄의 수난으로
죽을 고비 당하면서 전직 아들 구속까지
누구보다 그 자리가 險難함을 알면서도
아들 셋 모두가 비리에 連累되고

공교롭게 셋째 아들 오늘따라 수감되니
국민에게 면목 없고 노벨상이 무색하다.

亡命 逐出 弑害 收監 연이은 아들 受難
歷代 統領 모두가 불행했던 그 자리를
서로 차지하겠다고 제정신이 아니구나.
民心을 무시한 비전 없는 合從連衡
帝王明堂 移葬으로 老慾은 끝이 없고
甘吞苦吐 信義背反 拙夫만도 못한 志操
東家食 西家宿의 乞行的 奸巧 行態
龍인지 지렁인지? 成龍登天 幻想 속에
自招 不幸 고사하고 나라 장래 걱정이다.

누구를 원망하랴 잘못 선택 내 탓인데
半世紀가 넘었지만 나라 허리 잘려 있고
영남이다 호남이다 동서로 갈라져서
黨利 黨略 利己慾에 泥田鬪狗 그만두고
벌 나비가 꽃과 함께 互惠 속에 살아가듯
서로 돕고 사랑하며 민생안정 優先하여
後孫에게 恥辱만은 남기지를 말아야지.

2002년 5월 18일 저녁 TV 뉴스에 現職 대통령

아들이 또 구속 수감되는 비참한 모습을 보면서.

2002년 5월 18일 저녁 嘆吟

여 담餘談

내가 글을 낼만한 이력도 없을 뿐 아니라 오히려 부끄러운 흔적입니다.

사실 근접으로 은유와 유머가 결여된 무미건조하고 딱딱한 글이 되고 말았습니다. 문학성이 결여되어 있고 기록을 벗어나지 못했습니다. 글은 작가의 거울이며 글속에 혼(진실)이 들어 있어야 한다는데 그렇지 못해 답답합니다. 오늘을 있게 한 밑바탕에 고달팠던 늙은이의 글을 내가 지금 68년 전의 첫 일기장을 보듯 느끼게 될는지? 도부장수 할머니의 나의 사주풀이 卄글에 쌀바가지를 주고 흐뭇해하던 어머니의 모습, 그 70의 古稀도 그리고 80 고개도 넘어 九旬에 이렇게 구순기념집을 타이핑하고 있으니 만감이 교차됩니다. 힘겹게 80 고개를 넘어 구순에 들어서니 아득히 90 고개가 내려다보입니다. 인생은 마라톤이라 했습니다. 90 고개를 향해 다시 들메끈을 다 잡아야겠습니다. 인생 오복에 고종명이 가장 크고 무겁다고 했습니다. 이제 남은 무거운 짐을 벗으면서 아름다운 이 세상 소풍 끝나는 날 가서 아름다웠더라고 말하리란 천상병 시인의 歸天의 시를 呪文처럼 외우며 석양에 노을 지듯 곱게 돌아가고 싶습니다.

한용유 드림

학언學彦 아저씨 구순기념집九旬記念集
발간에 부쳐

　아저씨 이 코로나 역병으로 온 천지 난리 통에도 무고하
시어
　무엇보다 다행이라 생각합니다.
　아저씨의 구순기념집 출간을 마음 깊이 축하드립니다.
　대단하시다는 말 외에 달리 드릴 말씀이 없습니다.
　한마디로 철저하신 분,
　그래서 저는 존경하는 우리 아저씨입니다.
　당신의 평생의 삶을(內面) 한번 생각해 봅니다.
　매일 매일 하루의 삶을 일기장에 되새겨 반추하시고,
　새로운 내일을 꿈꾸며,
　다음 아침 맞을 채비로 시간 아껴 잠자리를 보내시고,
　낱낱이 자기에게 다 까발리고,

빈틈이란 용납 안 되고 철저히 생각하시고,
경우의 잣대로만 까다로운 자기절제로 살아오신 분.
그래서 누가 뭐래도 존경하는 우리 아저씨입니다.
내내 건강하시고 저희들 옆에 계시기를 기원합니다.

2020년 6월5일 삼종질 강락 드림